KB036773

소원을 이뤄주는 놀이동산

홀리파크

소원을 이뤄주는 놀이동산

홀리파크

제1판 1쇄 2021년 6월 21일

지은이   이한칸
펴낸이   이경재

펴낸곳   도서출판 델피노
등록   2016년 8월 11일 제2020-000082호
주소   서울시 양천구 신정중앙로 86, 덕산빌딩 6층
전화   0505-937-5494
팩스   0505-947-5494
이메일   delpinobooks@naver.com
ISBN   979-11-91459-07-4 (03810)

책값은 뒤표지에 있습니다.
파본은 구입하신 서점에서 교환해 드립니다.

소원을 이뤄주는 놀이동산

홀리파크

이한칸 장편소설

제1부

전설의 시작

-비르크와 푸른요정

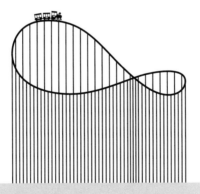

까꿍! 어서 오세요.

문지기 뭅뭅이 인사드립니다.

이곳은 소원을 이뤄주는 놀이동산♪

아쉽게도 부모님은 입장불가!

아이들의 꿈만이 입장할 수 있는 곳!

언제나 휴일인 축제의 공원.

신성한 푸른요정이 소원을 들어주는,

이곳이 바로 홀리파크입니다!

잠깐, 아직 환영인사가 남았답니다!

홀리♪ 홀리♪ 홀리파크!

우리 모두 모여 한목소리로 노래하네~♪

어린이들의 꿈과 소원을 이뤄주는 신비의 공원!

홀리파크로 오세요. 까꿍!

텔레비전에서는 거대한 뭅뭅의 주변을 미니뭅뭅들이 둥근 원을 그리며 입장을 시작했다. 각각의 화려한 장기를 선보이며 묘기 부리는 모습을 조이는 눈도 깜박이지 못하고 넋 놓고 바라봤다. 무지개를 만들어 미끄럼틀 삼아 총총총 내려온 미니뭅뭅! 하얀 나비의 날개 같은 잎사귀를 타고 날아올라 공중제비를 하고는 야구공만 한 둥근 공 위에 올라탔다. 재빠른 발재간으로 뭅뭅의 주변을 빙글빙글 돌고 있었다.

"조이! 이제 텔레비전 끄고 잘 시간이에요."

"잠깐만요, 엄마! 이 노래까지만 듣고요. 제발요."

1분도 안 걸린다는 조이의 애원에 엄마 히야는 그 노래 오늘 저녁만 일곱 번째라고 말하며 고개를 절레절레 흔들었다. 동생인 나오의 방문을 조심스럽게 닫았고 조이의 불안한 눈이 엄마와 다시 마주쳤다. 벽에 비스듬히 기대어 팔짱을 낀 엄마는 11시가 넘어가는 시계를 보고는 더 이상은 안 되겠다는 듯 텔레비전을 향해 걸었다.

"동생도 저렇게 착하게 자는데, 정말 이럴 거야?"

홀리♪ 홀리♪ 홀리파크!
우리 모두 모여 한목소리로 노래하네~♪

– 띠로롱 –

"아, 엄마! 한마디만 더 들으면 되는데!"

리모컨의 띠로롱 소리와 함께 까매진 텔레비전 화면에 조이의 섭섭한 얼굴이 비쳤다. 조이는 화면에 비친 엄마의 단호한 얼굴을 보고선 시무룩하게 뒤를 돌았다.

"자, 이제 약속한 대로 잠들 시간이에요."

히야는 손가락을 휙휙 방 쪽으로 가리켰다.

엄마의 발아래에 펼쳐진 지도. 히야가 밟고 있는 낡은 지도 한 장은 이미 초저녁부터 바닥에 널브러져 있었다. 그리고 그 지도 위에서 빨간 자동차로 지잉지잉 소리를 내며 뒤로 밀고 있는 아이는 착하게 자고 있어야 할 나오였다. 태엽이 감긴 자동차는 그대로 지도를 지나 엄마의 발에 걸리고 말았다. 엄마는 빨간 자동차를 집어 올리며 체념한 듯 말했다.

"맙소사. 방금 20분이나 홀리파크 동화책을 읽고 잠든 네 얼굴을 보고 나왔는데…."

엄마가 두 손을 들어 포기했다는 듯이 천장을 바라보며 '오, 제발. 하늘에 계신 누구든 도와주세요' 비는 모습을 본 조이는 슬금슬금 자기 방으로 내빼는 중이었다. 나오는 엄마 손에서 그 빨간 자동차를 다시 뺏어서 도망갔다. 완전히 잠이 깬 얼굴로 자동차와 모빌을 탕탕 울리며 장난을 치는 바람에, 우당탕하는 소리를 들은 15살 베들링턴테리어 제이크도 뛰어나오고 말았다. 고삐 풀린 망아지 둘은 엄마 주변을 빙빙 돌았다. 순식간에 거실은 잠들기 전 저녁 풍경으로 되돌아왔다. 히야는 체념한 듯이 아이들과 강아지를 둘러봤다.

'그럼 그렇지, 조용하게 잠들 리가 없지.'

조이는 미안한 마음에 제이크를 혼내는 척했다.

"제이크, 산책하러 가는 거 아니야. 잘 시간이야!"

아뿔싸. '산책'이라는 단어는 한밤중에 절대로 꺼내서는 안 되었다. 제이크는 현관 앞에 둔 가슴줄을 물고 뛰었고, 나오는 풀썩 주저앉아 자동차 장난감을 휘휘 날렸다. 히야는 그 둘을 한순간에 제압했다. 조이는 다시 리모컨 잡을 기회를 노리다가 '당장 방 안으로 안 들어가?'라는 엄마의 눈과 마주치곤 그만뒀다. 히야는 조이 다음으로 나오에게 으름장을 놓으려고 쳐다봤다. 하지만 세 살 된 나오는 천진난만하기만 했다. 결국 히야는 제이크를 내려놓고 바동거리는 나오를 들쳐 안았다. 셋 중 가장 의젓한 제이크는 방석으로 저벅저벅 걷더니 '이제 좀 자야겠어' 하듯이 풀썩 쓰러졌다. 나오는 엄마의 왼손에 들려서 아직도 바동거리며 자동차를 날리는 시늉을 했다. 조이는 복도를 거쳐 자신의 방으로 가려다가 나오의 빨간 자동차를 넉살 좋게 빼앗아 하늘로 날리면서 거실을 반 바퀴를 뛰고 다시 지도로 돌아와 누웠다. 일상인 듯 히야에게서 '그럼 그렇지'란 표정이 튀어나왔다.

"붕붕이로 두 시간이에요!"

여기저기 닳아있는 지도는 얼핏 보면 누더기 같은 모습이었다. 하지만 누구든 자세히 본다면 정말 아끼는 오래된 지도라는 걸 알 수 있다. 누덕누덕 다른 색의 종이를 테이프로 붙여놨고 크레파스로 X표를 그려놨거나 뭉텅 찢어진 곳도 있었다. 조이는 지도 위에 엎드려 한 지점을 빤히 바라보고 있었다. 그건, 무언가를 계획하는 눈빛이었다. 그 지점은 '얼음과 물결의 강'이라는 곳으로 조이의 목적지가 될 장소였다. 거실에 널브러진 모형들을 모아 지도 위에 펼쳐놓은 조이는 그 위를 빨간 자동차로 날리고 있었다. 하늘로 부웅 날리고 산과 바다 모형을 한 장난감 위를 천천히 날아가는 빨간 자동차. 어느새 다가온 엄마 히야의 목소리가 머리 위에서 들렸다. 히야는 아이의 앞머리를 부드럽게 쓰다듬으며 바라봤다.

"그리고요, 엄마! 여기가 붕붕이로 갈 수 있는 마지막 장소예요. 입장권 양옆에 있는 날개만이 홀리파크로 날아갈 수 있어요!"

"그래. 안다, 알아. 일 년째 얘기했잖니? 아홉 살 때 소원은 홀리파크에서만 파는 풍풍소다를 먹는 거였고 말이야. 이렇게 늦게까지 잠들지 않으면 요정님이 여기 햄스빌까지 입장권을 안 가져다주실지도 몰라."

"끄으으아아. 드디어 제가 열 살이 됐어요, 엄마! 아홉 살 생일도 정말 최고였어요! 형들이 가져온 풍풍소다를 마셔본 거요!"

가끔 홀리파크에서 풍풍소다를 들고나오는 아이들이 있었다. 한 모금을 마시면 기분에 따라서 귀에서 분홍구름, 노란구름이 작게 풍풍 쏟아져 아이들을 따라다녔다.

"풍풍소다는 홀리파크 안에서는 더 신기하고 많다고 했어요. 이제는 제가 진짜 갈 수 있다고요, 엄마!"

조이는 참지 못하고 벌떡 일어나서 다시 거실로, 베란다로, 소파로 발을 구르다 다시 지도로 와서 누웠다.

"축하한다, 축하해! 우리 아들, 요정님은 아이들이 일찍 자기를 바라서. 그래서 밤에 푹 자고 받을 수 있게 아침 일찍 그 입장권을 주고 계시지?"

"네…. 그렇지만, 잠들 수가 없는걸요. 왜냐면 내일이니까요!"

아직도 숨이 찼는지 가쁜 숨을 몰아쉬며 조이는 달력을 바라봤다. 8이라는 숫자가 제대로 보이지도 않을 만큼의 동그라미와 별 표시가 7월 8일을 얼마나 기다려왔는지를 보여주었다.

"아무리 그래도 조이, 일기를 7일 치나 먼저 쓰는 아이는 우리 아들밖에 없을 거야. 선생님께 전화를 받았어. 조이가 7월 1일에 7월 7일까지의 일기를 다 써서 냈다고!"

"그건…. 기다릴 수가 없어서 그랬어요."

'일기를 미리 다 써놓고 잠들면 다음 날이 8일이 될 거 같았다'는 것이 잔뜩 주눅 든 아이의 귀여운 변명이었다. 오, 조이!

"어디 그뿐이니? 엄마가 고기패티만 있는 햄버거를 만들어 주셨다고 써 놓는 바람에…."

키득키득 조이는 웃음을 참으려고 입을 막고는 눈치를 살폈다.

"조이! 엄마 지금 화내는 거야!"

근엄하게 말하려고 했지만, 히야도 입가는 씰룩였다.

"엄마가 화내면서 벌을 주실 줄 알았거든요. 정말 채소와 토마토가 없는 햄버거를 만들어주실 줄은 몰랐어요. 고맙습니다, 엄마."

"응? 엄마가 그때도 화내지 않았니?"

웃음을 참지 못한 조이가 배를 접으며 깔깔대서 히야는 황급히 나오의 방을 살폈다.

"쉬잇! 그리고 일기 말이야, 선생님이 조이는 매일 매일 장래희망이 바뀌고 있다고…."

"엄마! 매일 바뀌는 게 아니에요, 나중에 크면 다 할 거예요. 들어보실래요?"

히야는 손사래를 쳤다.

"자, 이제 그만! 내일을 위해서 제발 자야지? 엄마가 벌써 오십 번째 말하는 거 같아."

침대까지만 가자는 엄마의 부탁에 조이는 순순히 항복하는 것처럼 보였다. 섬유유연제 향기가 나는 아늑한 이불에 들어가자 달콤한 솜사탕 안으로 푹 빠져든 기분이었지만 잠들 수는 없었다.

"오늘은 자장가 안 불러주셔도 돼요."

"정말? 열 살이나 되더니 다 컸네. 우리 아들?"

감동받은 엄마의 모습에 조이는 조금 미안해졌다. 그래도 잠들지는 않겠다고 이불 속에서 눈만 내밀고는 몰래 볼을 꼬집었다. "아얏!" 방을 나가려던 히야가 무슨 일이냐며 돌아봤다.

"엄마, 푸른요정님이 제 소원을 들어주실까요?"

짐짓 떨리는 조이의 목소리에 히야는 다독이듯 대답했다.

"그러엄, 요정님은 모두의 소원을 들어주실 거란다."

'아니에요….'

조이는 고개를 작게 흔들며 손을 꼼지락거리다가 엄마를 쳐다봤다. 히야는 누워있는 조이 옆에 아주 살며시 앉았다. 어찌나 살며시 앉았는지 침대 위 매트리스는 조금도 미동이 없었고 부풀어 오른 이불도 모양을 그대로 유지했다. 조이는 이불에 병아리가 자고 있었어도 눈치채지 못할 거라고 생각했다. 그리고 불을 끈 방에서는 보이지 않았지만 엄마가 지금 미소 짓고 있다는 걸 알았다. 어둠 속이 너무 포근했기 때문이었다. 깜깜한 방은 엄마가 있을 때만 포근했다. 거실에서 새어 들어오는 옅은 빛과 머리를 쓰다듬는 엄마의 손길에 조이는 몇 초 만에 잠들어버릴 것 같아 안간힘을 썼다.

"엄마도 아시잖아요? 지금은 존재를 감춘 하얀요정의 이야기를요…."

조이는 잠들지 않고 밤새 이어질 대화를 기어코 생각해냈다.

"엄마, '최초의 마을' 또 읽어주세요."

홀리파크가 생기기 전, 전설 속의 대요정인 하얀요정−비르크는 종을 울리는 자에게 소원을 들어주었다. 그 종은 가장 약하고 도움이 필요한 자에게 가장 먼저 타종을 치게 하는 최초의 마을에 있었다고 한다. 종을 울린 인간의 소원을 들어주던 비르크는 어떤 사건으로 종적을 감추게 되었다는 전설이었다. 그 전설의 끝은, 푸른요정이 눈을 떴을 때는 이미 그 무엇도 남지 않은 백지의 상태였다고 전해진다. 비르크는 종의 주인이었으나, 남겨진 푸른요정은 스스로 종의 하인이라고 칭했다. 비르크, 그의 눈에서 소금기를 담은 짠 눈물이 떨어지면서 바다가 되었고, 미처 삼키지 못한 울음은 강이 되고 그의 육신 그대로는 지구에 남겨져 육지가 되어 지금의 지구가 되었다는 이야기였다.

최초의 마을 편은 가장 짧은 이야기라 머리맡에 두는 시리즈로 유명했다. 읽고 또 읽는 바람에 부모님들이 이름만 들어도 가장 지겨워하기도 했다.

'요 앙증맞은 녀석, 물꼬 트는 데는 선수라니까.'

"이제 한 번만 읽고 정말 불 끄고 자는 거야. 약속하지? 밤잠을 설치는 바람에 뜬 눈으로 마당에 나갔던 이반의 입장권이 날아가서 온 동네 사람들이 찾으러 다녔던 일 기억하지?"

"입장권은 잊어버리면 다시 돌아와요. 입장권의 주인이 있는 곳을 마법의 날개가 찾아주니까요. 홀리파크로 올려다 주기도 해요!"

마법의 힘으로 아이의 생일에 나타나는 입장권은, 제 주인을 만나면 하얀 나비의 날개 같은 잎사귀를 펼치고 아이 주변을 둥둥 따라다녔다.

"대신 힘이 빠진 날개가 아주 천천히 움직여서 다른 친구들보다 황야기린을 한참 늦게 찾는다는 것도 잊으면 안 돼. 늦게 입장하면 하루밖에 없는 소중한 시간을 놓치고 말 거야."

황야기린은 아이들을 아주 좋아해서 서식지인 황야에서 스스로 벗어나 홀리파크에 정착한 신비의 동물이었다. 서식지도 떠날 만큼의 자유로운 성격이라서 시도 때도 없이 나타나거나, 기분에 따라 아예 나타나지 않기도 했다. 귀수산보다는 훨씬 작은 이층 버스 크기로 기린처럼 긴 목과 코뿔소같이 두꺼운 네 발에 거북이같이 납작한 등 위에는 진귀한 과일들이 열리는 것으로 알려져 있다. 홀리파크 백과사전에서 가장 인기 있는 동물인 이 황야기린은 아이들이라면 등에 올려 맛있는 과일을 먹게 하고, 목에서 미끄럼도 타게 해주었다. 주의할 점은 황야기린은 나이가 많아서 일찍 잠이 깨기 때문에 입장 후 단 10분 정도만

만난다는 것이다. 또 한 가지, 그 기다란 목을 타고 올라가면 머리 위에서만 열리는 신비한 과일이 있다. 이 과일을 먹으면 아무리 맛없는 브로콜리나 가지라 할지라도, 톡톡 터지는 소시지처럼 탱글탱글한 젤리처럼 부드러운 푸딩처럼 느낄 수 있다. 이 맛은 다음 생일까지 무려 일 년이나 지속됐다. 조이가 존경하는 농구선수도 어릴 때 이 과일을 먹고 키가 컸다고 인터뷰에서 말했을 정도로 키 큰 어른이 되고 싶은 아이라면 누구나 탐내는 과일이었다. 한 입 물면 효능이 사라져 다른 사람이 먹어도 그저 평범한 과일이 되었다.

"맞아요, 그럼 엄마가 매일 주시는 브로콜리도 맛있겠지요?"

입이 짧은 조이는 식사시간마다 엄마에게 '한 입만 더' 혹은 '한 수저 남았어'라는 말을 들었다. 그에 반해 동생 나오는 먹깨비라 불릴 정도로 손에 닿는 건 무엇이든 입에 넣어 씹기부터 했다. 심지어 물에 갠 가루약도 꼴깍 삼키게 하고는 얼른 사탕을 입어 넣어주면 울지 않았다.

"조이! 건강에 좋은 음식을 먹을 때는 불평하지 말랬지? 엄마는 브로콜리를 많이 먹고 이렇게 멋진 아들을 낳게 되어서 너무 좋은데?"

히야는 조이의 초록머리를 쓰다듬으며 말을 이어갔다.

"하얀요정이 사라진 지 올해로 벌써 10년이나 되지 않았니? 하지만 전설 속의 대요정인 비르크는 거대한 홀리파크를 세우고, 차기 관리인 푸른요정에게 모든 것을 일임하고 종과 함께 사라졌다고 해. 다들 요정의 나라로 되돌아갔을 거로 추측하고 있지. 매일매일 소원을 들어주는 아주아주 힘이 센 지팡이와 종을 가진 요정이었지. 그렇게 넘치도록 거대한 힘이 가능했던 이유는⋯."

"제가 말할래요! 종과의 계약이요. 요정의 나라에서는 종이랑 계약해서 힘을 받아요!"

"그래. 요정의 나라에서는 종에 특별한 힘을 부여하지? 종과 요정의 계약으로 그 힘을 쓸 수 있게 해준다. 지금의 푸른요정은 그만큼 큰 힘이 없어서 홀리파크를 관리하면서 아이들의 소원을 들어준다고는 알려졌지만⋯."

조이는 엄마의 말에 바로 이어서 대답했다.

"실제로 소원을 들어준 사람이 없어요."

"맞아. 참 아쉽지? 엄마도 소원이 참 많은데 말이야. 아마 푸른요정은 아직 종과 계약을 못하지 않았을까 추측하고 있어."

"엄마는 무슨 소원을 들어달라고 하실 거예요?"

"일단 오늘은 우리 아들이 밥을 잘 먹게 해달라고 빌어야 하겠는걸?"

"에이! 그건 너무 시시하잖아요, 밥은 매일 먹는 건데요. 저는…. 다른 소원을 빌 거예요."

히야는 조이의 소원이 무엇인지 이미 알고 있다는 듯 '그래, 그래'하며 조이의 가슴을 천천히 토닥여주었다. 착한 아이의 소원은 꼭 이뤄질 거로 믿는다면서 침대에서 서서히 몸을 일으켰다.

"그래. 그럼 푸른요정을 꼭 만나서 소원을 빌자? 소원을 빌려면 자야겠…. 조이?"

기다란 속눈썹, 분홍빛 뺨에 고롱고롱 잠든 어린 아들을 바라보던 사랑스러운 눈길을 시계로 돌리니 어느덧 12시 04분이었다.

"결국 하루를 넘기고 말았네. 오늘도 일찍 재우기는 실패야!"

히야는 문을 살며시 닫으려다 고개만 내밀고 가벼운 손키스를 보냈다.

'아, 열 살 생일을 축하해요! 우리 아들!'

〈홀리파크- 비밀의 업무일지 편〉

은빛 날개에 반짝이는 별사탕을 퍼뜨리며 날아오른 비르크를 향해 달려드는 아이들은 언제나 사랑스러웠답니다! 복숭앗빛 뺨을 오물오물거리며 아주 맛있게 간식을 먹는 것만 봐도 비르크는 행복했어요!

"하얀요정님! 오늘은 어떤 간식을 주실 거예요? 달콤하고 시원한 아이스크림이 먹고 싶어요!"

"저랑 동생은 솜사탕처럼 사르르 녹는 포코포코를 주세요!"

종일 기다리던 비르크와의 간식 시간! 마을의 커다란 정원, 그 한가운데에 있는 분수에서 아이들은 구름떼처럼 몰려들어 부모님이 조심히 들려 보낸 홍차와 함께 평화로운 시간을 보내곤 했어요. 그 시간만큼은 선생님도 부모님도 아이들이 마음대로 먹고 놀 수 있게 두었어요. 아이들이 울 때마다 비르크는 그 조그마한 입에 간식을 넣어주며 "아이들은 오늘 먹을 간식만 고민하면 된단다"라고 말해주었답니다! 비르크는 언제나 아이들을 사랑하는 요정이었어요. 홍차는 소원을 들어주는 요정에게 헌정하는 작은 성의와 같았다고 해요! 요정님은 홍차와 달콤한 간식 이외에는 그 무엇도 먹지 않았거든요! 그리고 오늘 하루, 무슨 일이 있었는지 아이들과 소곤소곤 깔깔 웃으며 이야기를 나누곤 했답니다! 무슨 얘기인지 한 번 들어볼까요?

기다리던 〈비르크의 업무일지〉 시간이에요. 우리 함께 읽어볼까요?

10시 30분, 드디어 우리 마을에 풍년이 들었어요! 하지만 요정님은 이미 알고 계셨답니다. 어째서일까요? 바로 개구리알을 우리 어린 아이들과 함께 이곳저곳에 소나기를 맞으며 고루고루 가져다 놓았기 때문이에요! 우비를 입고 마을의 둑과 언덕, 강 근처의 작은 개울까지 차박차박 물웅덩이를 뛰어다녔던 날이 기억나나요? 어른들은 아이들이 징그러운 올챙이알을 만진다며 기겁했지요! 하지만 우리끼리만 아는 비밀이죠? 나쁜 해충을 잡아먹고 못된 뱀이 나타나지 않도록, 우리 올챙이들이 쑥쑥 커서 씩씩한 개구리가 되었다는 사실을요! 해충이 많이 없어진 덕분에 마을의 농작물은 열매를 알차게 맺었답니다! 이 작은 올챙이알 덕분에 작은 풀뿌리부터 커다란 나무들까지 해를 입지 않고 무럭무럭 자랄 수 있었던 거예요! 씩씩한 개구리를 보고 무시무시한 뱀들도 '나 살려라' 하고 도망을 갔답니다! 어른들은 우리 요정님이 그저 아이들과 놀고 있는 줄만 알고 있답니다!

12시! 우리 어린이들은 하루 중에 가장 행복한 시간이 언제인가요? 앗, 저랑 같네요! 맞아요. 점심시간이에요! 어젯밤에 배가 아파서 화장실에 간 친구들이 많다고 들었어요. 요정님은 깜짝 놀라고 말았답니다. 한스의 어머님이 맛있게 구워낸 허브쿠키에 독초 성분이 미량 들어있어서 하마터면 모두를 위험에 빠뜨릴 뻔했지 뭐예요! 하지만 한스 어머님이 너무 곤란해질 것 같아서 비르크님은 망설였어요. 그 독초의 나쁜 기운을 모두 빼내 주었지만, 그래도 걱정이 됐던 요정 님은 한여름에 마을 한가운데의 분수에서 아름다운 흰 눈이 펑펑 쏟아지게 해주었어요! 그리고 아빠들은 '아이들의 간식으로 맛있는 빙수를 만들라!'는 엄마의 지시를 받고 달콤한 시럽과 과일을 올려 아이들과 나누어 먹었지요! 그 독초는 냉기에 아주 약한 식물이라 아이들과 어른들을 더 튼튼하게 도와주었어요, 하지만 어른들은 한여름에 눈이나 날리게 하는, 계절도 제대로 모르는 요정이라고 손가락질을 했답니다!

벌써 3시가 다 되었네요. 어린 친구들은 집에 돌아갈 시간이에요. 요정님은 어떤 시간을 보내고 있을까요? 아이들에게 줄 솜사탕을 구름만큼 커다랗게 피워내고 있어요! 이것 역시 비밀이지만, 이 솜사탕의 초록색은 아이들이 우웩, 하는 브로콜리로 만들었답니다. 한번 맛을 볼까요? 헉, 맛이 정말 감쪽같아요! 하늘에 둥둥 떠 있는 솜사탕을 잡으려고 아이들은 안간힘을 써요. 폴짝! 폴짝! 키가 작은 친구들까지 쑥쑥 클 수 있겠죠? 그뿐만이 아니랍니다! 아이들은 두 발은 땅에서 뛰어야 하고 두 팔은 하늘로 뻗어야 하고 머리는 쑤우욱 빼서 솜사탕을 놓치지 않으려고 눈을 부릅떠야 했기 때문에 집에 오자마자 졸리기 시작했어요. 그래서 집으로 돌아가 밥을 더 맛있게 먹고는, 더는 놀 기력도 없이 푹 잠들었답니다! 무려 12시간 동안 새근새근 잠들어

있었어요! (조심! 지금부터는 아이들이 듣지 못하게 소곤소곤, 엄마아빠에게만 하는 말이에요) 앗, 이건 우리 친구들이 알면 안 되는 비밀인데, 사실 솜사탕은 부모님이 저녁에 편히 쉴 수 있도록 아이들의 진을 몽땅 빼놓는 작전이에요! 그리고 비밀 한 가지 더! 아이들의 행복이 바로 어른의 행복이기 때문이지요! 작고 소중한 감정의 행복을 우리 주변에서 요정님은 지켜주고 계셨던 거예요! 부모님들도 어른들도 이제 아시겠죠?

여기까지가 아이들에게 알려진 동화였다.

지금은 사라진 전설 속의 대요정, 하얀요정─비르크는 종의 주인으로 불렸으나 푸른요정은 종을 관리하는 하인이라고 스스로 칭했다고 한다. 가장 선한 인간들만이 있었던 때. 인간이 가장 인간다움을 간직했고 배움과 실천을 따르던 유일했던 시간. 그 시간은 오래 가지 못했다. 탐욕이 깃들기 시작한 것도 그리 오래 지나지 않아서였다.

사건은 하얀요정에게 원한을 품은 자들이 발단이었다. 부당한 처우를 받았다는 억울함은 반드시 원한의 씨를 틔우게 되는 것이다.

"비르크님! 제 소원을 이뤄주세요. 제발 거대한 금광을 발견하게 해주세요."

"저부터 이뤄주세요! 저는 어여쁜 아이를 낳고 싶습니다."

"모두 잠시만 제 말부터 들어주세요. 저는 앞을 볼 수 없는 어머니를 모시고 있습니다. 제발 제 어머니의 눈부터 고쳐주세요! 병을 고친다면 제가 여러분들에게 금은보화는 아닐지라도 그에 합당한 물건을 내어드리겠습니다. 그리고 어여쁜 아이를 가질 수 있는 묘약을 드리지요."

사람들은 상인의 어머니가 눈에 붕대를 감고 있는 모습을 보고 가장 첫 순서를 내어주었다. 그의 소원은 가장 먼저 이뤄져 앞을 볼 수 없는 어머니의 병부터 치료되었다. 상인은 기꺼이 묘약을 내어주었으며 상점을 팔아 가장 귀한 보석을 내어줬음은 물론이었다. 자신보다 더 아픈 이를 안쓰러워하고 타인의 고통을 헤아리는 마음이 있기에 가능한 일이었다. 하루에 한 번씩, 가장 소원이 절실한 자가 가장 먼저 비르크의 종을 울렸고 마법의 눈보라를 일으키며 소원은 반드시 이뤄졌다고 한다.

하지만 순서에 대한 불만이 갈수록 쌓여갔다. 처음엔 그저 눈에 보이지는 않는 작은 시기였을 뿐인 투정이었다. 하지만 그 불만은 쌓이고 쌓여 어두운 밤이면 순서가 미뤄진 사람들이 삼삼오오 마을의 식당에 모였다. 제각각 저녁 약속으로 모인 사람들의 관심사는 정치나 연예 이야기로 시작했다. 하지만, 항상 파할 때는 비르크에 대한 불만으로 끝을 맺었다. 그들에게는 쉬이 잠들 수 없는 한밤이었던 까닭이다. 점점 분노와 의심, 원한이 깊어지는 대화가 밤새 이어졌다.

"노아. 자네, 여기 있었는가? 얘기는 들었네. 언젠가는 자네 차례도 오지 않겠나?"

"하루에 한 번의 소원만 아니었더라도, 우리 아들이 험한 수술대에 오르지는 않았을 걸세."

노아는 막 비운 술잔을 거칠게 내려놨다.

"쯧. 어쩌겠나? 하필 건물 붕괴로 다친 사람이 수십이 될 뻔했으니. 수술이 잘 끝났다니 나도 한시름 놓았네. 내 술 한잔 받게. 빨리 회복할 수 있게 내일 다시 빌어보게나."

"어차피 이제 회복 중인걸! 아들이 큰 사고가 아니었기에 넘어가는 것일세."

옆에서 술을 들이키던 한 노인이 거들었다.

"우리 손녀딸에게 솜사탕을 만들어줄 때만 해도, 인간미 있는 요정이라고 여겼다오. 막상 큰일이 여럿 닥치자 그중에 경중을 따져 소원을 들어주다니. 이 소원, 저 소원에 더 절실하고 덜 절실한 마음이 어디 있겠소? 남의 다리 부러지는 것보다 내 가족의 재채기에 가슴이 더 놀라는 법이거늘…."

"맞는 말씀이외다. 고맙소."

가게 주인이 막 튀긴 고기튀김을 내려놓으며 자신도 처음 소원을 빌고 난 뒤 두 번째, 세 번째는 늘 밀려났다고 한풀이를 시작했다.

"그래도 주인장은 소원을 받은 게 아니오?"

"말도 마세요. 풍랑주의보에 폭우까지 내리니 파도가 심상치 않아서 남편이 무사히 돌아오도록 빌고 또 빌었습니다. 차르르한 은빛 눈보라가 정말 하늘에서 쏟아지고 귓전에 종소리도 분명히 들렸어요. 아시죠? 소원이 이뤄질 때 갑자기 나타나잖아요. 그런데 남편이 나간 바다는 그날 잠잠해서 흔한 고기떼도 없이 팔자 좋게 햇볕이나 쐬고 왔다고 하더라고요."

"그럼 하늘의 날씨를 바꿔주신 게지."

"아니나 달라요, 글쎄! 처음부터 심심해하는 막내딸을 태우고 뱃머리를 잔잔한 곳으로 옮겼다지 뭐예요. 빗방울은커녕 바람 한 점 없는 곳에서 느긋하게 소꿉놀이나 하다 왔답니다."

"기회를 헛으로 썼구먼!"

"아유, 그러니까요!"

노아는 다음 날 늦은 오후, 오랜 친구인 요한을 하르산의 중턱으로 불렀다.

"어젠 잘 들어갔는가? 어쩐 일로 이 시간에…."

노아의 심상치 않은 표정에 요한은 그가 내민 누렇게 변색된 종이를 받아들었다.

"이건 우리 아이가 몇 달 전 하르산에서 주워온 것이네. 한번 보겠나?"

그것은 반 접힌 종이로, 풀숲에서 비에 젖고 마르기를 여러 날 반복한 듯이 초록 물이 들어있었다. 군데군데 이미 바스러져 있어 조심스럽게 펴야 했다.

En451년 11월 업무일지

지구인에 관한 책 중에 공감했던 내용이 있다. 인간은 아이로 불릴 때가 가장 선하고 현명하다는 것. 연장자일수록 위대한 지혜를 공명만으로도 전수하는 요정의 세계와는 다른 양상을 보인다. 가장 현명하고 선한 시기에 이들은 매우 약한 육체를 타고난다. 게다가 그 시기는 안타깝게도 아주 짧다. 선한 아이들은 강압적인 어른의 태도에 분명한 영향을 받는다. 지구는 사시사철 아름다운 계절을 보여주며 다른 행성과는 달리 그 변화가 다채롭다. 나는 이곳을 사랑하지 않을 수 없다. 아이들뿐만 아니라 어른들의 삶도 만족시켜야 했으나, 그것엔 종과 지팡이의 힘이 절대적으로 필요한 일이 대다수다. 금은보화를 내려주려면 지팡이를 이용해서 인간의 힘과 기술로는 절대 찾을 수 없는 해저까지 탐색해서 내려주곤 했다. 최소한의 힘으로 소원을 이뤄주고 있는 셈이고, 언제까지 가능할지는 알 수 없다….

요정의 공식적인 업무일지는 처음 봤지만, 이 한밤중에 보여주는 것에 요한이 의아한 표정을 지었다. 그러자 노아는 "아, 여기부터 읽어보게나" 하고 한 장을 넘겨 손가락 끝으로 가리켰다.

종과의 계약으로 종을 울리는 누구에게나 가장 간절한 소원을 들어준다는 힘을 부여받았다. 그러나 요정 교육국에서 배운 내용과는 달리 지구에서의 업무는 꼬리에 꼬리를 문다. 가령, 선천적으로 약하게 태어나 금방 숨이 끊어질 것 같은 아이를 살려내면, 다음엔 위대한 축구선수가 될 수 있는 능력을 달라거나 결혼할 때 지참금으로 금은보화를 내려달라는 식이다. 전임자도 비슷한 일들로 끊임없이 요정의 왕과 사무국에 업무처리의 비효율성을 전달했다. 이에 종과의 계약 중 '과도한 요구 시에 진짜 종을 숨기고, 가짜 종을 내세워 하루에 한 번씩만 소원을 들어줄 수 있다'는 내용을 발견했다. 전임자와 사무국은 긴 대화를 끝으로 진짜 종을 숨기기에 이르렀다. 하지만 한 번의 소원. 1이라는 정해진 숫자, 즉 소원의 우열을 가리는 것이 옳은 것인지에 대한 답을 찾을 수는 없었다. 나에게는 과도한 요구로 느껴지지 않았다. (⋯아직은 그렇다는 것이다)

살아내려는 인간은 끊임없이 성장하고 탐구하려는 존재이기 때문이다. 그것은 인간이라는 종이 가진 고유한 성질이다. 그렇게 인간의 탐구는 우주와 과학, 예술 등 모든 분야에 걸쳐 아주 방대하게 뻗어 나간다. 아주 밀접하게는 식(食)이라는 문화에 있다. 같은 홍차와 같은 디저트로 수천만 년을 보낼 수 있는 요정의 삶과는 아주 다르다. 오늘은 버터 풍미가 가득한 휘낭시에를 먹더라도 내일은 초코칩을 빼곡하게 넣은 르뱅쿠키로 오후를 보내야 한다. 곁들이는 차도 매일 다른 편이다. 심지어 갓 구운 스콘을 먹을 때조차 커피나 우유, 홍차 중에 고민한다. 홍차를 선택했을지라도 얼그레이와 실론, 다즐링을 고민하는 그들이다. 심지어 그들은 주식을 섭취해야 하는 세 번의 시간, 즉 끼니마다도 다른 식사를 해야 한다. 주식을 끼니마다 바꿔야 한다는 것을 나도 처음에는 시간 낭비로 여겼다. 무려 그 끼니의 사이에 간식 시간마저도 다른 과일과 차를 섭취해야만 하기 때문이다. 하지만 다양한 식사는 이곳에서 위대한 유산이며 후대에 전승할 고유의 가치가 아주 크다. 심지어 '먹기 위해 산다'는 말이 있을 정도다. 초기에 나는 이 말뜻을 선뜻 이해하지 못했다. 이 우주에서는 살아가기 위해 양분을 채우는 것이 일반적인 인과관계였기 때문이다.

우리 요정은 빛의 일족으로 오직 빛을 흡수하는 것만으로 생명을 유지하기에 그 모습은 처음에 굉장히 비효율적인 방식으로 보였다. 100광년이 떨어진, 비교적 가까운 거리의 문명인 Toi-700d행성 역시 하루 세끼로 생명을 유지하는 것은 공통적이다. 하지만 그들은 극히 짧은 시간을 소무라는 이름의 이끼 형태의 풀로 생명을 유지하며 식(食)이라는 행위 자체에 의미를 부여하지 않는다. 심지어 충전의 시간이 점점 짧아지도록 진화했다. 이 행성의 일부 종족은 등에 소화기관이 있어서 소무라는 이끼 위에 누워 자면서 휴식과 식사를 동시에 취하기도 한다. 어디까지나 식은 살아가기 위한 최소한의 흡수율이면 충분하다는 것이 일반적이다. 먹는다는 행위에 시간을 과다하게 소요하는 것은 대체로 우주적 차원에서는 낭비인 것처럼 우주는 진화했다. 하지만 과잉이라고 여겨졌던 것들이 지금은 다채로운 행복으로 변해 내게 큰 기쁨이 되었다. 이것은 인간에게만 한정된 특징은 아니다. 포유류는 물론이고 지구의 나비들은 흰 나비는 보라 꽃에 앉고, 나머지는 주로 빨간 꽃의 꿀을 먹는다. 20여 일 짧게 살다 갈 뿐인 삶에서 말이다. 나 역시 아침에 눈뜰 때 오늘은 어떤 간식을 먹을지부터 고민하는 요정이 되었다!

마지막 종이를 앞뒤로 돌려봤지만, 내용은 여기까지만 이어졌다. 여기까지 읽고 요한은 이 낡은 종이는 공식적인 업무일지에 올리지 않은 내용임을 짐짓 추측했다.

"가짜 종을 내세웠다니. 제단에 있는 비르크의 종이 그럼 가짜란 말인가? 언제부터?"

노아는 고개를 끄덕이더니 말했다.

"나는 전임요정이 인간의 실태를 기록하고 평화를 위해 고민하는 모습을 봐왔네. 그는 지금의 요정처럼 어영부영 일하진 않았지. 더 많은 사람을 살리고 큰일을 하려 했어. 이 마을도 저 제단도 모두 전임요정이 구축한 것일세. 도로는 물론이고 강과 바다를 잇는 철로까지. 종을 어디에 숨겼는지 알고 있었지만, 요정이 과도한 업무로 지쳐 보였기에 참았지. 하지만 모른 척할 수 없게 됐어. 그 거대한 종은 하르산의 만년설에 묻어 놨다네. 그 종을 다시 제단에 돌려놓고 내게 필요한 요구를 해야겠어."

이 말을 끝으로 노아는 횃불을 들었다.

"지금, 종을 찾으러 가자는 말인가?"

"아이의 수술이 잘못됐어. 심장이 뛰지 않아. 무슨 일인지 아침까지는 죽도 곧잘 먹던 아이가, 입술이 시퍼렇게 변해서 시체처럼 누워 있더군. 방금 제단의 종을 치고 오는 길일세. 오늘 하루 치 일이 끝났다고 아무 대답 없는 요정을, 내일까지 차례를 기다릴 수는 없어."

요한은 말없이 바닥에 준비해놓은 횃불을 들어 노아의 횃불에 대고 불을 지폈다. 화르륵 하고 솟아오르는 불길로, 노아의 참담한 그리고 분에 서린 표정에 그림자가 얼씬얼씬 짙게 드리워졌다. 친구를 다독이듯 말했다.

"자네의 아이면, 내게도 자식일세. 진짜 종을 울리러 가세."

산 정상에 오른 노아와 요한은 미황색의 음음한 달빛 아래에서 만년설을 샅샅이 살폈다. 그러나 얼어붙은 토끼 두 마리와 산행에서 누군가가 잃어버린 손전등을 발견한 것이 전부였다. 눈 덮인 산 정상에는 아무것도 없었다. 고요한 눈의 평원에서도 이글거리는 마음은 사그라지지 않고 어디선가 차디찬 바람이 불었지만, 빗장은 굳게 닫혀 있었다.

"분명, 분명히 여기였는데…. 여기, 여기 어딘가에 내 아들을 살릴 종이 있어!"

미치광이처럼 횃불도 내려놓고 산을 뒤엎는 노아의 마음을 요한은 참담한 심정으로 이해하려고 했다. 마음에 미움이 번졌다. 물을 가득 먹은 화선지 위로 툭− 떨어진 눈물은 검은색 잉크가 되어 하얀 종이 위를 빠르게 번져나갔다. 마치 심장 주변에 펼쳐진 혈관과 같은 모습으로 뻗어 나갔다. 황량한 만년설 위로 차가운 바람이 몇 차례 지나가고, 오한이 찾아들어 몸을 움츠렸다. 노아는 아랑곳하지 않고 삽과 장비를 버리듯 팽개치고는 횃불을 들고선 홀로 마을의 제단으로 방향을 틀었다. 산등성이를 뒤따르던 요한은 횃불의 일렁거림이 거셀수록 손에 든 도끼를 단단히 잡고 그를 따랐다. 얼어붙은 땅에 힘껏 박혔던 도끼에서 눈 속에 파묻혀있던 풀냄새가 콧속을 파고들었다. 뜀박질에 눈 속으로 발이 푹푹 빠졌다. 거친 숨을 몰아쉬며 아차 싶었을 때 이미 노아는 저만치 앞서 뛰고 있었다. 살아있는 도깨비불은 홀로 생명을 얻은 듯 잠시도 쉬지 않고 화르륵 거센 불길을 부풀렸다 가늘어졌다 하며 생명의 태동을 멀리서도 느끼게끔 했다. 하르산의 중턱에 있는 비르크의 종과 그 제단을 지키는 관리자들은 바로 옆 숙소에서 잠들어 있다가 얼굴에 스치는 붉은 불길에 잠을 깼다.

"불이야!"

그곳은 보초를 설 필요조차도 없는, 하루에 한 번씩의 축복을 선사하는 상서로운 제단이었다. 사람들이 바친 알록달록한 색채의 과자와 빵 앞에서 노아는 텅 빈 눈을 하고는 편지에 불을 붙이던 참이었다. 백발이 성성한 제단장이 노아를 알아보고 뛰어들었다.

"노아! 신성한 제단에서 이게 무슨 짓이요. 당장 멈추시오!"

넘실대는 불갈기는 제단의 종을 받치고 있는 네 개의 기둥에 들러붙어 이미 위태로운 뼈대만을 남겨놓은 상태였다. 얼얼한 불기운에 두 번째 기둥도 녹아내리려 하고 있었다. 뒤따라온 요한이 불기둥을 마주치고 잠깐 망설였다. 그는 요한이 들고 있던 도끼를 뺏어 조금의 망설임도 없이 종을 내리찍었다.

"콰아아앙" 천둥 치는 요란한 소리가 제단을 울렸다.

"콰콰카카카칵" 분노한 도끼질에는 증오만이 서려 있었다.

세 번째 도끼질은 요한의 묵직한 망치질도 함께였다. 제단을 보수할 때 쓰던 도구함이 어디에 있는지는 모두 알고 있었다. 노아의 아들은 요한에게도 아들과 같았다. 노아는 자신의 화를 억누르기 위해서 종을 쳤다. 종을 치면서도 이 분노를 종에게 푸는 것이 옳은지, 종이 사라지면 그다음은 아이의 복수를 한 것인지 스스로 되물으면서. 바닥까지 느껴지는 거대한 진동은 소음과 함께 얼마만큼의 분노와 증오가 서려 있는지를 느끼게 했다. 두 번째 기둥이 끼이이익– 소리를 내며 구부러졌다. 그러자 성인 다섯은 들어갈 법한 거대한 종의 무게를 이기지 못하고 기둥 전체가 기울어지더니 땅과 가까워졌다. 제단의 관리자들은 떨어진 종에 어찌할 바를 모르고 노아를 비난하며 죄를 물었다. 노아는 자신을 붙잡으려는 관리자들에게 도끼를 휘두르며 실성한 눈을 하고 소리를 질렀다. 그것은 사람이라기보다 괴수의 울부짖음과 같았다.

비르크는 자신을 해하려는 분노를 담은 그 괴성에 눈을 떴다. 눈을 뜸과 동시에 은백색의 눈보라를 일으키며 허공에 모습을 드러냈다. 은빛 실크와 같이 차르르 몸을 감싸는 원기둥 속에서 신성한 빛을 발산하며 노아를 향해 곧장 다가섰다. 달빛에 비친 얇은 날개는 미동도 없었지만, 허공에 떠오른 상태로 제단과 노아를 내려다보았다. 하얀요정의 눈동자에도 불꽃이 튀었다.

『어리석은 짓을 하는군. 왜 종을 없애려 하지?』

노아가 두려움에 멈칫한 것은 아주 잠깐이었다.

"비르크, 내 아들을 살려내지 않는다면, 이 종을 없애겠다."

『하! 소원이라면 매일매일 그대들을 위해 들어주고 있었다.』

"허튼소리! 아들은 이미 숨이 멎었어. 다시 한 번 말하겠다. 지금 당장 살려내지 못한다면 이 종을 없애겠다. 그리고 나도 함께 가겠다.”

남은 두 개의 기둥이 중심을 잃고 앞으로 더욱 휘어졌다.

『이미 죽은 이를 되돌릴 수는 없다. 그 종에 위협을 가하면 내가 죽은 이를 살릴 거로 생각한 건가? 종을 수십 개 없앤다 해도 이 육신에 그 어떤 해도 가할 수 없다.』

거센 소음에 밖으로 나온 사람들이 이미 도끼로 여러 번 찍힌 종을 바라봤다. 더는 종의 모양새라고 할 수 없는 우그러진 모습이었다. 마지막 도끼질을 끝으로 손잡이는 부러졌다.

“나와 함께 이 종을 없애는 자에게는 내가 가진 금은보화를 주지! 우리 부모님께서, 이전 요정인 아만에게 받은 것이다! 나는 사고로 의식을 잃고 심장이 멈췄었다. 그런데 수술실로 가는 도중에 눈을 떴지. 모두 요정의 기적이라고 했다. 나를 살리려던 이 기적을 너를 죽이는 데 쓰겠다.”

『내가 너의 아들을 죽이기라도 했단 말인가?』

“…너는 살릴 수 있는 힘을 쓰지 않았어.”

『소원이 너를 불행하게 만들었는가?』

“……” 노아는 바로 대답하지 못했다.

『대답해! 종이 없어진다면 행복할 것이라 믿는가?』

“…그렇다.”

주변을 돌아보며 노아는 금괴가 든 주머니를 던졌다. 묵직한 무게

감이 실린 소리가 퍼졌다. 타오르는 불길 앞으로 요한이 가져온 도구들을 우르르 쏟아냈다.

"이 정도 무게면 집을 두어 채는 살 수 있을 것이다."

금광을 달라고 하던 이가 금괴를 주우며 다른 한 손에 도끼를 들었다. 요한은 다친 아이를 왜 진작 구해주지 않았냐며 요정의 이마에 돌을 집어 던졌다. 힘과 방향은 정확했지만, 돌은 스스로가 마치 요정의 몸에 닿기를 주저하는 것처럼 상처를 내지 못하고 바닥으로 떨어졌다. 여기저기서 웅성거림이 시작됐다. 비난과 힐난이 뒤엉켜 불과 함께 타오르고 매캐한 연기를 내뿜었다. 분노가 타오르는 제단은 더는 축복과 기적의 장소가 아닌, 그저 선의가 설 자리는 없는 곳이었다.

『더는 이곳에 여한을 두지 않으리라.』

"쩌억!" 하늘이 반으로 갈라지는 소리와 함께 종은 은빛 활기를 잃어갔다. 종의 작은 균열에서 나온 힘은 균형을 잡지 못한 채 폭주하며 바닥에서 나뒹굴었다. 그러다 종 안에서 회전을 계속하더니 거대한 소용돌이를 만들기 시작했다. 처음 그 힘은 손가락만 한 크기로 종안에서 나선 모양의 회오리를 만들어냈다. 비르크가 결심한 듯 지팡이를 뻗자 회오리의 중심축에서 돌개바람이 강력한 선회운동을 시작했다. 집을 삼킬 수 있는 거대한 토네이도를 만든 것은 순식간이었다. 그 힘은 스스로 지탱할 수 없을 때까지 커지고 또 커졌다.

"비르크님! 이제 그만 하세요! 사람들이 종 속으로 빨려 들어갑니다. 제발…."

파괴되기 직전에 종의 부름을 받은 푸른요정이 두 손을 뻗으며 다급하게 저지했다. 하지만 비르크의 손짓 한 번에 푸른요정은 바닥으로 내팽개쳐졌다.

『그렇게 끊임없이, 끊임없이 소원을 빌었어도 더 원하는 것이 남았는가?』

하얀요정은 제단의 기둥에서 아직 불타고 있는, 사그라지지 않는 백색 화염을 가만 바라보고 있었다. 광기에 찬 차가운 얼굴이었다. 종이 만들어낸 거대한 소용돌이에 지팡이로 또다시 주문을 넣자, 집채만 했던 회오리가 순식간에 몸집을 키우더니 하르산의 정상에 닿을 정도의 거대한 소용돌이를 일으켰다. 실로 무시무시한 재난이었다. 회오리가 산 중턱의 구름을 집어삼키는 위압감은 엄청난 두려움을 몰고 왔다.

"신께서 내려와도 멈출 수는 없으리라…."

제단장이 고개를 떨군 채 자신을 책망하듯이 입을 열었다. 제단의 숙소는 이미 종으로 빨려 들어갔다. 마을을 지켜주던 거대한 보호수는 나무뿌리째 뽑혀 회오리바람에 수수깡처럼 가볍게 돌았다. 푸른요정은 서둘러 제단의 관리자들과 노아의 무리, 나무에서 쉬고 있던 다람쥐들까지 모두 자신의 보호의 결계에 가두고 빨려 들어가려는 힘을 저지했다.

『이제 아무도 소원을 빌 수 없을 것이다. 저들의 탐욕이, 모두를 집어삼키리라.』

푸른요정이 회오리바람을 밀어내며 종 안에서 시작된 소용돌이를 멈추려 했다. 그러나 그 힘은 흔적도 없이 빨려 들어갔다. 자신이 쳐 놓은 결계까지 회오리가 미치는 것을 본 푸른요정은 멈출 수 없는 그 힘을 자신의 지팡이에 되려 흡수하기 시작했다. 사람들을 향해 맹렬히 접근하던 회오리의 끝이 푸른요정의 지팡이에 닿았다. 하지만 흡수된 힘은 사라지는 것이 아닌, 오히려 푸른요정의 지팡이를 파괴할 뿐이었다.

"나로서는 막을 수 없…는 힘…이야…."

그 모습을 본 비르크는 푸른요정을 향해 날아올랐다.

『아직도 인간을 지키려 하는가?』

"비르크님, 이제 그만 멈춰주세요. 당신을 해하려 한 저들을 용서해 주세요."

『너는 무딘 성격 탓에 언제나 결단을 내리지 못했어. 그래서 거대한 힘을 받지 못하고 종의 하인이나 된 것이다. 이제 그만 내버려두고 나를 따라와라.』

푸른요정의 지팡이로 흡수되는 회오리는 작아지고 있었지만, 지팡이는 힘을 이기지 못하고 투둑투둑 하는 소리와 함께 바늘 같은 나뭇결이 튀기 시작했다. 곧이어 손잡이가 부풀어 오르더니 어른의 팔뚝마냥 굵어졌다.

그 순간, 거대한 파열음과 함께 눈도 뜨지 못할 백색의 폭발에 푸른요정은 뒤로 밀려 나가며 내리굴렀다. 순백의 빛과 소음마저도 순식간에 사라졌다. 하얀요정—비르크는 그렇게 종적을 감춰버리고 말았다. 눈앞에 있는 것은 더 이상 제단의 모습이 아니었다. 제단에서 떨어져 땅바닥에 뒹굴고 있는 종은 무엇이든 삼킬 듯했다. 아직 남은 회오리가 방향을 잃고 제자리를 빙글빙글 돌고 있었다. 푸른요정이 서둘러 뒤돌아보았을 때 인간들은 자신에게 해가 갈 것이 두려워 벌벌 떨며 무기를 들었다. 종 속에 남은 회오리는 아직 활개를 치며 주변 사물들을 천천히 집어삼키고 있었다. 균열이 생긴 종에서는 알 수 없는 힘이 치직—거리며 빠져나와 가까이 다가갈 수조차 없었다. 전기가 튀며 빠지직—빠직— 하는 소리로 종에서 튀어나온 힘은 주변의 남은 사물을 돌멩이, 흙더미, 나뭇가지, 새, 벌레 할 것 없이 모습을 제멋대로 바꾸고 있었다. 펑! 하는 소리와 함께 지나가던 다람쥐가 빛을 맞고 두 발이 달린 시종으로 변했는데, 하얀요정이 부리던 시종과 비슷한 모습이었다.

"아직도, 마법이 남아 있어. 이대로 두고 떠난다면 사람이든 동물이든 모두 바꿔버릴 거야."

결국 푸른요정은 주인을 잃고 날뛰는 야생마 같은 종에게 가까이

다가갔다. 그리고 그 두려운 힘을 자신의 허름한 지팡이에 흡수하기 시작했다. 푸른요정이 흡수하기에는 어림없는 힘이었다. 거대한 힘을 가까스로 지탱하던 지팡이는 점점 부풀어 올라 터질 것만 같았다.

그때, 푸른요정의 지팡이 끝에 하얀요정의 힘의 상징인 눈보라가 아주 조심스럽게 피어올랐다. 한 줌이 될까 말까 한 은모래와 같은 눈보라였다.

그 눈보라는 어떤 전언으로 느껴졌다. 마지막 기회일 수도 있는 미약한 힘.

"이, 이것은…. 이대로 모든 것을 없애버릴 수도 있었지만, 마지막 기회를 주시는 것이오. 다시 만들어야 합니다, 비르크님이 돌아오시도록, 이곳을 다시 웃음과 사랑이 가득한 곳으로 되돌려야 합니다!"

비르크의 힘을 받은 지팡이의 끝에서 소용돌이가 흡수되기 시작했다. 모든 것을 삼킬 것만 같던 소용돌이는 서서히 잦아들었다. 여태껏 받아들였던 힘과는 다른 묵직함이 지팡이의 끝없는 공간 속으로 빨려 들어가고 있었다. 비르크님의 힘은 어느 정도란 말인가? 은모래 한 줌 정도의 힘을 받았을 뿐인 지팡이로 빨려 들어가는 힘은 무한의 공간 속으로 끊임없이 파고들었다. 푸른요정은 뒤로 밀려날 것만 같은 거대한 힘을 받아내고 있었다. 그 모습을 본 누군가가 요정의 등 뒤에 서서 밀려나는 것을 막아주었다. 그렇게 한 사람씩, 두 사람씩 더 모여 든든한 지지대처럼 막아섰다. 개 중엔 놀란 짐승이 종 근처로 가까이 가려는 걸 자신의 목숨을 아끼지 않고 막아서는 인간도 있었다. 마침내 흡수된 힘은 푸른빛과 옅은 흰빛을 발산하며 주인의 명령을 기다리듯이 지팡이 끝에서 빙빙 돌았다. 그때, 두두둥—두둥— 비르크의 종에서 잡음과 함께 분명한 종소리가 들렸다. 회오리도 사라진, 깨지고 우그러진 종 바로 앞에서 눈물을 흘리며 두 손을 꼭 모은 채 빌고 있는 작은 소녀가 울리는 소리였다.

콰콰콰콰콰!

소원을 들은 종은 땅바닥에 떨어진 채로 지축을 울렸다. 지팡이는 금방이라도 힘을 쏘아댈 것 같았고 긴장감 속에 모두 숨을 죽였다. 푸른요정은 여태껏 그 누구의 소원을 들어줘 본 적이 없었다. 그저 종의 시종으로 이곳에 왔을 뿐이었다. 미약하게 들어있는 비르크의 힘을 지닌 지팡이, 이 지팡이 안에는 분명히 종과 공명하는 힘이 있었다. 망설임을 오래 붙들지 않고 지팡이를 움켜쥐자 군데군데 나뭇결이 바늘처럼 튀어나온 지팡이에선 전기가 파지직 흘렀다. 두두둥—두둥 종이 울리는 소리와 함께 푸른요정과 뒤에서 막아주던 사람들마저 순식간에 밀려 나가며 거대한 힘이 튕겨 나왔다.

그 빛은 빛이 도달할 수 있는 멀고 먼 지평선까지 뻗어 나갔다. 아득히 멀어져가는 그 빛은 지금 이 땅과는 유리된 닿을 수 없는 힘이었다. 푸른요정은 사람들과 함께 뒤섞여 모래바닥을 몇 바퀴를 구르고 구른 후, 흙먼지를 뒤집어쓰고 겨우 멈췄다.

삐리리리! 빠빰빠빠빠빠!

뜻밖에도 그들의 눈앞에 화려하고 아름다운 대관람차가 생겨났
다. 지금의 상황과 전혀 어울리지 않는 등장이었다. 빠밤빠빠— 하는
음악을 시작으로 알록달록한 조명을 단 나무들이 쑥쑥 나오며 파란
타일로 길을 만들어냈다. 새소리가 여기저기 아름답게 지저귀고, 귀
여운 다람쥐들은 두 발로 걷기 시작했으며, 물뿌리개를 들고 싹을 틔
운 새싹에 물을 뿌리고 있었다. 그들은 어떤 명령을 오래전부터 받은
듯이 익숙하게 이곳저곳을 보살피고 뛰어다니며 바쁘게 움직였다. 그
리곤 마을 한가운데에 있는 분수에서는 달콤한 케이크가 쏟아져 나와
달콤한 향내가 가득한 광장이 만들어졌다.

'이게 대체 무, 무슨 일이지?'

몇 바퀴를 구르고 먼지와 덤불을 뒤집어쓴 푸른요정은 하늘에
서 쏟아지는 탁구공만 한 까늘레를 받아들고는 이해할 수 없는 표
정을 지었다. 무언가가 우르르 쏟아지는 분수에서 나온 것은 갓 구
워낸 따끈한 머핀이었다. 그리고 분명하게 적힌 알록달록한 'Happy
Birthday'.

'대체 뭐가 어떻게 된 거지?'

"아린! 아린! 어서 그 종에서 떨어져!"

"헤헤, 엄마! 저 오늘 열 살 생일이에요. 생일선물로 친구들이랑 놀이동산에 가게 해달라고 요정님께 빌었어요!"

제2부

기적의 놀이동산,
이곳이 바로
홀리파크입니다!

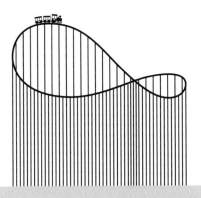

먼동은 텄지만 초목도 새들도 아직은 잠들어 있는 조용한 새벽. 적막을 휘젓는 소리에 깜짝 놀란 아침이 밝아왔다. 조이의 방에서 시작된 엄청난 비명에 옆집 강아지가 덜그럭대며 콸콸 짖어댔다. 떠들썩한 아침 인사가 마을 끝에 사는 강아지까지 도미노처럼 이어졌다. 드디어 시작된 조이의 열 살 생일!

"맙소사! 온 동네 사람을 다 깨우겠다, 조이!"

새벽부터 일어나 미역국을 끓이던 히야는 간을 보려고 수저를 들다가 방에서 거실로 뛰어오는 조이의 발걸음을 느끼고 앞치마를 벗어버렸다. 곧바로 쿵쾅쿵쾅하는 발뒤꿈치로 바닥을 찧는 진동이 부엌 바닥까지 거세게 울렸다. 조이는 소파에 올라갔다가 베란다로 달려가서 문을 열고 한바탕 소리를 지르곤 커튼 뒤에 숨어서 그림자만이 빼꼼 보였다. 또다시 이어진 괴성. 집 안에 잠든 그 무엇이라도 모두 깨울 만한 성량에 엄마는 자신이 괴물을 낳은 건지 사람을 낳은 건지 모르겠다며 조이가 숨어 있는 커튼을 쳤다. 온 가족과 옆집 사람들까지 깨워버릴 우렁찬 괴성에 비해, 너무나도 천진난만한 미소로 숨어있는 조이를 보고 엄마는 할 말을 잃었다. "이렇게 귀엽고 앙증맞은 괴물이 내 아들이라니!"

히야가 상기된 조이의 두 볼을 꼬집던 그때였다. 두 사람의 눈앞에 둥둥 떠 있는 입장권이 나타났다. 둘은 얼어버린 채 서로를 쳐다보았다.

"엄마! 심장이 제 귀 옆에 있나 봐요…. 심장 뛰는 소리가 너무 크게 들려요!"

"이걸 어째…. 어쩌면 좋을까."

히야도 소파 뒤로 숨고는 어찌할 바 모르고 얼굴만 내밀었다. 조이는 얇게 비치는 커튼 뒤에서 쭈뼛거리며 입장권의 실루엣을 두 눈을 크게 뜨고 보고 있었다. 그 나풀나풀한 커튼 뒤의 실루엣만 봐도 조이가 얼마나 긴장하고 있는지가 느껴졌다.

"조이, 침착하자, 침착해…."

엄마는 아이가 여기에서 더 크지 않았으면 하고 빌었다. 혹은 이 순수함을 언제까지나 간직한 아이로 자라나기를. 돌돌 말려있는 입장권은 양옆에 날개의 잎사귀가 있었지만 어떠한 날갯짓도 없이 허공에 멈춘 듯이 떠 있었다. 제 주인이 나오기를 기다리는 것처럼. 히야는 살금살금 조이에게로 갔다. 커튼에 이마를 붙인 채로 숨을 몰아쉬는 조이의 작은 숨결에 커튼이 살랑살랑 흔들렸다.

"엄마…. 눈, 눈을 떴는데요, 마법의 눈보라가 짠하고 나타났는데, 조금도 차갑지 않았어요. 그리고 저, 저 입장권이 가까이 왔어요!"

"괜찮아, 조이. 엄마가 옆에 있잖아."

커튼을 조심스럽게 열어주자, 입장권은 조이의 눈높이에 맞게 둥실둥실 움직이며 살짝 내려왔다. 조이가 천천히 다가가 손을 내밀자 말려있던 입장권이 펼쳐지면서 양옆에 흰 날개도 빙그르르 돌다 우아하게 멈췄다.

"홀.리.파.크. 입.장.권!"

조이는 또박또박 읽기 시작했다. 한 글자씩 읽을 때마다 엄마를 쳐다보며 눈물을 글썽였다.

"저, 저한테 온 거예요!"

"그래그래. 오! 실물이 훨씬 근사한데? 이건 마법의 계약서이기도 한 입장권이구나!"

무릎도 꿇고 입장권에 적힌 글을 함께 읽던 히야가 놀라운

홀 리 파 크 입 장 권

※ 하단에 서명하는 즉시, 입구로 도착하게 됩니다.

이름: 조이   날짜: 7월 8일

- 유 의 사 항 -

제1조 이용 기간은 당일 오전 10시~오후 10시로 한정한다.
　　　　(최대 12시간, 조기퇴소 가능)

제2조 아이의 안전과 무사귀가는 홀리파크가 전적으로 책임진다.

제3조 입장과 동시에 바깥세상과 통하는 방법은 없다.
　　　　(필수품 일체 제공)

제4조 푸른요정의 마법으로 모든 아이는 마음껏 먹고,
　　　　뛰어놀 수 있으며 행복해야 한다.

- 필 수 준 비 물 -

생일 당사자의 그림일기

본 계약을 진행함에 상호신뢰를 바탕으로
성실하게 이행키로 합의하고
다음과 같이 마법의 계약을 체결합니다.

서명 (갑)

(을)

듯이 손가락 끝으로 입장권을 톡 하고 건드려보았다. 입장권은 허공에서 그 손길을 그대로 두다가, 갑자기 강아지처럼 엄마의 손등을 부비댔다. 히야는 거의 바닥에 쓰러져서 귀여움에 몸부림치고 말았다.

"무슨 입장권이 이렇게 강아지 같을까?! 주인 알아보고 졸졸 따라오고 말이야! 우리 집 멍멍이보다 귀엽잖아?"

제이크가 그 말을 알아들은 듯이 귀 한쪽을 쫑긋하더니 일어나 으르렁거리며 입장권을 노려보았다.

"농담인 거 알지? 제이크! 당연히 우리 제이크가 백 배는 더 귀엽지."

보드라운 러그에서 15살 멍멍이는 만족한 듯 털썩 눕더니 다시 잠을 청했다.

날개의 잎은 바람에 나부끼듯이 그 보드라운 연한 잎을 움직이고 있었다. 엄마는 볼펜을 가져와 조이의 손에 쥐여주었다. 조이는 왜인지 볼펜을 들고 가만히 있었다.

"조이?"

재촉하는 엄마에게 진지한 아랫입술을 열며 조이가 또박또박 말했다.

"고마워요, 엄마, 그런데…. 여기에 지금 서명을 해버리면 홀리파크 입구에 바로 도착하게 돼요. 그것도 저 혼자만요! 저는 입구까지 엄마와 함께 가고 싶어요. 그래도 되나요?"

미처 생각지도 못한 어린 아들의 요청에 히야는 황야기린을 보려면 서둘러야 한다고 급히 부엌으로 달려갔다. 입이 짧은 조이가 "엄마! 빨리 밥 주세요!" 재촉했다. 미역국을 뜨던 히야는 '어젯밤, 내 소원도 들어준 건가?' 중얼거렸다. 조이는 식탁에 바른 자세로 앉더니 "밥 주세요, 밥!"을 외쳤다. 늘 밥 먹기 전쟁을 치렀던 아침에 처음 있는 일이었다.

홀리파크의 시작점을 알리는 거대한 입구에는 이곳의 상징이라 할 수 있는 푸른요정이 조각되어 있었다. 푸른요정이 들고 있는 지팡이에는 요정의 표식인 은백색의 눈꽃이 차르르 나타났다가 사라지기를 반복하고 있었다. 조금 더 지나가자 우뚝 솟아 있는 사계절의 시계탑이 멀리서도 보였다. 홀리파크는 숫자판으로 시간을 알리는 시계 대신 사계절을 나타내는 날씨로만 시간의 경과를 알 수 있는 곳이다. 하루에 사계절이 흐르기 때문이었다. 그래서 12시간이 아닌 12절기가 시계에 나타났다. 하루 동안 봄부터 겨울까지의 모든 계절과 놀이를 즐길 수 있는 마법의 놀이동산! 입구까지 이어지는 길에는 색색의 풍선과 천막을 한 상인들이 각종 먹거리로 장사진을 이루었다. 홀리파크 기념품 가게까지 줄을 지어 축제의 시작을 알렸다. 그 오색찬란함은 입구까지만 이어졌다. 오직 입장권을 가진 허가된 가족만이 입구를 지나갈 수 있었기 때문이었다. 입구에서 반대편으로 나오던 차 한 대가 멈춰 섰다. 차 안에서 울며 떼쓰던 꼬마 아이는 나와서 홀리파크 기념품을 고르고 있었다.

"엄마, 나오도 저렇게 떼를 썼을까요? 같이 왔으면 좋았을 거예요⋯."

조이는 나오를 데려오고 싶었음을 고백했다. 히야도 같은 마음이었다고 말하며 예쁜 머리띠를 받고 팔짝팔짝 뛰는 아이에게 잠시 눈길을 보냈다.

입구를 지나가는 도중, 푸른요정의 홀로그램 영상이 차 안에서 갑자기 튀어나오더니 지팡이를 한 번 휘둘렀다. 곧바로 조이의 입장권 맨 아래 (을)에 Holly Park의 사인이 생겼다.

"오, 이분이 요정님이니? 너무 빨리 지나갔어!"

"아니에요. 이렇게 쉽게 만날 리가 없잖아요. 이제 들어온 거예요!"

옆 마을이나 저 멀리 바다 건너 다른 나라에서 온 가족 등으로 주차장은 인산인해를 이루고 있었다. 주차장 P 표식이 붙은 거대한 잔디밭에 차를 세워두고, 조이와 엄마는 하늘 높이 솟아 있는 공원의 입구를 입을 벌리고 쳐다봤다.

"조이. 저, 저 가족 좀 봐! 날개의 잎을 자동차에 붙였구나.

보이니?"

자동차의 양옆, 사이드미러에 붙인 그 가녀린 잎은 네 가족이 탑승한 차를 올리려고 파닥이고 있었지만 어림없는 일이었다. 겨우 바닥에서 손가락 한 마디 정도 되는 높이로 떠 있는 게 고작이었다. 절대 그 이상 오를 수는 없어 보였다. 그 작고 여린 날개는 잔디 위에서 보니 더더욱 흰나비와 다를 것이 없었다.

갑자기 깜짝 놀란 조이가 소스라치듯이 뒤돌아보며 소리쳤다.

"엄마! 방금 제 어깨에도 날개의 잎이 붙었어요. 보세요! 잎이 팔랑거려요. 너무 신기해요!"

안전띠를 풀고 밖으로 나가려는 찰나, 바로 옆에 주차된 차에서 들리는 고음의 비명에 조이는 창문부터 닫기로 했다.

"우애애앵! 나도 갈 거야! 나도 요정한테 소원 빌 거야! 흐읙 흐윽."

"너 이제 고집 그만 부려. 형 빨리 가야 돼. 너도 2년만 지나면 올 수 있잖아? 그만 좀 해! 지친다! 아빠, 저 언제 들어가요?!"

"싫어! 나도 갈 거야! 나도 갈 거야!"

아빠로 보이는 젊은 남자가 카시트에서 발길질하며 난동을 피우는 작은 아이를 운전석에서 한 번 돌아보더니, 재빨리 차에서 내려 큰 아이의 어깨에 날개를 다시 달아주었다. 그 아이는 하늘로 재빨리 올라가다가 동생이 있는 창 옆으로 굳이 다시 날아와서는 베~ 하고 놀리고는 날아올랐다. 차가 들썩거릴 정도의 울음소리에 히야는 다른 곳에 차를 주차할까 잠시 고민하며 주변을 둘러보았지만 마땅한 자리가 없을 정도로 만석이었다. 히야는 조이가 열 살이지만 여전히 어린아이라고 생각했는데, 천방지축인 남의 둘째 아이를 보자 새삼 조이가 많이 컸다고 실감했다.

"조이, 엄마가 스무 살 때 홀리파크가 생겼다고 했지? 홀리파크에 초대받은 아이들이 너무너무 부러워서 그 나이에도 저렇게 바닥에서 떼를 썼어. 우리 조이는 엄마보다 아주 멋진 어른이 되려나 봐. 이렇게 의젓한 걸 보니."

히야는 조이의 안전띠를 풀어주며 초록 머리를 쓰다듬었다.

"저는 저런 철부지는 지난 지 오래됐어요, 엄마!"

대체 언제 적이냐며 쳐다보는 조이의 시선에 히야는 실컷 웃었다.

우애애애애애애앵!!

전보다 훨씬 고음의 우렁찬 울음소리에 엄마와 조이는 동시에 어깨가 움츠러들었다. 바로 옆을 지나가던 다른 가족이 못 말린다는 듯 고개를 저으며 귀를 막았다. 멕시코 전통의상을 입고 챙이 커다란 모자를 단체로 쓴 가족이 지나갔다. 그 집 아이가 소리를 막겠다는 듯이 모자를 당겨 귀를 막으며 걸었다.

조수석에 앉아있던 조이는 무언가 골똘히 생각에 잠겼다.

"엄마, 저런 방법이 있었어요. 한번 해보실래요?"

또래보다 유난히 작은 조이가 차 밖으로 나와 운전석 쪽으로 갔다. 주변의 아이들보다 훨씬 작은 체구에 히야는 마음이 욱신거렸다. 조이는 자신의 양 어깻죽지에서 마법의 힘으로 팔랑거리는 날개의 잎을 떼어내어 엄마에게 붙여보았다. 히야는 깜짝 놀라며 고개를 왼쪽 오른쪽, 다시 왼쪽으로 번갈아 보더니 놀라운 듯 소리쳤다.

"맙소사! 정말 날개가 내 몸에서도 팔랑거리고 있어!"

"우와! 여기까지 성공이에요!"

히야의 생각대로 날개가 움직이는 듯했다. 히야의 키만큼 살포시 날아올랐다가 내려왔다.

"요정의 힘은 정말 대단하구나. 나비만 한데도 엄마를 사뿐히 들어 올렸어."

"엄마, 절 한번 안아보세요!"

조이의 생각을 읽은 히야는 되든 말든 한번 해보자는 심정으로 조이를 꽉 껴안았다. 그리고 눈을 질끈 감고 날개에게 '제발 날아 줘!' 하고 부탁하며 온 힘을 모았다. 눈꺼풀을 살짝 올려 겨우 밖을 볼 정도로만 실눈을 뜨고 발아래를 보니 벌써 2층 높이로 올라가 있었다.

"세상에! 놀라워라! 다이어트한 보람이 여기서 있을 줄이야! 이제 어떡하지?"

그렇게 홀리파크의 입구로 가는 조이와 엄마를 보며 차에 있던 아이의 울음소리는 분노를 담아 더 쨍하게 울렸다. 우아악! 뿌애애애애앵!!

"이걸 어떡하면 좋지? 날개의 잎이 힘이 없나 봐. 어째 속도가 좀 느려진 거 같지 않니? 아쉽지만 내려가야 할까 봐."

"엄마, 날개가 힘을 낼 수 있게 용기를 주세요! 빨리요! 더요, 더!"

"한번 해볼게! 힘내라!"

"조금만 더 힘을 내줘, 날개야!"

조이는 꽉 끌어안은 엄마의 얼굴이 너무 가까워서 귓속말하듯 간지럽고 웃음이 났다. 마침내 도착한 입구, 거대한 날개의 나무 바로 아래에 텔레비전에서만 볼 수 있었던 바로 그 뭅뭅이 서 있었다.

– 어린이들이 가장 만나고 싶은 유명인 1위!

– 생일파티에 초대하고 싶은 인물 1위!

– 뭅뭅과 미니뭅뭅의 마법의 레시피 동화책 10억 불 달성!

– 뽀뽀스가 선정한 아이들이 가장 뽀뽀 받고 싶은 캐릭터 1위!

– 미취학 아동 대상 가장 되고 싶은 장래희망 1위!

– 광고계에서 가장 영향력 있는 선한 사업가 5인에 선정!

사람도 연예인도 아닌 뭅뭅은 벌써 10년째 '어린이들이 가장 만나고 싶은 유명인 1위'를 놓치지 않고 있었다. 아이들이라면 뭅뭅이 나오는 광고를 코가 빠진 듯 보고 있었다. 뭅뭅의 치카치카붐붐 동영상은 가장 많이 시청한 영상 1위였다. 이 영상으로 전 세계의 충치 발생률이 현저히 줄어들었다는 것은 모두가 아는 사실이었다. 뭅뭅 실물 크기의 인형을 만난 듯 조이도 이 상황이 믿기지 않았다.

'그, 그 뭅뭅이야! 꿈에 나와도 설레는 뭅뭅을 내가 만났어!'

푸른 타일로 깔린 바닥에 발이 닿자마자 할 일을 다 한 날개의 잎은 부드러운 바람기둥과 함께 그 둘을 둥글게 스치며 바람을 일으켰다. 새하얀 날개의 나무로 날아가 나뭇가지에 붙어 다시 잎이 되었다. 그 거대한 나무는 조이의 왕할머니가 사는 20층 아파트보다도 커 보였다. 바람결에 나부끼는 새하얀 잎들이 충전하듯 나무의 끝에서 휴식을 취하는 것처럼 보이기도, 가지 끝에 붙어 재잘거리며 이야기를 나누는 것처럼 보이기도 했다.

저들끼리 사락거리며 은백색의 눈보라처럼 흩날리는 날개의 잎은 곧 흰 눈처럼 와스스 쏟아질 것 같았다. 하얀 잎들이 만들어내는 은물결 앞에서 조이는 경건함이라는 단어의 뜻을 알려주지 않아도 알 것 같았다. 꼬리에 꼬리를 물고 기차놀이를 하듯이 몇몇 장난꾸러기 잎들은 하트나 눈꽃을 그리며 놀기도 하고, 솨─솨─ 자기들끼리 우르르 무리를 지으며 재미난 장난을 하고는 했다.

거대한 은빛 나무에 살고 있는 흰나비의 무리 같은 움직임은, 우아하고 신비한 분위기를 연출하고 있었다. 나무 기둥마저도 은빛 반짝임을 가진 거대한 나무의 우듬지를 보자 조이는 흰 눈이 어디에서 시작되는지 본 것 같은 기분이었다.

"정말 아름답다. 눈에 담기가 벅찰 정도야. 고맙구나, 조이. 그런데 이제 어떡하지?"

바로 앞에서 올려다보니 아닌 게 아니라 두 눈에 담기지도 않을 만큼 거대했다. 히야는 한 손을 가슴에 대고 날개의 나무를 경이로운 시선으로 바라봤다.

"엄마! 그것보다 저길 보세요. 뭅뭅이라구요! 텔레비전에서 본 거보다 더 뚱뚱해요. 크큭."

"일단 어서 가보자. 실례되니까 그런 말은 하면 안 돼!"

엄마는 몇 발자국 걷더니 조이의 양어깨를 잡고 사람이든 뭅뭅이든 상대방의 모습을 함부로 평가해서는 안 된다고 단단히 일렀다. 조이는 "엄마…. 저 오늘 생일이라고요" 투덜투덜하면서도 꼭 그러겠다고 약속했다. 하지만 '엄마는 어디서든 참 한결같이 잔소리하는구나. 생일인 아이는 혼낼 수 없다는 법이 없을까'를 생각한 건 비밀이다.

뭅뭅은 조이와 엄마를 번갈아 보더니 길고 긴 양피지에게 콧짓을 했다. 그 양피지는 바닥에도 길게 깔려있었지만 뭅뭅의 2미터는 되는 머리 위로 솟아 있을 만큼 길고 긴 양피지였다. 코브라처럼 꼿꼿하게 몸을 세우고 뭅뭅의 뒤에서 스케줄을 살피고, 입장하는 아이들을 더블체크하는 비서의 분주한 눈길은 날카로웠다. 비록 눈은 없을지라도! 살아있는 마법의 양피지가 마치 두 눈이 있는 것처럼 휙 돌아서 조이와 마주쳤다. 그리곤 조이의 발끝부터 머리끝까지를 훑었다. 누군지 안다는 듯이 끄덕이고는 양피지의 중간 부분을 뭅뭅의 코앞에 보여줬다. 뭅뭅의 두 눈이 양피지에서 조이에게로, 다시 조이에게서 양피지에게로 서서히 옮겨갈 때 조이는 침을 꿀꺽 소리 내며 삼켜야 했을 정도로 긴장했다.

"음, 햄스빌 네슈론가의 조이군요! 준비물은 잘 챙겨왔나요? 준비물에… 엄마는 없을 텐데요! 까꿍!"

양피지 비서가 허리를 쭉 펴더니, 뭅뭅의 귀에 대고 뭔가를 속삭였다. 뭅뭅은 밝게 웃으며 조이를 쓰다듬으려 했다. 조이는 얼른 뒤로 숨으려 했지만 히야가 앞으로 끌어당겨 뭅뭅 가까이 세워주었다. 뭅뭅은 조이의 초록 머리가 아주 멋지다고 칭찬해주었다.

"엄마! 뭅뭅이 제 이름을 알고 있어요! 저를 아세요?"

"물론 알고 있답니다! 초대를 허락해주셔서 감사합니다, 우리 친구!"

"당연한걸요! 저는 오늘, 이날만을 오래 기다렸어요!"

히야는 뒤에서 손으로 '9'를 그리며 못 당하겠다는 듯이 '아홉 살! 아홉 살!'이라는 입 모양을 그렸다. 그리곤 재빨리 뭅뭅과 사진을 찍을 수 있는지 물었다. 뭅뭅은 자신의 마스코트 자세인 손가락으로 하늘을 찌르는 포즈를 취해주었다.

"감사합니다, 어머니! 조이는 어머님을 정말 사랑하는 거 같군요."

뭅뭅이 조이를 해맑게 바라보더니 쓰다듬으며 말했다.

"생일인 아이들의 이름은 매일 밤 빼놓지 않고 외운답니다!"

"텔레비전에서 보던 것보다 훨씬···."

조이는 고개를 들어 엄마의 눈치를 살폈다.

"훨씬 멋있어요!"

"아, 물론 제가 실물이 훨씬 날씬하긴 해요! 방송국 카메라는 1.5배 뚱뚱하게 나온다고 하니 정말 그렇지 않나요? 아무래도 다이어트를 해야겠어요. 까꿍!"

"안 해도 멋져요!"

"아주 고마워요, 조이군!"

뭅뭅은 보지도 않고 조이가 챙겨온 그림일기가 8살 때의 그림일기란 것을 알고 있었다. 그리고는 그림 실력에 당황해하며 아주 조잡한 보호자가 나오겠다는 말을 흘리듯이 했다. 그림 실력과 마법 효과는 조금도 상관관계가 없다는 말도 잊지 않은 덕분에 조이는 아주 안심했다.

"자, 이제 입장권에 사인만 하시면 입장을 위한 모든 절차가 끝난답니다!"

조이는 주머니에 소중히 들고 온 볼펜을 꺼냈으나, 뭅뭅이 목에 걸린 푸른 병에서 잉크를 찍은 깃펜을 조이에게 주었다.

"여기, 제 이름을 적으면 되나요?"

뭅뭅은 끄덕였고 조이는 (갑)에 사인을 했다. 자신의 이름을 적은 이 순간이 조이는 너무나 자랑스러웠다.

"축하해, 우리 아들! 갑이 될 수 있는 계약서는 어른이 되어도 정말 흔치 않은데!"

'(갑) 조이 (을) Holly Park'라고 사인된 계약서는 양피지 비서님이 받았다. 귀중한 서류라는 듯이 파일함이 열리더니 J로 시작하는 인덱스가 달린 파일철로 옮겨졌다.

"정말 소중한 경험이지요! 이로써 상호 간 계약은 체결되었습니다. 그럼 이제, 아쉽지만 어머니와는 헤어질 시간이군요. 조이에게 위험한 일이 생기면 이 알림장에 무슨 일이 있었는지 아주 자세히 적힌답니다! 아이들이 이 입구를 지나갈 때 부모님께 자동으로 전달되지만 지금 바로 드려야겠군요! 요정의 가호를 받으니 미리 걱정하실 것 없어요. 우리 홀리파크는 10년의 역사 이래로 단 한 명의 아이도 다치게 하지 않았으니까요! 사실 이 알림장은 실제로 사용된 적은 단 한 번도 없습니다."

뭅뭅은 아주 만족해하며 다시 하늘을 찌르는 마스코트 자세를 했다. 양피지 비서도 꼿꼿하게 하늘로 허리를 치켜들었다. 그 모습을 본 히야는 자신도 모르게 쌍 엄지를 추켜세우며 끄덕였다.

"그럼요. 그건 너무나 잘 아는 사실이에요. 이 알림장은…. 바깥세상에서 아주 귀해요. 아이가 아프면 빨간색으로 변하고, 어디서 어떻게 아픈지 마법의 힘으로 쓰이니까요. 일회용인 게 안타깝죠. 이 종이가 많은 아이를 살렸잖아요? 심지어 어른들도요. 정말 고맙습니다."

마법의 알림장은 아이와 연결된 보호의 마법으로 아이의 상태를 알 수 있어서 소중히 보관하는 사람들이 많았다. 철교붕괴 대사건 때는 동시에 수백 장의 종이가 붉게 변하며 주요장소인 철교뿐만 아니라 바로 옆 빌딩이 무너지는 모습까지도 그려졌다. 덕분에 아이뿐만 아니라 어른들과 동물까지 속전속결로 대피하는 즉각적인 대응이 이뤄졌다. 더 처참할 수 있었던 후속 사태를 막은 것으로 유명한 사건이었다. 부모님들의 전폭적인 믿음과 지지를 얻는 것은 당연했다. 알림장의 색이 변하면 자동으로 알려주는 애플리케이션이 출시되기도 하는 등의 관련 사업들도 쏟아졌다.

"몸 둘 바를 모르겠는걸요! 감사합니다, 어머님!"

"게다가…. 홀리파크는 몸이 아픈 아이나 장애가 있는 아이도 하루만큼은 마음껏 뛰고 먹을 수 있잖아요. 부모가 되니까 아픈 아이들이 모두 제 아이 같이 마음이 쓰여요. 아이들도 아이들이지만 홀리파크의 입장을 기다리는 부모들이 참 많답니다. 잊지 못할 추억으로 살아가게 하니까요."

조이는 엄마를 툭툭 쳤다.

"이런, 말이 너무 많았나요? 이제 저는 어떻게 돌아가야 하죠? 바쁘신데 정말 죄송했습니다."

뭄뭄은 콧잔등이 빨개져서는 양피지와 끌어안고 울다가 뒤돌아 코를 패앵— 하고 풀어야만 했다. 뭅뭅이 날개의 나무에 다시 코로 신호를 보내자, 쉬고 있던 잎들이 우르르 몰려와 뭉게뭉게 구름이 피어나더니 그 구름에 매달린 그네를 만들어냈다.

마치 텔레비전에서 본 신사처럼 뭅뭅이 손을 위로 올렸다가 히야에게 손을 정중히 내밀었다. 히야는 만화 속 공주님처럼 우아하게 그 손을 잡고 아름다운 구름그네에 앉았다. 구름은 그대로 아래로 움직였다. 히야는 너무 기쁜 나머지 조이에게 인사조차 하지 않고 사진을 찍으며 서서히 내려갔다.

드디어 길고 긴 양피지에게 조이가 완료됐다는 체크가 생겼다. 체크가 된 조이의 이름은 수많은 이름을 요리조리 피해서 양피지의 끝으로 스스로 자리를 옮겼다. 이번엔 뭅뭅이 코끼리 같은 긴 코로 휘파람이 불자, 매우 똑똑해 보이는 안경 쓴 직원이 한쪽 팔에 태블릿 같은 기계를 끼고 나타났다. 무뚝뚝한 그 직원은 자신이 이곳의 엔지니어이며 이름은 요피라고 짧게 소개했다.

"2년 전의 그림일기에서 과연 어떤 보호자가 우리 친구 조이를 지켜줄지 저도 정말 궁금하답니다! 자, 여기부터는 결계가 작동되고 이 뭅뭅의 리스트에 체크되지 않은 그 누구도 들어갈 수 없답니다."

그 말을 시작으로 홀리파크로 들어가는 결계가 날개의 나무 아래에 타원형으로 생겨났다. 치지직-파지직- 하는 섬광이 순식간에 거대한 돔으로 둘러싸인 하늘로 이어졌다. 조이는 결계에서 살짝 보인 대관람차에 심장을 움켜잡았다. 이 결계가 있어 거대한 날개의 나무까지만 일반인들의 눈에 보였으며 안쪽은 외부에서 볼 수 없었다.

드디어 입장시간! 조이는 요피와 함께 날개의 나무를 지나 10살 생일인 아이들만 입장 가능한 공원, 홀리파크로 영광의 한 발을 내디뎠다. 그 딱 한 번의 발자국에 푸른 타일은 '환영합니다!'라는 글자를 만들어내더니 감쪽같이 사라졌다.

요피는 그림일기를 받아들고는 펼치지도 않은 채 요란한 색의 기계 속에 무덤덤하게 집어넣었다. 바로 옆에 직원은 커피 한 잔을 요피에게 슥 내밀었다.

"자, 이제 이곳만 지나면 어른들이 없는, 아이들의 꿈만이 입장 가능한 홀리파크입니다!"

조이는 홀리파크 백과사전에서 본 내용을 떠올렸다. 이미 수백 번은 더 봤을 책에서는 이랬다. 빙글빙글 돌아가는 컨베이어 벨트에 아이는 가만히 서 있기만 하면 된다. 그림일기 속에서 오늘 하루, 아이의 보호자로 가장 적당한 그림이 살아나와 아이들을 지켜준다. 여러 장면이 컨베이어 벨트에서 돌아가다가 마치 영화의 한 컷처럼 멈추고, 그 순간 일기장에 있던 일들이 무지개색으로 섬광처럼 빛을 내며 번쩍인다. 크레파스로 그린 엄마아빠, 크리스마스트리 아래의 선물상자, 달리기를 1등으로 들어온 장면, 소풍날 먹은 맛있는 도시락, 친구와의 물놀이, 강아지가 가족으로 처음 온 날 등등이 실제로 튀어나와 벨트를 빙빙 돌게 된다. 영화 속 장면처럼 소중한 순간들이 휙-휙- 넘어가면서 그중에 가장 적당한 보호자를 AI가 선택한다. 눈사람이 생명을 얻고 아이를 향해 오기도 하고, 만화 속 영웅이나 상상 속 동물들이 튀어나오기도 한다. 혹은 이미 무지개다리를 건넌 고양이나 돌아가신 아빠가 다가와 아이를 힘껏 안아 올린다는 내용이었다.

어디까지나 열 살 아이가 그린 그림이라 섬세한 표현은 어려웠지만, 아이를 지키기에는 이보다 최적인 보호자는 없을 것이다. 이제 여기만 지나면 홀리파크에서 하루를 보낼 모든 준비가 끝난다고 되어있었다!

"몇 년 전만 해도 우리 요피들이 한 장 한 장 그림일기를 보면서 가장 듬직한 보호자를 그림일기에서 꺼냈지만, 지금은 최신식 시스템이 도입되어서 이렇게 우리 친구가 컨베이어 벨트를 지나가기만 해도 AI가 가장 적당한 보호자를 찾아냅니다!"

요피는 공항 입국 시스템 같은 레일에 조이를 세웠다. 요피들은 의자에 앉아 모니터를 통해 자동으로 펼쳐지는 그림일기를 보더니 덤덤하게 버튼을 연달아 누르고는 커피는 호록 마셨다. 그러자 조이가 선 레일은 위이잉-위잉 소리를 내며 서서히 움직이기 시작했다. 넋을 놓고 구경하던 조이는 몸이 뒤로 젖혀질 뻔했지만 금방 중심을 잡았다.

레일 옆의 거대한 모니터에 조이의 10살 인생이 주마등처럼 지나가고 있었다. 그중에 8살 때의 그림일기와 부합하는 페이지가 자동으로 선택되어 레일에 첫 장이 나타났다. 할머니와 놀이터에서 엄마 몰래 아이스크림을 먹은 그림일기. 조이는 입가에 묻은 초콜릿 때문에 그 비밀을 곧장 들켜버렸던 날을 떠올렸다. 곧바로 두 번째, 세 번째의 그림일기가 선택되었고 레일의 끝에 다다르자, 이번엔 빙글빙글 돌아가는 큰 원형의 레일, 그 가운데에 섰다. 그렇게 선택된 사진 중에 5장이 추려져 빙글빙글 현란한 네온사인 빛을 뿜어내며 조이의 주변을 돌고 있었다. 과연 어떤 보호자가 그림일기에서 나타나게 될까? 그 형광색은 크레파스를 잡기 시작할 무렵부터 지금까지 조이가 가장 많이 써서 먼저 닳고야 마는 형광초록, 둥실둥실 하늘을 품은 연파랑, 달처럼 밝은 은백색과 레몬노랑이 주를 이루었다.

마침내 선택된 장면이 눈부신 빛을 발산했다.

"조이! 우리 아가!"

뽀글뽀글한 머리를 초록색으로 그린 할머니가 브로콜리와 같은 모양새로 조이를 부르며 두 팔을 펼치며 걸어 나오고 있었다. 복슬복슬한 초록 파마의 그리운 실루엣이 점점 조이에게로 온다.

"역시 우리 할머니야, 할머니!"

조이는 할머니를 쏙 빼닮은 초록 머리였기에 초록색 크레파스가 유난히 빨리 닳았다.

"할머니! 역시 할머니일 줄 알았어요! 돌아가신 할머니가 보고 싶어서 이 그림일기를 가져온 거예요, 할머니!"

할머니는 허리를 숙이며 조이를 두 팔 가득 안으려 했다. 그런 할머니를 향해 조이도 뛰었고 둘 사이는 점점 가까워졌다. 눈앞의 할머니를 안았으나 조이가 안은 건 뭉게뭉게 피어오른 연기뿐이었다. 그때 조이의 뒤를 무언가가 방망이 같은 앞발로 툭툭 쳤다. 그 무언가는 18살의 나이로 무지개다리를 건넌 시크한 고양이 도도였다. 곧 현란한 네온사인이 멈추고 요피가 손짓을 하는 곳으로 조이는 레일을 따라 걸어갔다. 그림일기가 턱! 하고 레일 위로 떨어졌다. 이제 모든 현란한 빛이 자취를 감췄고 빙글빙글 돌던 레일 위에는 덩그러니 조이뿐이다.

"할머니? 어디 계세요? 할머니!"

"미야아아아아."

뒤돌아보자 그루밍하는 도도가 요가 자세로 레일 위에 있었다.

"도도! 너도 와주었구나. 너무 기뻐! 정말 보고 싶었어. 지금은 괜찮아? 엄마는 아직도 네가 먹던 간식을 안 치우고 계셔! 내 편지는 읽었어? 그런데 할머니는?"

궁금한 게 한 보따리인 조이의 질문세례에 도도는 아랑곳하지 않고 그루밍을 마저 하더니 기지개를 쭉 켰다. 도도는 귀가 쫑긋한 삼색 고양이였다. 갈색과 은색, 노란색으로 제멋대로 칠해진 색을 하고는 요가 자세로 털을 핥고 있었지만, 사실상 그건 털이라고 할 수도 없는 죽 그어진 크레파스 선이었다. 그 엉망진창으로 그린 꼬리를 보자 조이는 웃음이 터졌지만, 꾹 참았다.

무덤덤한 표정의 요피가 손으로 가리킨 방향으로 나오자, 홀리파크의 전경이 시작되었다. 놀이동산을 꽉 채운 아이들의 웃음소리, 롤러코스터가 성급하게 지나가는 소리, 파르륵 하는 마법의 불이 타오르는 열기, 신나는 비명과 짜릿함이 대기를 타고 흐르는 마법의 공원!

조이는 사방을 살피다가 기분이 날아갈 듯한 한 발을 내디뎠다. 가장 먼저 몹몹과 같은 하늘을 찌르는 자세를 취하고는 "어른은 없어!" 하고 세상이 떠나갈 만큼 크게 소리쳤다. 활짝 갠 하늘 아래, 아이들은 행복한 만큼 마음껏 뛰고 크게 소리쳤다.

'아, 할머니!' 조이는 바로 코앞에 펼쳐진 마법의 세계로 뛰쳐나가려다 급히 방향을 틀어 방금 걸어온 주변을 살폈다.

"할머니는 어디에 계시지? 할머니!!"

조이는 자기 몸집의 두 배만 해진 거대고양이의 꼬리를 들어 보고 주변을 빙빙 돌아보았다. 꼬리의 끝은 색을 칠하다가 그만 두었는지 테두리만 그려져 있었다.

"나도 모르게 문이 열려있어서 나오고 말았다냐앙."

"하, 도도야. 말을 할 수 있는 거야? 엄마가 얼마나 좋아하실까? 엄마는 너를 병원에 입원시키고 종일 우셨어. 왠지 알아? 우리가 너를 병원에 버렸다고 생각할까 봐서야!"

"무슨 말을 하는 거냐앙? 오늘 하루 신나게 놀려고 여기 왔다냐앙. 할머니가 문을 여는데 나도 모르게 열린 문으로 (할머니 발을 걸고) 나와버렸다냐앙."

도도는 할머니의 발을 걸었다는 말만 아주 작게 말했다.

"할머니는, 너를 만난다고 아주 기뻐하셨다냐앙."

"할머니가?"

"그럼. 할머니가 박수를 치면서 드디어 너를 만난다고 아주

72

좋아했다냐앙."

"왜 여긴 안 계셔?"

방금 계셨던 할머니의 행방을 도무지 알 수 없다는 듯이 조이는 주변을 다시 살피고 있었다.

"꼬맹이, 밥을 그렇게 안 먹더니 별로 안 컸다냐앙."

"네가 커진 거거든! 다시 봐! 나도 많이 컸어."

조이가 까치발을 들고 가슴을 쭉 펴며 말했다.

"할머니 좀 찾아줘, 도도! 부탁해."

"그게, 할머니 발을 내가 걸어버렸다냐앙."

"뭐, 뭐라고?"

"난 안 나오려고 했는데, 문이 열리니까 또 나가고 싶어졌다냐앙."

"아, 안 돼…."

울먹울먹한 조이를 보고 도도는 애교를 부리며 발라당 누웠다.

"아무래도, 보호자가…. 난 거 같다냐—아앙."

"안 돼!"

도도는 그새 심통이 났는지 뽀롱뽀롱했다.

"거 섭섭하게. 안 나가고 싶어서 안 나갔는데."

"나왔잖아?"

"그렇게 된 건가?"

탁-탁- 도도는 형광레몬색 꼬리로 바닥을 치며 문 좀 열어 보라고 짜증을 냈다.

"왜? 할머니 부를 수 있어?"

"아니, 들어가고 싶다냐앙."

"엄마랑 나는 할머니한테 묻고 싶은 말이 너무 많았어. 그래서 일부러 여덟 살 때 그림일기를 고른 거야. 너는, 넌, 내가 안는 것도 싫어했잖아!"

"미야오오오오."

"갑자기 말 못하는 고양이인 척하지 마! 나오가 아기였을 때도 발을 걸어서 넘어뜨렸지?"

"보송보송한 나오! 그랬지. 아기 냄새 맡으면 23시간도 잤다 냐-앙."

조이는 손에 든 그림일기를 펼쳐 봤다. 고양이 도도에 대한 그리움으로 꼭 찬 삐뚤빼뚤한 글씨 칸은 꼭 채워져 있었고, 도도를 그렸던 그림 칸은 텅 비어있었다. 이렇게 살아 움직이는 도도로 나타나 준 것이다. 자신을 빤히 보고 있는 도도와 눈이 마주쳤다. '그리운 내 고양이야' 조이는 그림일기를 덮고 도도를 힘껏 끌어안았다. 도도는 이번만큼은 밀어내지 않고 참고 있어주었다.

"아무튼 도도, 고마워. 내 보호자로 와줘서!"

조금 더 걷자 보호자와 인사를 나누는 아이들이 보였다. 티라노사우루스가 아이의 머리에 카우보이모자를 씌워주며 갑자기 눈에 하트가 생겼고, 할머니가 자신의 보호자가 된 아이는 옷을 단정하게 입으라는 잔소리를 듣지만 울상을 짓던 아이는 곧 할머니에게 안긴다. 서로 끌어안는 모습을 보자 조이와 도도는 눈이 마주치고 도도는 눈을 질끈 감더니 모르는 척했다.

"너 또 모르는 척하는 거지? 나 이제 열 살이야! 여덟 살 때도 속아준 거거든?"

도도는 눈 감은 채로 넘어지지도 않고 부딪히지도 않고 조이를 지나 도도하게 걸었다.

"푸하핫! 이 삐뚤빼뚤한 고양이는 뭐지? 안녕? 냐옹아?"

조이는 도도를 안으며 방금 말한 금발의 아이를 섭섭하다는 듯 쏘아보았다. 바로 가까이에서도 아이 둘이 말다툼을 하던 참이었다. '돌멩이야, 안녕?' 하고 인사했는데 햄스터인 모양이었다.

"내가 어릴 때 그렸으니까! 고양이로 알아봤으면 잘 그린 거지!"

품에 안길 정도로 작아진 도도는 고개를 힘차게 끄덕였다.

"아, 그래? 여긴 내 보호자야, 미래의 나야! 인사해!"

그 금발 아이와 똑같이 왼쪽 광대에 수박씨만 한 점이 있는 키가 크고 탄탄한 체격의 보호자가 꾸벅 인사를 했다. 오똑한 코에 커다란 눈망울이 정말 멋진 남자 어른이었다. 마치 동화 속 왕자님처럼 보였지만 금발 아이와 같은 점이라고는 아무리 찾아도 왼쪽 광대의 점밖에는 없었다.

"아…. 이분이, 너라고?"

"그럼! 나는 유명한 영화배우가 될 거거든!"

손을 허리에 짚으며 으쓱하는 자세를 둘은 동시에 취했다. 다시 머리끝부터 발끝까지 샅샅이 훑어봤지만 비슷한 점이라고는 역시 왼쪽 광대의 점뿐이었다. 홀리파크에 입장하기 전, 엄마가 다른 사람을 겉모습으로만 판단하면 안 된다고 했던 말이 귓가에 들리는 것 같아 조이는 쳐다보는 것을 멈추고 간신히 말했다.

"정말 그림을, 잘 그리는구나!"

둘은 이가 모두 드러날 정도로 활짝 웃었다. 동시에 자신은 완벽한 사람이라고 말하면서도 눈에 보이는 치아 개수는 그대로 유지했다. 금발 아이의 어깨를 긴 발톱이 톡톡 치더니 "자 이제 가자"라고 말했다. 입장하자마자 보았던 티라노가 보호자인 아이가 하는 말이었다. 티라노도 똑같은 카우보이모자를 쓰고 있었다.

"안녕, 카우보이!"

그 아이는 보란 듯이 한 바퀴를 돌더니 모자를 벗으며 인사에 답례해주었다. 티라노를 타는 카우보이라니! 조이는 요즘 자신이 가장 좋아하는 공룡인 티라노의 목을 끌어안으며 "너무 멋지다!" 하고 소리쳤다. 금발의 친구가 "흥, 나보다 더?" 하고 팔짱을 끼며 질투의 시선을 보냈다. 티라노는 앞발로 조이를 가볍게 들어 올려 친구 뒤에 태우고는 빠른 속도로 한 바퀴를 또 돌았다.

"우리 엄마가 라노랑 같이 재밌게 놀라고 사주신 모자야, 멋지지?"

"응, 정말 멋지다!"

어디선가 "내가 더 멋지지!" 하는 소리가 들렸지만 무시할 만한 거리였다.

"나는 그림일기를 딱 한 장 가져왔거든. 제일 잘 그린 우리 라노가 나를 태워주다니 최고의 생일이야! 네 보호자는 어디에 있어?"

친구의 말처럼 라노는 진붉은색의 티라노의 피부부터 날카로운 발톱 끝까지 아주 섬세하게 명암을 살려 표현한 거의 실물에 가까운 완벽한 공룡이었다. 조이는 이리저리 둘러봐도 도도를 찾을 수가 없어서 애타게 불러봤지만 아무런 반응이 없었다.

"그럼 이렇게 하면 돼! 다치진 않을 거야. 미안해!"

두 손을 펼쳐서 미는 흉내를 보여주더니, 조이를 아주 살짝 톡 하고 쳤고 조이는 알겠다는 듯 무언가를 믿으며 거의 스스로 떨어졌다. 귀찮다는 표정으로 턱을 괴고 누운 자세로 허공에 나타난 도도는, 공중에서 긴 형광꼬리로 조이를 감아올렸다. 아이들은 배를 잡고 웃었다.

"우리는 이제 '모험의 협곡'이랑 '타르카르와 숨겨진 광산'에 갈 건데, 같이 갈래?"

모험의 협곡은 무려 두 시간이나 하는 긴 코스로 황금고블린에게 활을 쏘고 보물을 찾는 게임이었다. 보상인 상자를 열면 크리스털 해골이나 은으로 세공된 투구, 금으로 된 성배가 나오는 것으로 가장 유명한 난코스 중에서도 어려운 편에 속했다. 그렇게 받은 보상은 바깥세상에서 제법 값나가는 물건이었다. 운동선수인 아이들조차도 클리어하기가 어려워서 수집가들은 언제나 눈독을 들였다. 물론 가고 싶은 곳이었지만, 조이가 꼭 가야 하는 '얼음과 물결의 강'에서 가장 멀리 떨어진 곳이기도 했다.

"난 꼭 빌고 싶은 소원이 있어. 미안해."

그 둘은 서로를 번갈아 쳐다보더니 안타까운 듯이 조이에게 말했다.

"우리는 푸른요정은 없다고 생각해. 소원을 들어준 사람이 한 명도 없었으니까. 그건···. 미안하지만, 산타할아버지 같은 거야."

"얼음과 물결의 강이 어디야? 거기가 어디든지 푸른요정을 만나러 가는 건···. 시간 낭비야."

금발 아이는 조이의 실망한 표정에 미안함을 느끼고는 얼른 말했다.

"실망하지 마! 그래도 네가 푸른요정이 소원을 들어주는 첫 번째 아이가 될 수도 있지!"

"그래. 우리는 네가 요정님을 만나길 빌게!"

뜻밖의 응원에 조이의 얼굴에 미소가 번졌다. 악수하려는 손이 너무 짧아 닿지 않자, 티라노가 대신 조이의 손을 잡고 흔들어주었다.

"고마워. 꼭 보물을 찾았으면 좋겠다!"

금발 아이와 보호자는 아까처럼 두 손을 허리에 대고 어깨를 넓게 펴며 "당연하지!"라고 동시에 말했다. 라노는 금발 아이의 보호자까지 자신의 등에 셋을 태우고는 아주 빠른 속도로 달려 점점 작아지고 있었다. 그 뒷모습을 지켜보던 조이는 아쉬움을 애써 누르고 반대편을 향해 달렸다.

처음 눈에 들어온 곳은 미니뭅뭅이 만드는 그 유명한 퐁퐁소다였다. 멀리서도 알아볼 수 있을 만한 크기의 애드벌룬이 뭅뭅의 마스코트 모양인 하늘을 찌르는 포즈를 하고 가게 위에 둥둥 떠 있었다. 목 좋은 주요 길목마다 자리 잡고 있었는데 뭅뭅이 퐁퐁소다의 대주주였기 때문이었다.

"우리 친구! 홀리파크에서만 먹을 수 있는 명물 중의 명물, 퐁퐁소다랍니다! 어떤 맛으로 드릴까요? 각종 먹을거리는 모두 무료랍니다! 우리 아이들은 잘 먹고 쑥쑥 커야 하니까요!"

"어떤 맛이 있는데요?"

"맛은 정해져 있지 않아요! 우리 친구가 말하는 대로 만들어 드립니다."

조이는 망설이다가 미니뭅뭅의 귀에 대고 무슨 말인가를 속삭였다. 바로 옆에서 다른 친구가 놀라움을 감추지 못하며 소리쳤다.

"어, 이거야! 맞아! 31가지 아이스크림이 순서대로 차례차례 느껴지는 맛이에요!"

친구가 단숨에 퐁퐁소다를 들이켰다. 곧이어 참을 수 없다는 듯이 귀여운 소리, 그어어억 하는 트림과 함께 쏟아져 나온 알록달록한 아이스크림 구름이 친구의 머리 위에 가득 퐁퐁 떠다녔다. 미니뭅뭅들은 정말 달콤한 구름이라고 공중제비를 하며 축하해주고 있었다.

"자, 주문하신 퐁퐁소다 나왔습니다!"

조이는 마음을 잡고 단숨에 퐁퐁소다를 들이키려고 했지만 실패했다.

"우웨웨웩! 너무 맛없어! 이게 대체 무슨 맛이에요?"

"딱 보기에도 으웩이다냥."

"네! 그 맛은 방금 손님이 주문하신 티라노사우루스가 가장 좋아하는 고기 맛입니다만⋯."

"이렇게 맛이 없다고요? 저는 고기를 좋아하는데요? 도저히 못 먹겠어요!"

세쌍둥이 같은 미니뭅뭅들은 일곱 빛깔 무지개색을 한 야구 공을 타고 이리저리 바쁘게 움직이고 있었다. 앞치마로 손을 닦더니 안타까워하며 조이에게 우르르 몰려왔다. 그리고는 서로를 번갈아가며 쳐다보더니 삼각 모자를 쓴 한 명이 앞장서서 말했다.

"아, 귀여운 아기 티라노가 마구 뛰어다니는 구름을 기대했는데 아쉽군요! 말씀드렸다시피, 모든 비용은 무료이니 다른 맛을 원하시면 알려주세요! 그리고 손님, 이곳은 입구라 퐁퐁소다를 꼭 드시는 걸 권해드려요! 물론 중간중간에 퐁퐁소다 매장은 더 있지만, 저희 셋이 운영하는 이곳이 본점이랍니다!"

"여기가 본점이랍니다!"

"본점! 바로 그 본점이랍니다!"

옆에서 듣던 미니뭅뭅들은 본점표식을 자랑스럽게 가리켰다.

"모험을 즐기시는 분이니, 제가 이 맛을 추천해드리죠. 특별히!"

토끼만 한 미니뭅뭅들은 준비한 레시피를 펼쳤다. 차례차례 각자 재료들을 갖고 와서는 정량에 맞춰 저울에 무게를 달며 비커 안에 넣었다. 그 모습은 정말 전문가다웠다. 야구공으로 발놀림하면 넘어지지도 않고 천장에 있는 재료까지 금방 갈 수 있었다. 그리고는 삼각 모자를 쓴 미니뭅뭅이 재료를 모두 넣은 비커를 들자 남은 둘이 목마를 태웠다. 기다란 유리관 안으로 완성된 액체를 흘려 넣었는데, 그 유리관 반대편 끝으로는 구름이 퐁퐁 솟아 나오고 있었다.

"자, 특별 레시피로 만들었답니다!"

셋이서 동시에 잔 한 개를 들고는 서로 들겠다며 아웅다웅하며 픽업 선반에 조이의 퐁퐁소다를 내밀었다. 물론 미니뭅뭅을 믿었지만 방금 마셨던 첫 번째 퐁퐁소다 맛을 혀로 털어내며 조심스럽게 아주 조금 한 입을 삼켜보기로 했다. 의심한 만큼의 간 보기, 혀끝에 살짝 댔을 뿐인 한 모금에도 풍부하게 느껴지는 별들의 향연! 조이는 무슨 맛인지 듣지 못했어도 바로 그 맛을 알았다. 지구 주변의 별똥별들이 조이를 에워싸고 우주가 잠시 밝아지는 기운과 함께 입안을 가득 채우는 경이와 찬란함을 녹인 별들의 맛! 뾰족한 별 끝이 혀를 치면서 톡톡 튀는 끝 맛은 새콤달콤하기까지 했다. 그 한 컵에 가득 찬 별들의 정중앙에 조이 자신이 둥둥 떠 있어 기나긴 우주의 시간과 별들과의 합일에 정신이 아득할 지경!

"어이, 정신 차리라냥."

조이는 단숨에 바닥을 비워냈고 텅 빈 컵을 시원하게 내려놨다. 입이 짧아 야단을 듣던 조이가 이렇게 무언가를 한 번에 다 먹는 것은 단연 처음 있는 일! 미니뭅뭅들이 너무 감동했는지 손에 손을 잡고 머리에 공을 올리고 묘기를 부리며 픽업 선반에서 빙그르르 돌며 환호하고 있었다. 서로에게 박수를 치다가, 결국엔 스스로 끌어안으며 자랑스러워하는 미니뭅뭅!

"아, 이건 별이 우주에 쏟아지는 맛이에요! 그어어어억!"

참을 수 없다는 듯, 귀여운 소리로 비집고 나오는 트림에 조이는 깜짝 놀라며 입을 막았다. 트림뿐만 아니라 웃음도 함께 터져버려서 미니뭅뭅과 조이는 눈이 마주치고 한바탕 신나게 웃었다. 스웨터의 보푸라기 같던 구름은 둥실둥실 제 몸을 부풀리며 조금씩 커졌다. 그러자 이제 방금 쏟아져 나온 별이 차르르

륵 소리를 내며 구름 속에서 빛을 발했다. 갓 태어난 어린 구름
은 쏜살같이 조이를 한 바퀴 돌더니 머리 위로 올라가서 조이만
의 풍풍구름이 되었다! 미니뭅뭅은 자기 자신에게 치던 박수를
구름을 향해 열렬하게 보냈다.

"우리 친구, 엄청난 맛이지 않나요?"

흥분한 미니뭅뭅은 조이가 대답할 새도 없이 말을 이었다.

"리어카로 노상판매를 하면서 여기까지 오게 한 Best 3에 들
어가는 기가 막힌 맛이죠!"

지난날이 생각났는지 뒤에 있던 미니뭅뭅들은 손수건으로
눈물을 훔쳤다. 하지만 곧 어깨를 으쓱하며 아주 자랑스러워했
다.

"아, 별이 박힌 구름이라니! 멋져요. 다른 맛도 먹어 볼래
요!"

"언제든 말씀해주세요! 풍풍소다를 먹고 나오는 구름으로
기분 상태나 몸이 건강한지도 바로 확인할 수가 있답니다! 아이
들은 갑자기 열이 나기도 하니까요! 가장 실용적인 건 역시…!"

미니뭅뭅은 도도 쪽을 바라보면서 다음 말을 이어주기를 기
다렸지만 어림없었다. 그래도 포기를 모르는 미니뭅뭅은 도도의
옆구리를 쿡쿡 찌르며 "역시~" 하며 말을 잇기 기대했지만 도
도는 시큰둥했다.

"하아, 마법도 고양이를 길들이기는 어려워요. 보호자의 마법이 걸려있어도 고양이들은 제멋대로라니까요."

미니뭅뭅은 작게 탄식하며 조이가 여태 들고 있던 그림일기를 작은 몸집으로 집어 들고 다른 둘이 다시 목말을 태우더니 퐁퐁구름 속으로 쏙 집어넣었다.

"바로 소지품 보관이 된다는 겁니다. 우리 어린이들은 도통 소지품을 간수할 줄을 모르니까요! 나갈 때 그림일기를 잊지 말고 가져가세요. 오늘 있었던 일 중에 가장 소중한 일이 자동으로 그려지니까요! 조이가 어떤 소중한 시간을 보내게 될지, 우리 미니뭅뭅도 설렌답니다!"

미니뭅뭅들은 어깨동무를 하더니 조이를 바라보았다. 그렇게 따스하게 쳐다보는 시선은 할머니나 엄마만이…. 아니 엄마도 잘하지 못하는 눈빛이었다.

"저를 아세요? 어떻게…."

미니뭅뭅은 수줍게 웃다가 다음 손님에게 고개를 숙여 인사했다.

"그럼요! 미니뭅뭅과 뭅뭅은 연결되어 있으니까요! 문지기인 뭅뭅은 홀리파크 안에서 일어나는 일은 모르는 게 없답니다. 다 저희가 눈과 귀가 되어주기 때문이죠! 아, 지금은 날개의 잎 한쪽을 잃어버린 어린이를 달래주려고 잎 한 장을 더 보내주고 있어요. 오늘 벌써 두 번째네요! 바람에 날아가거나 피치 못한 일들이 벌어지는 건 어쩔 수 없으니까요! 그럼, 홀리♪ 홀리♪ 홀리파크~♪에서 기적과 같은 시간을 보내시길 바랍니다!"

조이의 작고 귀여운 별 구름이 머리 위에서 시선대로 조금씩 따라 움직이고, 미니뭅뭅은 벌써 다음 풍퐁소다를 제조하고 있었다. 다다음 손님이 조이의 구름을 부러워하듯이 손짓했다. 조이는 구름에게 장난을 칠 요량으로 지그재그로 걷다가 재빠른 속도로 신이 나서 뛰었다. 그럴 때면 조이를 따라오는 풍퐁구름 속의 별들이 서로 부딪혀 찰캉거리는 소리를 냈다. 구름 속에서부터 별이 반짝이며 가느다란 실 같은 빛을 뿜었다.

본점 앞으로 난 길을 따라 걷자 미처 주변을 살피지 못한 곳곳, 여기저기 구름주차장이 보였다. 앞서간 튜튜스커트를 입은 아이는 구름에서 쏟아지는 동전만 한 슈크림 빵을 치마폭에 가득 담은 채 나눠주고 있었다. 치마에서 후두둑 떨어진 슈크림 빵을 조이는 얼른 주워 입에 넣고 달렸다. 아, 이런 달콤함이 이 세상에 있다니!

'나오에게도 알려주고 싶어, 푸른요정님을 꼭 만나겠어!'

눈앞은 익스트림 놀이기구를 타기 위해 기다리는 아이들로 북적였다. 이미 줄을 선 아이들을 기다리는 풍퐁구름이 주변에 주차되어 있었다. 어디선가 놀이기구를 탄 아이가 멀미가 났는지, 연노랑의 풍풍구름이 짙은 회색으로 변하더니 아이 대신 토하고 말았다. 비위가 약한 조이는 얼른 그곳을 도망쳤다.

오늘이 생일인 수많은 친구가 놀이기구로 뛰어가고 있었다. 다른 언어와 피부색을 했지만 모두 생일이 같은 친구들이었다. 서로 부딪히려는 순간이면 각자의 보호자들이 나타나 아이들을 번쩍 안아 올려주었다. 그것만으로 이미 놀이기구를 탄 것처럼 친구들은 깔깔 웃고 행복한 비명이 여기저기에서 터져 나왔다.

달려가려던 조이의 시선을 붙잡은 것은 하늘에서 펄럭이는 은빛 날개였다. 비명이 나는 상공으로 고개를 들고 갑작스러운 햇볕에 실눈을 떴다. 그러자 풍풍구름은 조이에게 약간의 그늘을 만들어주었다. 실눈이 커질 수 있을 만큼 커지자, 전설 속의 동물인 유니비가 보였다. 조이는 입까지 벌리고 유니비의 날렵한 날갯짓에 넋을 잃고 말았다. 퐁! 하고 나타난 도도는 귀찮은 듯이 꼬리로 조이의 턱을 받쳐 입을 닫아주고는 사라졌다. 유니비가 콧김을 뿜으며 아이들 셋을 태우고는 롤러코스터 레일대로 움직이지 않고 하늘 높이 로켓처럼 솟아오르더니 눈앞에서 사라져버렸다. 조이 말고도 친구 여럿이 가던 길을 멈추고 눈을 껌

삑거리며 상공에서 사라진 유니비를 찾고 있었다.

유니비는 홀리파크에서 태어난 특별한 종으로 7월 7일생이다. 7월 8일생인 조이와 하루 차이로 태어났다고 들었다. 유니비라는 이름도 아기 시절에 이름을 공모해서 아이들의 투표로 지은 이름이다. 상공을 우아하게 날아올라 은물결로 나부끼는 유니비. 바람결에 설렁이는 갈기는 은으로 세심하게 세공한 갈대를 빼곡히 심은 듯했다. 등에 난 드래곤의 비늘은 아이가 앉으면 맞춤형 안장이 되어 움직였다. 이마에 난 기다란 뿔은 소프트아이스크림같이 부드러워 보였다. 관리가 잘된 명마보다도 호리호리한 허리와 부드러운 털결이 멀리서도 느껴졌다. 속력을 낼 때마다 털이 윤기로 반짝여 바라보는 아이마다 황홀하게 했다. 호기심 가득한 똘망똘망한 눈으로 등에 태운 아이들을 바라보더니, 푸르르르 하고 장난을 치고는 열 바퀴는 족히 되는 원을 연속으로 돌았다. 레일은 어쩔 수 없이 척척 유니비를 따라갈 뿐이었다. 유니비는 고공 하늘에서 장난을 치며 레일이 따라오지 못하도록 방향을 틀고 계속해서 회전했다. 복잡해질 대로 꼬이고 꼬인 레일이 당황해하며 다시 레일을 풀고 있었다.

정해진 시간이 끝나자 마법의 레일 위로 유니비가 내려오고 있었다. 아이들도 더할 수 없는 행복감에 아름다운 은빛의 깃에 얼굴을 파묻고 끌어안으며 "벌써 끝났어요?", "한 번만 더요",

"안 내려갈래요", "또 올라갈래요!" 소리치며 내려왔다. 유니비
는 아이들이 가달라는 곳으로 쏜살같이 날아올라 무려 2시간이
나 돌아오지 않은 적도 있었다고 한다. 조이는 줄을 서고 싶었
지만, 푸른요정을 반드시 만나야 한다는 생각에 유니비를 본 것
으로 만족하고 걸음을 옮겼다.

　'안 돼. 시간이 없잖아. 나는 꼭 푸른요정님께 내 소원을 빌
겠어.'

　갈림길에 선 조이는 주머니에서 거실에 널브러져 있던 지도
를 꺼냈다. 9살 때부터 이 광대한 홀리파크에서 푸른요정을 만
나기 위해 햄스빌 마을에 사는 형이나 누나들의 이야기를 듣고
조이가 그려낸 지도였다. 비록 너덜너덜하고 테이프나 풀을 붙
여 이어 놓았지만, 갈림길에서 기댈 정도는 되었다. '얼음과 물
결의 강' 이곳에서 요정을 봤다는 사람도, 소원을 들어주었다는
말도 듣지 못했다. 하지만 푸른요정은 이 강 어딘가, 혹은 그 너
머에 이어진 만년설에 있다는 것이 조이의 추측이었다. 앞집 형
의 그림일기를 떠올렸다. 그 그림일기는 홀리파크를 떠날 때 자
동으로 그려진 그림이었는데, 얼음으로 뒤덮인 강에 푸른요정의
표식인 눈꽃 문양이 찍혀 있던 것이 확신의 시작이었다.

　'이 표식은 홀리파크 초기에 요정님이 직접 만든 입구, 사계

절의 정원 같은 주요시설에만 있는 표식이야. 그런데 이 강은 매일 얼었다 녹기 때문에 얼음 위에 그냥 생길 수는 없었을 거야. 분명히 푸른요정님은 이날 있었어. 바로 여기에!'

비-비-

그 소리는 날개 없는 푸른색 용의 몸통에 주둥이는 새의 부리를 한 비비에게서 들렸다. 비비 두 마리가 아이들을 각기 태우고 서로 잡고 잡히는 게임을 하고 있었다. 속도가 너무 빨라서 보이지도 않을 지경이었지만, 다시 보니 조종사는 아이들이었다. 비비의 기다란 뿔과 뿔은 공중에서 서로를 들이받자, 반동으로 덜그럭하며 밀려났다가 몸싸움을 했다. 잡은 쪽 비비가 동굴처럼 커다란 입을 더욱 크게 벌리고 상대편 비비와 아이들까지 한입에 꿀꺽 삼키는 시늉을 했다. "삼켜라! 꿀꺽 삼켜라!" 입속으로 들어가던 아이들은 "내가 네 조상님이다!"라고 외치고 깔깔 웃었는데, 이 말은 잡힌 속박을 푸는 주문이었다.

홀리파크는 알려진 실제 공간의 넓이만 뉴욕 센트럴파크의 3배 면적이다. 이 면적에서 약 3배 정도의 마법의 공간이, 혹은 30배의 미지의 공간이 더 있다는 이 홀리파크에서 비비가 갑자기 사라진다면, 알 수 없는 공간에서 전설도 이야기해주고, 사라진 해적선에서 보물을 찾는 모험을 하는 것이라고 했다. 그 공간에서는 현실 시간과 다른 속도로 시간이 흐른다. 마법의 공간으로 초대되어 꿈만 같은 시간을 보낼 수 있는 것이다!

그 순간 비비가 콧김을 뿜으며 하강하다가 스파크가 튀면서 한순간에 사라졌다. 조이는 당장 비비의 안장에 앉고 싶어서 견딜 수가 없었다. 자신도 모르게 조이는 입구를 향해서 내달리고 있었다. '비비는 어디로 간 걸까?' 생각하자마자 비-비- 소리를 내며 비비가 금방 눈앞에 나타났다. 비비와 함께 사라진 시간은 1분도 안 되었는데도 아이들의 머리 위에는 덤불이 달려있었고, 어쩌다 딸려온 새 한 마리가 화를 내며 푸드덕 날아갔다. 손에는 보석 목걸이를 쥐고 있는 아이도 있었다. 도대체 어디에서 무얼 한 건지 상상도 할 수 없었다.

조이가 입장할 차례가 되자 입구 간판은 '대결! 비비와 비비'에서 'Catch! The 여의주'로 바뀌었다. 입구를 지나자 뚱딴지같이 허공에 나타난 도도가 바닥으로 쿵 하고 떨어졌다. 도망치려고 발버둥 쳤지만, 이번엔 도도를 끌어안는 조이의 속도가 더 빨랐다. 아까와는 달리 이번에는 1:1 게임이었다. 전광판에는 '조이-청룡'이라는 글자가 깜빡였다. 두 마리의 용이 강한 바람을 일으키며 허공에 나타났다. 흰 수염을 길게 늘어뜨린 청룡의 눈은 달과 같이 형형히 빛나고 발에는 무지개가 얽혀있었다. 1인용 안장을 매고 아래로 서서히 내려오며 흰 눈썹을 한 신이한 눈과 마주쳤다.

"아까와는 다른 게임인가 봐…. 말도 안 돼! 진짜 용이야!"

분명 방금까지 안고 있던 도도를 향해 말했지만, 어느새 조이는 빈손이었다.

'대체 어디로 사라진 거야!'

아까 봤던 비비는 용보다는 이무기에 가깝다고 생각하던 참이었다. 용이 내려오는 그 짧은 순간을 참지 못하겠다는 듯이 조이는 발을 동동 굴렀다. 마침내 가까이 온 청룡은 또래보다 작은 조이가 쉽게 탈 수 있도록 몸을 조금 더 숙여주었다. 안장에 발을 딛자 그 순간 곧바로 허공에 도도가 다시 나타났다.

"도도! 또 어딜 갔다 온 거야? 제발 좀 옆에 가만히 있어!"

도도의 허리가 서너 배는 길어지더니 용의 안장에서 안전벨트처럼 조이의 몸을 세 번이나 감아서 아주 든든하게 지켜주는 길쭉한 모양이 되었다. 도도는 아주 불편한 기색으로 "애오오옹! 보호자의 마법 따위! 애아아아오옹!" 하며 발버둥 쳤다. 긴장한 조이는 몸체에 찰싹 붙었는데 허벅지에서 청룡의 매끄러운 비늘을 느꼈다. 조이는 잔뜩 골이 난 도도와는 정반대의 들뜬 표정으로 스피커에서 나오는 카운트다운을 따라 세었다. 심장 떨리는 목소리는 적룡을 탄 상대편 아이도 마찬가지였다. 청룡의 목을 끌어안으며 바짝 밀착시켰다.

3… 2… 1…, GO!

동시에 귓가를 울리는 두 아이의 외침이 미처 사라지기도 전에 상대편 아이를 태운 용은 하늘로 번개처럼 솟아올랐다. 바람에 밀려 날아갈 것 같아 온 신경을 쏟았다. 이제 조이도 눈앞에 잡힐 듯한 여의주에 손을 뻗으며 상공을 날아올랐다.

지금 이곳은 아이들의 꿈이 펼쳐지는,
미지의 세계와 연결된 마법의 공원!
자, 이제 푸른요정이 주는 선물을 즐길 시간!

'좋아한다안한다꽃잎' 할 절기다! 작은 물뿌리개를 들고 '사계절의 정원'을 보살피던 다람쥐 직원들이 우르르 거대 전광판으로 모여들었다. 사계절의 나무와 하루 만에 피고 지는 꽃들이 가득한 사계절의 정원은 천 년에 한 번 핀다는 귀한 우담바라도 하루에 한 번씩 꽃이 피고 지는 환상의 정원이었다. 세상의 모든 꽃과 나무들이 만들어내는 향기는 그 어떤 향수보다 또렷하고 매력적이었으며 사계절의 기품을 지닌 신비로운 이계의 향을 뿜어냈다. 구름의 그림자가 천천히 정원 한가운데를 지나가고 태양은 구름의 틈새로 빛을 쏘았다.

직원들은 월급 이외에 쏠쏠하게 챙길 수 있는 보너스가 있었다. 바로 '좋아한다안한다꽃잎'으로 하는 내기였다. 잔심부름

요정인 나티들은 자리를 펴고 전 세계의 누가 또 사랑을 이루고 짝사랑에 아파하는지를 흥미롭게 지켜보고 있었다. 조이가 자신이 만든 지도를 펼치며 푸른요정님을 보려면 이 방향이 맞는지 홀로 떨어져 앉은 잔심부름 요정에게 물어보았지만, 슬금슬금 뒤로 가더니 도망치듯 달아났다.

거대한 전광판에는 사랑하는 이들의 삼각관계부터, 첫사랑, 아찔한 운명 같은 만남이 여러 개의 화면으로 나뉘어 상영 중이었다. 다들 드라마보다 몰입해서 시청 중이었다. 카운트다운이 얼마 남지 않자 한 잎씩 한 잎씩 잎을 셀 때마다 여기저기서 탄식이 쏟아져 나왔다. 두 장만 더! 한 장만 더!

"오늘도 막상막하로군 '28,537,611 vs 28,537,610'이라니!"

정원의 관리자면서 마스터 대장장이인 두두리가 기가 막힌 사랑의 장난이라며 역시 자신은 '좋아한다'에 걸겠다고 내기요정을 불렀다. 두두리는 굵직한 뿌리로 정원 곳곳을 걸어 다니며 나무와 풀과 꽃, 열매까지도 관리하는 목인(木人)이었다. 홀리파크 곳곳에 나무로 된 의자나 건물은 두두리의 설계로 지어진 것이라 했다. 주변에 아무도 없다고 생각했던 조이는 깜짝 놀라 뒷걸음질을 쳤다. 두두리는 자신의 기다란 뿌리를 땅에서 꺼내더니 조이에게 악수를 청했다.

"두두리님 안녕하세요!"

"반가워요, 우리 친구! 어느 쪽에 걸었나요? 역시 '좋아한다' 인가요?"

"저, 저건 엄청 긴 숫자잖아요? 일, 십, 백, 천, 만, 십만…. 아니 일, 십, 백, 천만…. 아! 이천, 팔백… 오…. 저는 못 세겠어요."

시무룩해진 조이를 두두리가 나무팔로 끌어안아 주었다.

"우리 친구, 숫자가 많은 건 사랑하는 사람이 엄청나게 많아서 그렇답니다. '좋아한다안한다'에 쓰인 잎들은 모두 어디로 갈까요? 전 세계의 잎들이 모이는, 이 사계절의 정원에서 생중계되고 있었답니다! 놀랍지 않나요?"

"아름답고 멋져요!"

"오십 대 오십! 반반의 확률이니 한번 내기를 걸어보세요! 이번 절기는 경칩이었으니, 다음 내기인 청명 때 다시 오시면 됩니다!"

"저는 돈을 안 가지고 왔는걸요. 돈이 필요한 줄은 몰랐어요."

"돈이라! 어떻게 생겼었는지도 가물가물하네요. 돈은 필요 없답니다! 저기 내기의 요정에게 가서 이 기쁨의 눈물만큼 '좋아한다'에 건다고 말을 하면 되…."

그 기쁨의 눈물은 몹몹이 목에 걸고 있던 푸른 병과 똑같은 크기의 엄지손가락만 한 작은 병이었다. 하지만 보여주기 전에는 존재조차 알 수 없이 목에 걸려있었다.

"혹시, 보호자는 어디 있나요? 혹시 저 형광꼬리를 가진 고양이인가요? 꽃잎 잡기에 빠져있군요, 이런….."

도도는 개다래나무 아래에서 하늘에서 떨어지는 꽃잎을 잡으며 가르릉댔다. 딩구르르 떼구르르 구르며 시선은 아랑곳하지 않고 고양이답게 놀고 있었다.

"자, 시간이 없으니 잘 들으세요! 한 시간에 한 번씩 이곳에 와서 내기를 할 수 있답니다! 12절기 동안 12번 연속으로 맞춘 손님에게는 '좋아꽃잎'이 상으로 주어져요. 이 꽃잎을 짝사랑하는 사람이 뜯게 되면, 반드시 손님을 좋아하게 되는 마법이 깃들어져 있어요!"

"네?! 이 넓은 곳에서 12번이나요?"

조이는 다음 말을 조금 망설이며 결국 시선을 아래에 두고 말했다.

"겨우 내기밖에는 못 하는 거잖아요. 게다가…."

"맞아요. 게다가 극악의 확률이지요."

두두리는 고개를 절레절레 흔들었다.

"저도 일하다가 시간이 날 때만 잠깐씩 와서 내기를 한 지 10년째예요. 하지만 단 한 번도 '좋아꽃잎'을 받은 적이 없답니다."

그는 시무룩해져서 말했다. 이제 조이가 안아줄 차례였다. 조이는 자신은 내기를 하지 않겠다고 단호하게 말했다. 전광판의 사랑하는 사람들을 응원하는 마음만을 갖고 다음 장소로 가겠다고 하자 두두리는 매우 기뻐했다. 지도를 피고 다음 장소를 찾는 조이에게, 창립 이래로 3명의 손님이 '좋아꽃잎'을 상으로 가져갔으니 실망하지는 말라는 말을 해주었다.

"저기, 전광판 아래에 보이시나요?"

명예의 전당에 걸린 '좋아꽃잎' 시상식은 그 어떤 축제보다 화려한 사진이었다. 사진 속에서 두두리는 목젖이 드러날 만큼 크게 웃고 있었는데 정말 행복해 보였다.

"열두 번의 확률을 뚫고요?"

두두리는 물뿌리개를 든 가지를 길게 뻗어 초록의 나무에 물을 주고 있었다. 조이는 손가락을 꼬물대며 조심스럽게 말을 이었다.

"그럴 가치가 있는 걸까요? 할 수 있는 일이 너무나 많은데, 이 넓은 홀리파크에서 고작 이거 한 개밖에 못 한 거잖아요…."

두두리는 여전히 물을 주다가 뒤돌아보며 밝게 웃었다.

"글쎄요, 사람의 마음을 얻는 것보다 귀한 것은 없기 때문이겠죠?"

조이는 달려가면서 고개를 끄덕였다. 아쉽지만 사계절의 정원, 그 너머를 가기 위해 다시 바지런히 달렸다. 문득 두두리가 방금 했던 말을 떠올리며 뒤돌아보았다. 사랑이 넘치는 전광판과 숫자는 어느덧 일, 십, 백, 천, 만…. 천천만…. 읽기 어려웠지만 아까보다 훨씬 더 많은 숫자가 된 것만은 확실했다. 10… 9… 8… 7…. 내기의 종료를 알리는 카운트다운이 시작되고 전광판에서는 가장 마지막 카운트가 된 장면이 크게 확대되어 나오고 있었다. 모두 숨을 참고 마지막 꽃잎 한 장을 지켜보고 있었다.

단발머리의 앳된 소녀가 그네에 앉아 잎을 뜯고 있었다. '좋아한다' '안 한다' '좋아한다'… 그리고 마지막 잎은 '안 한다'였다. 확대된 화면에서는 눈물을 흘리다 고개를 푹 숙이고 울먹이는 장면이 나오고 있었다. 울먹이다 터져버린 소녀의 울음에 몇몇 직원들도 엉엉 울면서 울음바다가 됐다. 덤덤한 성격의 조이도 입술을 질끈 물었다. 근처 지점의 미니뭅뭅들은 서로를 끌어안고 눈물방울이 보일 만큼 펑펑 울었다.

"어, 어, 어!" 다람쥐 직원들이 물뿌리개도 멈추고는 화면을 가리키며 소리쳤다. 화면에는 울고 있는 소녀 뒤로 꽃다발을 든 남자아이가 나타나 하얀 원피스의 작은 그 소녀를 안아주었다. 아이들과 미니뭅뭅들은 탄식을 하며 가슴에 손을 얹고 감동하고 말았다. 그네가 살짝 움직이자 꽃다발 속 보랏빛 꽃잎 한 장이 하얀 원피스에 사락 떨어지면서 '좋아한다'에 1이 더 카운트되며 버저비터가 울렸다! 수줍은 남자아이가 꽃다발을 소녀의 품에 안겨주었다. 과연, 내기의 결과는? 역시 '좋아한다'였다. 그 한 장의 꽃잎 차이로.

아이들은 "좋아한다! 좋아한다!" 몇 번이나 왕왕대며 정원을 뛰고 분수대 주변을 돌다가 마주친 그 누구든 간에 서로를 안고 펄쩍펄쩍 뛰었다. 다람쥐 직원들도 "좋아한다래!" "역시 그럴 줄 알았다니까!" 하며 한 손은 서로 포옹한 채로 다른 한 손으로는 물을 뿌리고 있었다. 목에 걸린 하얀 병은 내기를 걸었는지 두 배로 변했다. 다람쥐 직원은 크게 기뻐하며 물뿌리개에 기쁨의 눈물을 몇 방울 첨가했는데, 마치 묘약처럼 퐁! 하고 귀여운 연기가 피었다. 그렇게 곳곳에 관리되는 정원의 식물들은 유난히 싱그러워 보였다. 역시 마법의 묘약이었다.

모두 열광하는 분위기 속에서 하나같이 행복해 보였다. 전광판 화면의 바로 위에서 시작된 만국기가 사방으로 펼쳐졌다. 사용된 꽃잎이 하늘에서 터져 나와 눈앞이 보이지 않을 지경이었다. 연분홍과 흰색 그리고 가장 많은 싱그러운 초록의 잎이 전광판 앞에 모인 사람들의 하늘 위로 폭죽처럼 퍼졌다. 서로를 껴안는 모습이 멀찍이 눈에 들어왔다. 조이는 그 광경을 오랫동안 잊지 못하리라 생각했다. 사랑만으로 충만한 이곳의 이 시간이 벌써 그리워질 것을 느꼈다. 쿵-쿵-쿠웅 심장이 뛸 때마다 감동이 차올랐다. 백 살이 되어서도 아무도 미워하지 않고 누구나 사랑하는 사람이 되기를 어른스럽게 빌었다. 그리고 자신이 근사한 어른이 된 것 같은 기분에 휩싸였다.

'이 모습이 될까? 마법의 힘으로 그려지는 일기….'

이보다 더 아름다운 광경은 없을 거란 생각이 들었다. 행복한 이들을 바라보다 다시 다음 장소로 뛰기 시작했다. 문득, 여기 직원들은 모두 '좋아한다'에만 걸었기 때문에 단 한 명도 '좋아꽃잎'을 받지 못했으리라는 사랑스러운 바보 같음에 웃음이 터졌다. "아, 정말 못 말리는 곳이야!" 이런 모습을 아직 몇 번이나 더 볼 수 있다니! 이곳으로 다시 올 가치가 충분했다. 텔레비전에서 듣던 노래가 흘러나왔다. 사계절의 정원에서는 모두 얼싸안고 노래를 부르는 소리가 울려 퍼졌다.

아이들의 꿈만이 입장할 수 있는 곳!
언제나 휴일인 축제의 공원,
신성한 푸른요정이 소원을 들어주는
이곳이 바로 홀리파크입니다!

홀리♪ 홀리♪ 홀리파크!
우리 모두 모여, 한목소리로 노래하네~♪

조이는 발걸음을 멈추고 스쳐 지나갈 뻔한 건물로 들어서며 지도를 다시 살폈다. '무엇이든 보여주는 영화관' 간판이 도로에 삐죽 나와 있지 않았다면 몰랐을 위치의 어둑어둑한 건물. 인기가 없는 탓인지 줄을 선 아이는 없었다. 하지만 조이는 애초에 이곳을 향해 뛰고 있었다. 나중에 나오에게 물려줄 심산으로 지도를 꼼꼼히 수정해야겠다고 생각했다.

'위치가 조금 바뀌었네. 원래 여기였을 수도 있어. 역시 지도만을 믿을 수는 없겠어.'

조이는 머리 위를 따라오는 퐁퐁구름을 보며 나오를 생각했다. 이른둥이로 태어나 두 달 만에 미세한 백질연화증 진단을 받고 다리 근육의 발달이 늦어서 잘 걷지 못하는 엄마의 아픈 손가락. '빠바!'라고 자신을 부르는 세 살 된 어린 동생. 나오가 제대로 말을 하게 되고 이곳 홀리파크로 와서 뛸 수 있기를. 퐁퐁소다를 받을 수 있는 열 살이 되었을 때, 이 모든 행복을 꼭 누릴 수 있게 하겠다는 굳은 마음이었다. 엄마는 동생의 재활치료로 어릴 때부터 늘 집에 없었다. 동생이 발작이라도 하는 날이면 당장 입원해야 했고 한 달 가까이 볼 수 없었다. 현관에는 언제든 아픈 조이를 데리고 나갈 수 있는 커다란 캐리어가 놓여 있었다. 그 캐리어가 없는 현관문을 들어선다는 건 어른이 없어도 숙제를 마치고 간식을 스스로 찾아 먹어야 한다는 걸 의미했다. 조이는 아무도 없는 거실에서 할머니를 기다리곤 했다. 캐리어가 없는 현관은 심장이 쑤욱 빠져나간 것처럼 마음을 텅 비워놓고는 했다. 익숙한 듯 지나가려 해도 마음은 욱신대는 것이다. 할머니는 항상 "아휴, 또 집이 텅 비었네!" 하며 들어오셨다. 불 꺼진 나오의 방에서 미처 가져가지 못한 애착 인형을 볼 때면 동생이 낯선 곳에서 쉽게 잠들지 못할 생각에 울음이 터졌다. 엄마보다 할머니의 손에서 길러졌던 자신에게, 엄마가 밝게 웃으며 따스한 눈 맞춤과 함께 사랑한다고 말해주는 것, 그것은 조이에게 특별한 상이었다. 그 따스한 말이 조이에게는 간식보다 더 달콤했다. 찡얼대던 나오가 자신을 가리키며 몇 개뿐인 이를 드러내고 웃으면 소중한 상을 받은 것처럼 느껴졌다. 조이에게 가족은 특별하고 소중한 상이었다.

"열 손가락, 열 발가락."

할머니는 동생의 손가락 발가락에 하나하나 입맞춤하고 간지럽혔다. 스무 번의 사랑이 담긴 입맞춤은 두 번이든 세 번이든 나오가 까르르 웃다가 잠들 때까지 이어지곤 했다. 나오는 똑같은 장난감으로 일 년을 놀아도 지겨워하지 않고 반복하는 아이였다.

"엄마, 나오는 더 못 커요? 이대로 멈춘 거예요? 같은 장난 감으로 일 년을 똑같이 놀고 있잖아요. 저 뽁뽁 소리도 지겹고 다른 거로 바꿔주세요."

조이는 볼멘소리를 했지만 나오는 그 장난감을 정말 좋아했 다. 엄마는 하늘에서는 시간이 천천히 흐르기 때문이라고 했다.

"조이, 나오는 정말 아기천사라니까? 머릿속을 새하얀 구름 이 가리고 있어서 그 구름을 걷어내는 중이야. 같이 응원해주기 로 엄마랑 약속했지?"

아침에 눈을 뜨기도 전, 나오가 뽁-뽁- 대는 소리를 들으며 깬 적도 많아서 어느덧 안심되는 알람 소리처럼 들리기도 했다. 독한 약을 먹을 때면 나오는 낮이나 밤이나 잠들어 있어서, 때 로는 그 소리를 듣기조차 쉽지 않았다. 나오의 가장 길고 길었 던 장기입원 후, 아침을 깨우는 뽁뽁 소리에 조이는 이불을 꽉 잡고 미안함에 울음을 참았다. 조이는 동생이 심하게 아픈 뒤로 일상의 소소한 행복이라는 의미를 또래보다 일찍 알게 되었다. 히야는 산타할아버지는 없다는 조이에게 "철이 일찍 들면 안 돼! 엄마가 놀리는 재미가 없어지잖아?"라며 대꾸했다. 그 장난 감이 내는 뽁뽁 소리는 어느덧 지겨운 소리가 아닌 안도하게 하는 소리였다. 아플 때면 선잠을 자는 예민해진 나오가, 일부러 쿵쾅거리는 소리를 내봐도 깨지 않고 잠들어 있을 때면 엄마와 가족 모두 눈물로 밤을 보낸다는 것을 조이는 알고 있었다. 그리고 다른 장난감으로 몇 번 바꿔보았자 그 장난감을 내놓으란 듯이 엉엉 울었다. 조이네 가족 모두의 고민과 관심은 나오뿐이었다. 나오의 3년 뒤, 5년 뒤, 10년 뒤를 볼 수 있다면 엄마의 걱정이 조금은 가시지 않을까? 가족 모두의 웃음을 찾아드릴 수 있지 않을까? 울다가 숨이 가빠서 그 작은 가슴이 오르락내리락하는 안타까운 나오가 더 이상 아프지 않기를.

그런 조이의 바람을 하늘은 스쳐 지나가도록 내버려두지 않으려나 보다. 달리는 와중에 그 많은 놀이기구 중에 '무엇이든 보여주는 영화관'을 놓치지 않은 것은 천만다행이었다.

"어, 안녕. 너… 여기 들어갈 거야?"

조이가 뒤돌아보자, 홀리꼬치와 아이스크림을 양손에 들고 먹는 아이가 한 손에 찐득한 양념소스를 가득 묻힌 채 의자에 앉아서 조이의 대답을 기다리고 있었다. 아이의 발밑은 이미 아이스크림과 양념소스가 뚝뚝 떨어져 뒤범벅이었다. 조이보다 두 뼘은 큰 서양인 체구의 아이, 윤기 나는 갈색 머리에 창백한 피부의 소년은 그 자리에서 적어도 이삼십 분은 오직 먹는 것에만 열중한 것으로 보였다. 편식이 심한 조이도 묵직해 보이는 적당한 두께, 질 좋은 고기의 잘 익은 단면, 매콤달콤한 양념소스가 한데 어우러져 맛깔 나는 홀리꼬치의 먹음직스러움에 침이 꼴깍하고 넘어갔다. 그래도 고기 사이에 알록달록한 과일조차도 빼내고 싶을 만큼 조이는 고기 이외는 먹고 싶은 것이 없었다. 조이는 반에서도 입이 제일 짧은 아이였다. 홀리꼬치는 한입 물면 세상의 진미가 입속에서 팡팡 터지는 맛으로 풍풍소다와 환상 조화를 이룬다고 했다. 과일이랑 채소만 빼고 자신도 꼭 주문하겠다고 생각하던 찰나, 그 아이가 다시 한 번 말하려는 듯이 꼬치에서 고기 한 점을 빼먹으며 조이 가까이 다가왔다. 처음 듣는 언어를 쓰는 걸 보니 멀고 먼 땅에서 입장권이 펼쳐지자마자 서명하고 마법의 힘으로 입구까지 단번에 온 아이일 것이다. 입구까지 차를 타고 올 수 있는 가족은 많지 않았고, 먹다 남긴 풍풍소다를 마셔보는 일도 이 근방에 마을에서만 가능한 희귀한 일이었다. 인기 아이템인 홀리꼬치를 먹으려면 한 시간은 기다려야 한다는 말이 있을 정도로 산해진미였다. 게임에서의 물약처럼 지친 상태에서 회복을 도왔다. 홀리꼬치 덕분에 힘이 넘친 아이들은 홀리파크 곳곳을 뛰어놀고 돌아다닐 수 있었다. 아이는 양손을 번갈아 보는 조이의 시선을 느꼈는지 한 손에 있는 아이스크림을 얼른 먹어치우고는 손을 구름에 대고 슥슥 닦았다.

"너도 줄 서서 먹어봐. 저기 대관람차 아래에 있어. 이런 맛은 처음이야! 오늘은 열 개를 더 먹어도 끄떡없을 거 같아!"

"아, 그래? 나는 생각이 없어서…. 먼저 들어가 볼게."

"나도 들어갈 건데, 잠깐만 기다려줄래? 같이 들어가자!"

"시간이 없잖아. 미안해."

조이는 조금 전 청룡을 탔던 만큼의 시간을 만회할 생각이었다.

"자, 잠깐이면 돼! 혼자 보기가 너무 무서워서 그래."

놀이기구 설명을 유심히 보던 조이가 멈칫하며 뒤돌아 말했다.

"왜? 이건 유령의 집이 아니야. 영화관이잖아? 어두워서 그래? 과거와 미래 중에 보고 싶은 걸 보면 돼."

"봐. 손은 깨끗이 닦았어. 보이지? 가자! 내 이름은 제이야."

제이는 마지막 한 점을 급하게 씹어 꿀꺽 삼키며 씩씩하게 어깨동무를 시도했다. 하지만 조이는 여전히 내키지 않아 망설였다.

"너는 이름이 뭐야?"

"…조이."

"우와! 우리 이름이 비슷하잖아!"

나보다는 우리 강아지 이름인 제이크랑 더 비슷하다고 말하려던 순간, 조이는 덩치 큰 제이에게 이끌려 영화관 안으로 들어갔다.

홀리♪ 홀리♪ 홀리파크! 영화관에 오신 걸 환영합니다!

바닥의 야광 화살표를 따라 걷자 깜깜한 장막에서 목소리가 들렸다. 둘은 화들짝 놀라 서로 가까이 붙어서 걷기 시작했다.

"거봐, 무섭지? 나도 그래서 같이 갈 친구를 기다렸던 거야."

"나… 나는 혼자 갈 수 있었어!"

"흥, 나한테 고마워하게 될걸!"

"생각보다 무섭잖아? 귀신의 집도 아니고, 으스스해서 나가고 싶어…."

제이는 뒤돌아보는 조이를 끌어당기며 앞으로 곧장 걸었다. 깜깜한 어둠을 뚫고 신난 제이의 목소리가 코앞에서 울렸다.

"다 왔어. 저기 봐!"

야광 화살표를 지나서 조금 걸으니 두 갈래 길이 나왔다. 그리고는 어두컴컴한 벽에 붙어있던 직원이 스스슥 하는 소리와 함께 다가왔다. 갈림길의 가운데서 날개를 접고 조이와 제이를 내려다보고 있었다. 직원을 올려다보면 볼수록 커지는 것 같은 오묘한 기분이 들었다.

"안녕하세요! 저는 시니랍니다! 우리 친구들 무슨 일이 궁금해서 들어왔나요?"

"바바바바, 박쥐 인간인가 봐."

조이는 제이의 등 뒤로 숨으며 속삭였다.

"우리 친구! 무서워하지 말아요. 우리 친구들이 넘어져서 다치진 않을지 입구부터 지켜보고 있었답니다. 이렇게 벽에 붙어서 소리도 없이 줄곧 따라왔답니다."

납작한 몸을 벽에 다시 붙여가며 움직이는 모습을 보자 조이는 더욱 놀라버려서 쥐 죽은 듯 조용해졌다. 제이는 덩치 큰 성인 같은 크기의 박쥐 인간을 요리조리 살펴보았다.

"시니님! 영화에 나온 박쥐 인간은 힘도 세고 멋있잖아요. 무엇보다도 영원히 살 수 있고, 이 거대한 날개로 하늘도 날 수 있고요!"

두 팔을 퍼드덕거리는 제이에게 화답하듯이 시니는 날개를 활짝 펼쳐 보였다.

"칭찬 감사합니다! 이 날개는 그저 어둠에 숨기 쉬운 망토일 뿐 날개는 아닙니다. 이제 두 갈래 길에서 한쪽을 선택해야 합니다. 이렇게 과거와 미래를 선택할 수 있습니다!"

"미래요!" 둘은 동시에 소리쳤다.

"아, 정말 다행이네요, 두 친구의 의견이 갈리면 직원 한 명을 깨워야 했는데…."

시니는 한쪽 망토를 살짝 들어 잠들어 있는 작은 직원을 보여줬다. '어둑'이라는 이름 명찰을 달고 있었다. 조이는 너무 놀라서 뒷걸음치다 결국 바닥으로 넘어지고야 말았다.

"뭐야, 너! 나보다 겁이 많잖아?"

제이가 일으켜 세우다 먼지를 털어주며 물었다.

"과거를 보는 사람도 있나요?"

"그럼요! 오늘은, 어디 보자. 잃어버린 반지가 어디 있는지, 도자기를 깬 범인이 동생인지 고양이인지, 귀중한 희귀카드를 숨긴 장소가 도저히 기억이 안 난다든가 하는…."

"영 시시하네요. 바보 같기는. 당연히 미래를 봐야죠!"

"방금 돌아가신 어머니가 자신을 안고 노래를 부르던 때로 가고 싶다는 손님께서 아주 만족하면서 가셨답니다. 흥얼거리는 노랫말이 정말 아름다웠어요. 과거는 진짜 과거로 돌아가기 때문에 대화도 할 수 있거든요!"

미래 쪽으로 발걸음을 옮기며 조이가 말했다.

"그, 그래도 과거는 언제든 추억할 수 있지만, 미래는 여길 나가면 못 보는 걸요!"

"그런가요? 공룡이 어떻게 멸종되었는지 본다는 친구도 있었습니다만…."

공룡 박사를 장래희망으로 적고는 했던 조이가 갑자기 용수철처럼 튀어 올라 과거로 달렸지만, 제이가 붙잡아 등을 밀어가며 미래로 걸음을 옮겼다.

〈미래를 보는 영화관 / 망각의 터널〉

– 주의사항 –

당신은 미래를 선택하셨습니다.

행복한 미래와 바꾸고 싶은 미래 중에

오직 선택한 미래만 시청할 수 있습니다.

시청 후에 망각의 터널을 지나면 기억은 모두 사라지게 됩니다.

과거를 본다면, 터널을 지나도 기억은 지워지지 않습니다.

그래도 미래를 보시겠습니까?

"기억을 잃게 된다니요? 그래서… 아무도 미래에 관해 얘기하지 못했던 거군요. 홀리파크 백과사전과는 달라요. 행복한 미래와 바꾸고 싶은 미래라니…."

"저런, 우리 친구. 상심하지 마세요. 어떤 미래를 본다고 하더라도 전날 밤, 꿈으로 다시 한 번 알려준답니다. 기억을 잃는 대신 특전이라고 보시면 됩니다."

조이는 기억을 잃으면 아무 소용이 없는 것이 아닌지를 묻고 싶었다.

"바꾸고 싶은 미래는 왜 있는 거예요? 아무도 후회하는 미래는 보고 싶지 않을 거예요."

"아직 이해하지 못할지도 모르지만, 그 미래는 꼭 슬픈 미래는 아니랍니다."

"후회하는데, 슬픈 미래가 아니라는 말씀이세요?"

"그렇습니다. 후회 역시 인간에게는 꼭 필요한 자양분 같은 것이라고 저희 인간사전에 등록되어 있습니다! 그럼 누구 먼저 시청하시겠어요?"

시니는 두 눈에서 빔을 쏘며 한쪽에 거대한 스크린을 만들어 냈다. 그리곤 어딘가로 "두 명분의 의자!"라고 말하자 발아래로 푹신한 의자가 생겨났다. 두 아이는 푹 파묻히듯이 의자에 앉게 되었다.

"자, 어떤 미래를 보고 싶은지 초록 머리 아이부터 들어볼까요?"

"저는 제 동생 나오가 가장 행복한 날을 보고 싶어요!"

조이가 동굴이 울릴 만큼의 큰 목소리로 대답하며 올려다봤다. 그러자 시니가 계속 커지더니 결국엔 무릎을 꿇어도 헬멧을 씌울 수가 없었다.

"거기 겁 없는 친구. 옆에 사다리를 타고 저를 좀 내려봐 주시겠어요? 키가 너무 커졌답니다."

"저요? 네!"

제이가 사다리 위에서 시니를 내려다보았다. 그러자 시니가 서서히 줄어들더니 제이만 하게 되자 "그만"을 외쳤다. 적당한 키가 되자 VR을 체험할 때 쓰는 헬멧이 조이에게 씌워졌다.

"영화관은 1인용이라서 두 명의 친구가 와도 본인만 볼 수 있답니다. 친구가 궁금해할 테니 어떤 장면이 나오는지 영상을 보며 설명해주면 좋을 것 같네요!"

"헬멧이 헐거워요. 시니님, 큰 화면으로 보여주는 거 아니었어요? 방금 그 눈빛 빔으로요!"

"네. 저건 그냥 대외적으로 투자받기 위한 장식품이에요."

조이가 화들짝 놀라며 고개를 앞으로 내밀고는 허공에 손을 휘휘 저었다.

"앗! 시, 시작했어요. 어? 앵글이 뭐 이래요? 제가 공을 차고 있어요. 잔디 위에서요. 저는 어린이축구팀에 들어가 있거든요. 제가 속한 프로팀의 양말을 종아리까지 올려서 신고 있어요. 어딘지는 모르겠어요. 날씨가 아주 좋아요! 그리고 화면이 너무 아래에 있어요. 시선이 제 무릎 쪽에 있어요. 조금만 더 올려주시면 안 될까요? 저 지금 공이랑 잔디밖에 안 보이는데…."

"조금 더 올려드리죠!"

"그래도 그대로예요! 화질도 떨어져요!"

시니는 화질은 투자를 받아야 한다고 작게 중얼거렸다.

"아, 이제 앞이 좀 보여요! 잠깐 점점 빨라져요. 아주 빨라요. 상대 선수를 제치는데, 아주 빨라요. 그런데 이상해요…."

제이가 바로 옆에서 조이의 양어깨를 잡고 세차게 흔들었다.

"조이, 너는 미래에 축구선수가 되나 봐!"

손으로 밀쳐내려는 조이의 손을 제이는 이리저리 피했다.

"아, 아니야. 나는 우리 팀 골키퍼거든. 공격수는 아니어서, 와아악! 와악!"

"뭐야, 뭐, 왜?"

"골, 내가 골을 넣었어!"

둘은 서로 호들갑스럽게 자리에서 일어났다.

"너 대단한 선수가 되는 거야? 주변에 뭐가 보여?"

"주변을 볼 수가 없어. 이건 그냥 영상을 보여주는 거야. 아…."

자리에 털썩 주저앉은 조이의 양옆으로 걱정하듯이 "조이?" "초록머리 친구?" 하며 가까이 온 두 사람이 팔걸이에 손을 잡아 주었다. 시니와 제이의 손이 훨씬 차가웠지만, 그 자상함 때문에 조이는 말을 이어갈 수 있었다. 목이 잠겼지만 기침을 하고는 바로 말을 이었다.

"방금 골을 넣고 관중석으로 뛰어갔어요. 관중석에 보이는 건… 저예요. 제가 있어요. 저를 보고 뛰는 거예요. 이건 나오예요. 저를 보고 손을 들고 뛰어가요. 우리 나오가…. 제 동생이 축구선수가 된 거예요. 동생이 아주 키가 커요. 키가 가장 크고요…. 어떻게 아냐면 주변 선수들 머리카락이 조금 아래에 보이기 때문이에요. 이렇게 키 큰 축구선수가 내 동생이에요. 동생은 제 자랑이에요. 저는 신나서 관중석에서 일어나서 환호를 보내고 있어요. 너무 멀어서 제 표정이 보이진 않지만…. 동생은 신나서 잔디 위에 누웠는데, 그런 동생을 다른 선수들이 자랑스러워해요! 하늘이 정말 파랗고… 모두 웃고 있어요! 모두요!"

헬멧 아래로 콧물이 주르륵 흘렀다. 조이는 참을 수 없다는 듯이 헬멧을 벗고 시니를 향해서 소리쳤다.

"언젠가는 표정도 볼 수 있겠죠?"

"너 바보냐? 네 표정을 네가 어떻게 봐!"

"너야말로 바보냐? 내 동생 표정 말이야! 우리 나오의 행복한 표정! 시니님, 이건 정말 미래인 거죠? 그런 거죠? 지어낸 환상이 아닌 거죠?"

천장 위에서 스스슥 모습을 드러낸 어둑과 시니가 위에서 그렇다고 말하자 영화관이 울렸다. 시니는 아까 몸집보다 좀 더 커져 있었다. 어둑은 교대시간이라며 내려왔다.

"그렇습니다. 미래의 일이지만, 이미 일어난 일에 대한 단상이 나오는 겁니다. 그리고 '아, 이 장면 어디서 봤는데!' 하며 기억을 끄집어내려고 한답니다."

"아, '이 장면 꿈에서 본 거 같은데?' 하는 거군요!"

제이는 신이 나서 대답했다. 조이는 어둑이 쥐여준 손수건으로 눈물과 콧물을 닦으며 말했다.

"제이 너, 슬픈 미래는 절대로 보지 마."

"저도 같은 생각입니다. 아주 예전에 비르크님에게 미래를 보고 싶다던 어른들은 언제나 바꾸고 싶은 미래만을 선택했다고 해요. 그리고 곧 그 일이 일어날 것처럼 자신도 모르게 움츠러들곤 했답니다. 홀리파크에는 어린이들만 와서 아직 이 미래를 선택한 아이는 없어요. 계속 그랬으면 좋겠답니다. 선택지는 있지만, 이 버튼이 작동되는지도 모르겠네요."

갑자기 영화관 한쪽에 철컥하는 소리가 나더니, 행복한 미래에 숫자 1이 더 늘어나고 그 옆은 여전히 0에서 움직이지 않고 있었다.

"아직 일어나지도, 기억하지도 못할 일로 두려워했군요…."

"어른들은 정말 이상하네요, 당연히 좋은 일이 먼저 아닌가요?!"

"어른은 아이보다 어리석지요. 그게 요정님의···."

조이가 어둑의 옷자락을 잡고 물었다.

"푸른요정님을 봤나요? 어디에 있죠? 소원을 빌고 싶어요. 제발요!"

어둑은 당황하더니 마른기침을 했다.

"자, 대화는 여기까지. 지금 밖에 다른 손님들이 기다리고 있으니 어서 다음 VR을 보도록 하죠!"

"아···."

홀리파크에서 푸른요정에 대해 알려주는 직원은 없었다. 당연한 일이었지만 아쉬움은 어쩔 수가 없었다. 조이는 자신이 정말 시간 낭비를 하는 것일까 생각했지만 영상 속 나오를 볼 수 있다는 사실에 미래를 앞당기고 싶었다.

"저는 헬멧이 아주 딱 맞네요! 잠시만요. 이 시간을 위해서 준비했어요. 구름아!"

어둑은 잠자코 제이를 기다렸다. 영화관 한편에 주차해놨던 뭉뭉구름이 제이의 부름에 재빨리 다가왔다. 제이는 구름에서 새 홀리꼬치와 음료를 뽑아내었다.

"영화관 분위기를 살려야죠. 음식 반입이 가능하다는 주의사항도 봤어요. 팝콘은 없나요? 저는 제가 죽는 날에 무슨 일이 있는지 볼 거예요."

"제이! 그건 슬픈 날이잖아!"

"하지만 후회하는 미래도 아니야."

"행복한 미래도 아니잖아! 죽는 날이라니, 그런 날을 알아서 뭐하게? 어른들처럼 굴 거야?"

헬멧을 쓰고 있어 눈은 볼 수 없었지만, 제이의 말투에는 조이를 안심시키려는 그 무엇인가가 있었다.

"나는 평생을 병원에서만 살았거든. 죽는 날이 내일일까 봐 엄마아빠 얼굴을 오래오래 보는 게 내가 할 수 있는 유일한 취미였어. 건강한 아이로 환생하면 우리 엄마아빠를 잊지 않고 찾아가려고…. 이렇게 짭조름하고 달고 육즙이 터지는 음식은 평생 처음 먹어봐. 왜냐하면…. 나는 이런 걸 먹으면 몸이 받지를 못해서 바로 토해버렸거든. 아이스크림 한 통을 몰래 먹은 날에는 기절해서 삼 일을 깨어나지 못했어. 오늘 나는 아무것도 필요 없어. 먹기만 할 거야! 그래도 되겠지? 나… 사실 이 머리도 가발이야. 어때? 보통 아이들처럼 보이지? 평범한 아이처럼 먹고 놀고, 또 먹고 놀 거야! 잘 생각해 봐, 조이! 어차피 죽는 날만 알면 그다음은 더 마음 편하게 엄마아빠 얼굴을 볼 수 있을 거야. 날 좀 이해해 줘. 마지막일까 봐 엄마아빠를 두려워하면서 보지 않아도 되니까…."

"제이…."

"편안하게 보고 싶어. 엄마아빠 얼굴."

헬멧을 쓰고 있었지만 제이의 표정이 어둡지는 않음을 느꼈다. 부모님 얼굴을 두려워하면서 보는 기분을 조이도 알 것 같았다. 독한 약을 먹고 도무지 깨지 않던 나오의 얼굴을 숨죽여 볼 때의 심정과 비슷하지 않을까. 그것은 이해하지 않아도 열 살이나 됐으면 당연히 알 수 있다고 생각했다. '너나 나나 열 살이나 됐는데 그 정도를 가지고.'

영상이 시작되고 3분이 흐르고 10분이 지나도 제이는 가만히 영상을 보고만 있었다. 손에 들고 있는 홀리꼬치는 한 입도 먹지 못하고 그대로였다. 조이가 옆에서 몇 차례 제이를 불러봤지만, 미동도 없이 빳빳하게 울지도 웃지도 않고 영상에 몰두해 있었다. 고개를 한 번도 돌리지 않는 굉장한 집중력에 조이는 숨소리도 내지 못하고 조용히 기다리다 소곤소곤 물어보았다.

"어둑님, 제이는 괜찮은 거죠? 저승사자가 입을 막고 끌고 가는 걸까요?"

"그렇지는 않을 겁니다. 절대로."

'제이는 지금 자기 죽음을 보는 것일까? 왜 하필 죽는 날을 본다고 해서, 아무 말도 못 하겠어. 어떡하지….'

조이는 제이를 그저 안아주었다.

"영상은 끝났습니다. 이제 두 분 다 터널을 지나가 주세요. 기억은 사라집니다."

제이는 VR 헬멧을 벗지 못하고 고개를 푹 숙인 채 아무 말이 없었다. 어둑이 직접 벗겨주었는데 가발이 떨어지면서 맨머리가 드러났다. 조이는 그 가발을 얼른 주워서 제이에게 씌워주었다.

"제이…. 괜찮아?"

여전히 고개를 숙인 제이는 울분이 섞여 갈라진 목소리로 겨우 말했다.

"이건 거짓말이에요. 저는 병원에서만 살았어요. 친구도 없고 첼로는 배운 적도 없어요. 여길 나가면 저는 휠체어에서 움직여야 한다고요. 매일 제가 듣는 소리라고는 머리맡 기계에서 들리는 소음, 응급벨이 울리고, 다급하게 뛰는 발소리, 약병이 어딘가 부딪히거나 엄마가 한숨 쉬고… 아빠와 다투시는 소리… 울음을 참는 소리…."

"제이, 화내지 마. 여길 나가면 다 잊게 돼. 이제 맛있는 거 많이 먹으러 나가자."

"저…. 종일 여기서 나가지 않을래요. 푹신한 의자 좀 주시겠어요?"

"뭐?"

"저는 이제 2년밖에 시간이 없대요. 그런데 이건, 제가 할아버지가 된 거예요. 제가 할아버지가 돼서 가족들을 불러놓고 손녀의 생일에 첼로 연주를 하고 있었어요. 제가 할아버지가 될 수 있나요? 제가 그럴 수 있을까요? 원래는 3개월 남았다고 했는데, 엄마아빠 얼굴을 더 보고 싶었어요. 그래서 수술도 받고 엄마아빠 얼굴을 볼 수 있었는데…. 제가 그렇게 오래 살 수 있나요? 전 제 얼굴도 봤어요. 이가 다 보일 만큼 웃는 표정을요. 할아버지가 된 제 얼굴을 손녀딸이 그려줬거든요. 제가 그렇게 오래 살 수 있을까요? 할아버지가 될 수 있을까요?"

영상은 끝이 났지만 바꾸고 싶은 미래는 여전히 0으로 카운트가 되어있었다. 조이는 숫자판이 고장 난 것인지 도무지 이해할 수가 없었다. 제이는 자신이 죽는 날이 바꾸고 싶지도 슬프지도 않은 날이 되는가 보다. 하지만 어째서?

"오, 축복받은 제이 친구! 어린아이는 오늘은 무슨 달콤한 간식을 먹을지만 고민하면 된답니다. 의자를 준비해드리죠. 언제든 나가고 싶을 때 나가시면 됩니다."

"조이, 너는 어서 나가. 푸른요정님을 꼭 만나. 나는 이제 아무것도 필요 없거든."

그리고 이거 가져가라며 제이가 들고 있던 홀리꼬치를 내밀었다.

"이, 이건 네가 오래 줄 서서 받은 거잖아. 나는 괜찮아. 너 먹어."

"아니야. 어차피 나는 건강해지는걸. 줄 서지 말고 이거 먹어. 내 선물이야."

"같이 와줘서 고맙다." 둘은 동시에 말했다.

조이는 제이와 끌어안고는 오래오래 인사를 나누었다. 그러고도 부족했는지 손을 마주 잡고 빙글빙글 돌다가 중심을 잃고 바닥으로 넘어지기 직전, 어느새 다가온 시니가 넓은 망토를 펼쳐 막아주었다. 망토는 푹신하고 안정적이었다. 그대로 뛰면 트램펄린처럼 하늘로 올라갈 것 같은 탄력도 있었다. 시니는 이번에는 우리 친구가 넘어지는 걸 막았다며 아주 보람 있어 했다. 껄껄껄 웃는 소리에 천장에서 떨어진 먼지가 바닥에 쌓일 지경이었다. 그걸 보곤 시니가 투자를 받으려면 뭄뭄처럼 텔레비전 광고에 나와야 한다고 어둑에게 설명하고 있었다.

조이는 팔을 힘껏 뻗어 인사하고는 망각의 터널을 혼자 걷기 시작했다. 한 걸음을 디딜 때마다 조이가 봤던 장면이 발치로 쑤욱 빠져나갔다. 그 장면은 번개처럼 빠르게 바닥을 지나 한쪽 벽에 반짝임과 함께 그려지더니 서서히 사라졌다. 나오가 잔디 위를 뛰는 장면이었다. 그 장면이 사라지고 나서도 조이는 텅 빈

벽을 보며 계속 생각했다. 마음은 아팠지만, 이제는 슬픈 장면이 아닌 그 장면을. 두 발을 멈춘 채 '이렇게 아픈데, 왜 기쁜 걸까?' 심장에 손을 대고 물어봤지만, 대답을 들을 수는 없었다. 조이는 잠시 그렇게 가만히 있고 싶었다. 제이가 한동안 말이 없었던 이유도 알 것 같았다. 그리고 이 기억들이 사라져도 괜찮다고 생각했지만, 엄마의 기뻐하는 모습을 보지 못해 아쉬웠다.

'엄마가 봤다면 기뻐하셨을 텐데…. 아, 맞아! 볼펜, 볼펜이 있었어!' 사인하려던 볼펜을 생각해낸 조이는 뛸 듯이 기뻤다. 그리곤 왼손바닥에 '나오는 축구선수가 된다'고 적었다. 손바닥의 간지러움 때문인지, 무엇 때문인지 모를 환한 웃음이 새어 나오자 마음속에 무엇인가가 차오르는 것을 느꼈다. 아직은 이 차오르는 것이 무엇인지 모르는 나이다. 조이는 심장에 손을 대고 벅찬 순간을 잊지 않아야 한다고 제발 잊지 말자고 자신에게 부탁하고 또 부탁했다. 그리곤 이 기억들이 빠져나가지 못하게 움켜잡겠다는 듯이 주먹을 더 꼭 쥐고 터널 안을 달렸다. 조이가 깜깜한 터널을 거침없이 발을 디딜 때마다 방금 봤던 장면들이 발밑을 빠져나갔다. 그 장면들은 터널 안을 섬광이 지나간 것처럼 반짝거리게 했다. 조이는 그 장면들이 사라진 벽에 손을 짚어보기도 하고 뒤로 걷기도 하면서 뛰어나갔다. 터널 위를 보며 걷다가 벽과 부딪히기도 하면서, 터널의 구석구석을 잊지 않겠다는 듯이. 마침내 출구에 다다르자 빛을 향해 힘차게 뜀박질했다. 그 끝에 다다르고 햇살이 눈꺼풀을 뚫고 들어오고 있었다. 선명한 푸른 하늘과 함께 기분 좋은 눈부심에 조이는 윙크하듯이 하늘을 올려보았다.

'빛이야.'

꽉 쥔 두 주먹을 번갈아 쳐다보면서 무언가를 생각해내려던 조이는 그대로 아이들로 인산인해를 이루는 놀이공원의 인파 속으로 섞여 들어갔다.

**

"불이야."

비르크의 종이 세워진 신성한 제단, 그 제단 옆에 마련된 숙소에서 관리자들은 게슴츠레한 눈언저리를 비비며 일어났다.

"정말, 불이야. 믿을 수가 없군. 내 눈에만 보이는 헛것이기를."

창문에서 돌아보는 제단장 준의 깜깜한 눈동자에 작은 횃불이 비쳐 보였다.

"한밤중 아닙니까. 대체 무슨 일입니까?"

방금 눈을 뜬 신참 관리자는 영문을 모르겠다는 표정으로 침대에서 발을 내리고는 믿기 힘든 광경에 창문 앞까지 걸어갔다. 코끝이 닿은 유리창에 입김이 서려 부옇게 보였다. 희끄무레한 대여섯의 성난 횃불이 도깨비불처럼 비르크의 제단 앞에서 사납게 넘실거렸다. 아니 그보다 겹쳐 많을까 적을까.

"이 무슨 말도 안 되는⋯. 믿을 수가 없군요."

"결국에는 원한이 실체가 되었어. 종을 없애려는 자들이 있다는 연락을 방금 받은 참이다."

어두운 밤, 횃불을 들고 몰려오는 자들을 준은 창문 너머 침통한 표정으로 바라보고 있었다. 그는 하얗게 센 백발 머리였지만 노쇠함을 찾아볼 수 없는 다부진 체격으로 주변의 젊은이들보다 더 민첩하게 제단으로 뛰어갔다.

비르크의 종 앞에 몰려있는 자들은 모두가 똑같은 눈이었다. 분노가 서린 핏발 진 두 눈에는 불만이 가득했다. 곧 제단장 준을 필두로 제단을 지키는 관리자들이 모여 제단 앞을 막아섰다. 이미 싸움은 건드리기만 해도 폭발할 것 같은 긴장감에 누구 한 명 큰 소리 내지 못했다. 일렁이는 횃불 앞에 광기 어린 자들을 막아서는 것밖에는 할 수 없었다. 누구도 이기고 질 것 없이 물러서지도 못하는 지난한 싸움일 뿐이었다.

"종을 아무리 울려도 이미 죽은 이를 살릴 수는 없소."

느긋하고도 묵직한 저음이 광기 어린 자들을 지긋하게 누르고자

했다.

"저리 비켜. 그런 소리 듣자고 온 게 아니니까!"

노인은 전시용으로 마련된 쇠막대로 종을 치고 있었다. 거센 힘을 실은 묵직한 타격이 이어졌다. 그 모습을 지켜보던 준은 쓸쓸한 표정으로 말을 이었다.

"그 종은…. 간절함을 담아 소원을 빌어야만 여기, 속에서부터 울리는 것이오. 오직 종을 울리는 사람에게만 들리는 종이란 말입니다! 물리적으로 종을 친다 한들 당신들 손만 아플 뿐입니다."

"그 정도야 나도 알아, 안다고! 나도 이곳에서 나고 자라 컸어. 여기 그걸 모르는 사람은 없어. 이봐, 내가 덜 간절하다는 거야? 10분만 빨리 발견됐어도 내 손자는 살았을 거야!"

"이럴 시간에 장례를 치러야 하는 것 아니오? 아이의 마지막을 조용히 애도하는 게 낫지 않나 묻는 거요."

"염병할! 그 입 닥쳐!"

"나이도 지긋한 분께서 제단장님께 그 무슨 막말이십니까! 예의를 갖추세요!"

"예의 같은 소리! 시끄러워! 애도는 이 종에게나 하라고. 오늘이 마지막일 테니까. 알겠어, 알 것 같다고. 이 빌어먹을 종이 안 울리는 이유를…. 소원을 가려서 받는 거야. 간절함을 담아야만 울린다니. 그런 거짓말을 믿었어. 이런 종은 없어져 버려야 해. 이보게들, 안 그런가?"

여기저기서 웅성거림이 들렸다. 평소에 가둬두었던 말이 튀어나오기 시작했다.

"맞아. 이미 집에서 편히 자고 있는 사람들은 소원을 이룬 사람들뿐이야."

"우리는 왜 선택받지 못하지? 왜 우리의 간절함은 저 종을 울릴 수 없지?"

"이건 말도 안 되는 일이야. 옆집 애티커스는 금광을 발견해서 벼락부자가 됐다고."

"저 종이, 불공평을 만들었어!"

준이 사람들 앞을 가로막았다. 마법사처럼 성성한 백발의 수염을 한 제단장에게 사람들은 차마 더는 말 못하고 시선을 돌리거나 헛기침을 했다.

"말도 안 되는 소문이오. 애티커스는 원체 광물을 15년째 조사하고 있던 가난한 학자 아닙니까? 그 광산은 원석을 채취하도록 허가를 받았을 뿐이지 값나가는 광물은 없소. 대체 누가 그를 벼락부자랍니까?"

급하게 걸치고 나온 다갈색의 홑옷 위로 불어든 밤바람에 준의 백발이 함께 흔들렸다. 천천히 한 사람씩 마을 사람들을 살펴보더니 고개를 저었다.

"이 밤에 다들 대체 무슨 생각들입니까. 그리고 자네는…. 어째서 이 하르산의 중턱까지 아프신 할머님까지 모시고 왔나요, 젊은 친구?"

그 청년은 손을 휘저으며 아니라는 듯 당황하며 말했다.

"죄송합니다, 제단장님. 저는 아무도 없는 시간일 거 같아서…. 할머님이 답답하실 것 같아 함께 산책 겸 올라온 것입니다. 산의 중반쯤 걷다 보니 다른 사람들이 횃불에 불을 붙이며 하는 대화를 들었어요. 저희는 잠깐 숨을 고르다 저들의 말을 우연히 듣고 있었습니다. 그리고 마을에 종을 망치려는 자가 있다고 전했습니다. 그리고…."

"마을에 우리 계획을 알렸다고?"

얼어붙을 만큼 차가운 말투에 복수심이 비쳤다.

휠체어에 앉아있던 할머님은 일어서려다 힘이 닿지 않아 역정을 내었다.

"바보 같은 이야기를 말리자고 한 건 나요!"

화르륵 하는 검붉은 횃불들 사이로 분노한 할머니의 얼굴이 스치듯 보였고 불그림자가 드리워져 얼굴이 검게 번졌다 다시 그늘 속으로 사라졌다.

"이 사람들은 오늘 비르크의 종을 파괴시킬 생각으로 모였습니다. 그렇게라도 하면 요정이 억지로 소원을 들어줄 거라 믿고 있는 무지한 자들이에요. 노아가 만년설에서 진짜 종을 찾아오면, 이들이 재단의 가짜 종과 바꾼다고 합니다."

그 노인은 청년에게 다가가며 매섭게 말했다.

"젊은 친구, 말조심하시오. 할머니가 계시다고 순순히 넘어가지는 않을 테니까."

"비르크의 종은 애초에 죽은 이를 살려내는 소원은 들어주지 않았어요! 이게 대체 무슨 짓입니까?"

청년의 말에 제단장이 거들었다. 홍수가 범람했을 때 그도 마을 사람들과 하르산으로 피신 중이었다. 모두 하얀요정이 만드는 기적을 눈앞에서 목격한 사람들이었다.

"마을이 물에 잠기기 직전에 거대한 댐이 생기는 걸 모두 눈앞에서 보고서도 말입니까? 고작 일 년도 되지 않은 일입니다. 제정신들입니까? 마을의 평화가 저절로 생긴 거라도 된답니까?"

"마을이 언제 어떻게 평화로웠지?"

"맞아, 마을의 일들은 모두 시시껄렁한 일들뿐이야. 진짜 행복은 일이 잘 풀리고 가족에게 배 굶기지 않고 좋은 집에서 사는 것뿐이야."

기적을 보았다며 제단에서 모두 엎드려 절을 하던 때는 이미 기억에서 없어진 후였다.

"힘이 있으면서 소원을 들어주지 않는 저 요정에게 일을 시키려는 거요. 하루에 한 번씩의 소원은 들어주지만 모두 시시한 것들뿐이지. 아이들이 솜사탕을 마음껏 먹고 싶다거나, 아픈 송아지가 낫게 해 달라는 소원에 무슨 기적이 있다고. 진짜 소원은 멋대로 무시하고 있 잖아? 더는 이대로 있지 않겠어."

다른 이가 소리쳤다. "이 종과의 계약이 무효가 되면 다른 요정이 올 거라고. 지금보다는 나은 삶을 살게 될 거야", "그래, 나는 이 요정 이 힘을 아껴두고 꽃이나 피우고 한여름에 눈이나 날리게 하는 꼴을 더는 못 봐, 더는!", "이대로 갈아엎어 버립시다."

청년은 휠체어에서 일어나려는 할머니의 어깨를 살짝 누르더니 담요를 덮어드렸다. 그리고 주변 사람들에게 호소하기 시작했다. 다 른 이들이 들고 온 커다란 도끼와 망치를 저지하며 가까이 다가갔다.

"그만들 두세요! 마을을 망칠 생각이 아니라면 당장 멈추세요!"

"이봐, 진정한 평화는 모두에게 공평한 기회가 주어졌을 때 가능 한 거라고. 이미 저 요정이 소원을 가려서 들어주기 시작했을 때부터 서서히 균열은 시작된 거야. 저것 좀 봐, 눈이 있으면 보라고."

노인은 눈을 힐끗하며 제단 쪽을 보라는 듯 눈짓했다. 자리옷 바 람으로 뛰어나온 제단관리자 몇몇마저도 머쓱한 표정을 지으며 고개 를 떨궜다.

"이 도끼는 그 균열을 메우는 위대한 첫 시도가 될 거다."

"그만두세요! 그만!!"

두 눈을 부릅뜨고 거대한 종을 향해 뚜벅뚜벅 걸어가는 노인에게 청년이 달려들었다. 아주 위협적인 눈을 한 노인과 청년은 몸싸움을 벌였다.

"왜 아주머니를 데리고 이곳으로 왔지?"

"그, 그건…. 지금 상황과 상관없는 말 아닙니까?"

그는 청년의 가슴을 툭툭 쳤다.

"과연 그럴까? 자, 가슴에 있는 이야기를 꺼내봐. 네가 볕 좋은 날이면 늘 할머니와 산책을 하는 건 이미 알고 있어."

"그래서 그게 어떻단 거죠?"

"매일 같이 와서 소원을 빌었지? 네 할머니 몸속의 종양을 없애달라고 말이야."

그 노인은 휠체어로 눈길을 한 번 주더니 말을 이었다.

"하지만 오늘도 저 모습을 보니, 요정은 역시 네 소원에 관심이 없나 봐."

"물론 병이 낫기를 바라고 있습니다. 치료를 받고 있어요. 차도가 있으니 할머님과 산책을 나왔을 뿐입니다. 당신처럼 떼쓰려고 온 것이 아니니 이 손 치우세요!"

청년은 주먹을 꽉 쥔 채 참고 있었다.

"아니. 너도 처음에는 소원을 빌었을 거야. 빌고 빌다가 결국엔 포기했겠지. 나만큼이나 괴로웠을 거다. 가족이라는 이름이니까. 요정은 괴로움을 알지 못해. 오늘도 단풍놀이나 올챙이알로 아이들 환심이나 사고 있을 거라고. 그 힘을 대체 왜 필요한 곳에 쓰지 않지? 열 번의 사사로운 힘을 모아서 한 번에 쓸 생각은 없는 건지 물어봐야겠어. 더 이상은 화가 나서 견딜 수가 없다고. 알겠어?"

"그만두세요! 요정은 애초에 인간사에 깊숙이 관여하지 않았습니다!!"

"한꺼번에 모든 사람도 살릴 수 있는 힘이 있으면서 살리지 않고 있는데 그게 과연 옳은 걸까? 별 볼 일 없는 소원이나 이뤄지는 꼴을 보고 희망고문하는 저런 종 따위는 차라리 없어지는 게 낫겠어. 저딴 제단도 아예 없애버리고 예산을 다른 곳에 쓰는 게 나을 거라고. 마침 저기 아들이 오는군. 노아!"

거구의 사내를 청년은 기억해냈다. 어릴 적 같이 놀던 자신보다 네다섯 살 위의 노아였다. 들고 온 횃불을 제단에 메다꽂아 버리는 그의 첫인상은 '모든 것을 잃은 남자'였다. 응어리진 분노와 좌절이 그의 목 언저리에서 거칠게 튀어나왔다. 한 글자를 뱉을 때마다 핏방울이 튀는 듯했다. 화염에 휩싸인 기둥에 넘실대는 불그림자가 춤을 추듯 광기를 내뿜었다.

"아버지, 다 끝났어요. 이 종을 지옥 불에 던져버리고 저도 따라가 겠습니다."

콰콰가가가가가카카캉!!!

도끼가 무게를 싣고 거대한 종을 내리찍었다.

지이이이이이이이이이잉!!!

참을 수 없는 울림이 다시 이어지고

콰가가가강! 캉!! 콰앙!!!

세 번째 도끼질은 종에 아주 작은 미세한 균열을 만들어냈다.

"이것 봐. 일을 안 하는 요정이라 그리 대단하진 않나 봐? 이렇게 쉽게 금이 가다니. 생각보다 별것 아닌데 그래? 종이 천둥이라도 뿜어내서 나를 죽일 줄 알았더니 말이야. 소원을 말하고, 기다리고, 마음 상한 시간을 생각하면 일찍 치워버릴 것을!"

다음은 뒤따라온 요한의 도끼질도 함께였다.

콰가가가가가쾅지이이이이잉

거대한 울림과 철과 철이 부딪혀 거대한 파열음을 만들었다. 그 소리와 함께 노아의 울부짖음이 제단을 울렸다. 그 순간 순백의 하얀 요정이 날갯짓과 함께 그 모습을 드러냈다. 노아는 여전히 도끼를 든 채 뒤로 주춤하더니 거보란 듯 종을 더욱 세게 내리쳤다.

콰아아아아앙!! 귀를 찢는 파열음.

청년은 엄청난 소음에 귀를 막았지만, 곧바로 이어진 다음 소리는 더욱더 분노를 담고 있었다. 천둥과 같은 움찔하게 하는 진동소리가 이어졌다. 마을 사람 몇몇은 청년과 휠체어를 끌고 할머니를 제단의 끄트머리로 데려갔다. 심상치 않은 조짐에 어서 할머님을 모시고 피해야 한다며 등을 떠밀었다.

『종을 없애려고 하는군.』

"…그래."

『그렇게 되기를 원하고 있다? 어째서지?』

노아는 넘쳐흐르는 눈물을 닦지도 못한 채 다시 종을 치려고 했다.

"내 아들은 이미 죽어서 이 땅과는 상관없는 사람이 되어버렸거든! 네가 소원을 들어준 덕분에 애티커스가 들뜬 마음에 운전하다 사고를 냈다더군. 이제 나는 아무 소원도 희망도 없어. 그것뿐이야!"

『지금껏 마을을 위해 하루도 허투루 않고 크고 작은 소원을 들어줘왔다.』

『…내 힘으로 할 수 있는 한….』

"할 수 있는 한? 말은 바로 해. '하고 싶은 한'이 아니고?"

요정은 부부부부 힘을 일으키며 화내고 있었고 지축이 흔들렸다. 거대한 소용돌이가 제단 주변의 숙소며 나무, 사람들까지 모조리 삼키기 시작했다.

"나를 죽일 테면 죽여! 하지만 이 종도 함께 가겠다!"

"그만하세요, 요정님!"

그때 '마법의 기념품 가게' 귀퉁이에서 쪼그려 앉아 영화책을 보던 흐름은 뚝 끊기고 말았다.

'중요한 순간에 갑자기 무슨 소란이지?'

조이가 빠져나온 '무엇이든 보여주는 영화관' 출구 앞으로 오래되어 보이는 기념품 가게가 마치 잡화점처럼 입구에서부터 불량식품과 각종 장난감으로 줄지어 있었다. '아, 이건!' 엄마가 절대 먹지 못하게 한, 종일 혀가 보라색이 되는 사탕이었다. 조이를 혼낼 어른은 없지만 엄마와의 약속을 생각하며 사탕을 내려놓았다. 입술이 시퍼렇게 되어 소파에서 잠든 조이를 보고 엄마가 너무 놀란 나머지 옆집 아저씨와 조이를 들쳐 안고 길 건너 병원으로 뛴 적이 있었기 때문이었다. 조이는 옆집 아저씨의 땀내 나는 넓은 등에서 늘어지게 하품을 하며 일어났다.

한 아이가 보석이 가득 박힌 왕관을 머리에 쓰자, 머리끝에서 발끝까지 드레스와 구두로 풀착장이 되었다. 조이는 젤리 한 봉지를 들고선 기념품 가게로 들어섰다. 각종 오락거리에 정신이 팔려버린 아이들이 꽉 차 있어 구경하는 새에 물건을 채가곤 했다. 몇몇 아이들은 마법의 진흙을 조몰락조몰락 만지며 놀고 있었는데, 말 모양으로 만들어 바닥에 내려놓자, 뻣뻣한 다리로 말발굽 소리를 내며 앞으로 달리다가 풀을 뜯어 먹었다. 마법의 진흙으로 만든 레이스 경기장 주변은 앉을 자리가 없을 정도였다. 레이스를 보려고 모인 아이들 일부는 경기장 바깥에 주렁주렁 매달려 정신을 놓고 구경하고 있었다. 장내 아나운서의 소개가 이어졌다.

– 마지막 주자 5번 레일, 기린말, 기린말 선수

기린말은 푸르르르 하며 소리를 냈다. 몇몇 아이들의 함성이 들리자 기린말은 콧김까지 뿜으며 다리에 시동을 걸듯이 바닥을 마구 긁었다.

– 출발선에 서세요. 차단봉이 열리면 출발입니다. …Start!

다리를 길게 늘인 기린말은 초반에 성큼성큼 뛰었고 거의 반 바퀴를 앞서갔다. 하지만 선두자리에서 달린 것은 잠시뿐이었다. 안타깝게도 모퉁이에서 중심을 잡지 못한 채 휘청이더니 쓰러지고 말았다. 어찌나 다리가 긴지 쓰러지면서 경기장의 벽에 부딪혔고 머리는 짓눌려 엉망이 되었다. 쌤통이라며 비웃는 소리와 다리 길이에 잔뜩 기대했던 아이들이 고함을 치자 장내가 들썩였다. 다른 한쪽에서는 승리의 함성이 터져 나왔다.

"푸핫! 저 꼴 좀 봐. 저렇게 될 줄 알았어! 다리만 길면 1등이라더니!"

"가진 거 다 걸었는데, 이게 뭐야!"

"다리만 길면 뭐해! 짧은 다리로 재빠르게 뛰는 내 말이 이겼어!"

기린말의 주인이 나타나 쓰러진 몸체를 경기장에서 부끄럽게 낚아채더니 한쪽 구석으로 가서 마법의 진흙을 덧붙이고 있었다. 얼굴이 빨갛게 달아올라서는 볼멘소리로 '왜 안 돼, 왜!' 하며 다리 보수를 했지만, 점점 더 무거워졌는지 기린말은 가엾게도 발을 뗄 수도 없는 상태가 되었다. 그 아이는 1등 무리를 쏘아보며 한껏 소리쳤다.

"두고 봐! 다음 경기는 무조건 내가 이길 테니까!"

그 모습을 본 1등 무리가 가소롭다는 듯이 비아냥거리며 가까이 다가섰다.

"그 소리만 벌써 몇 번째냐? 우리도 지겨우니까 그만 포기하고 저기 쌓여있는 내 물건이나 빨리 계산해!"

경기에서 이길 때마다 물건 한 개씩을 대신 결제해주기로 했었는지, 1등 아이의 카트에는 벌써 꽉 찰 만큼의 물건이 담겨 있었다.

"시끄러워! 그렇게 생쥐만 한 크기에 징그럽게 다리를 여섯 개나 붙인 건 반칙이야!"

"뭐? 이제 와서 내가 반칙이라는 거야? 애들아, 애 하는 말 좀 들어봐! 유치해서 못 들어주겠네."

"이 카트나 결제하라고!"

1등 무리는 아이 한 명을 몰아세우며 위협적으로 굴었다. 하지만 기린말 주인은 주눅 들기는커녕 카트를 방패 삼아 그 안에 있는 물건들을 던지고 도망쳤다. 기린말 주인과 쫓아가는 무리의 아이들 때문에 경기장 주변은 아수라장이 되었다.

"너, 졌으면 약속을 지켜!"

"싫은데? 말 경기장에서 다리 여섯 개로 달리는 것부터가 네가 잘못한 거야!"

"너 밤길 조심해라. 어디 사는지 몰라도 바깥세상에서 만나기만 해!"

"멍청이들아, 내가 어디 사는 누군지도 모르면서!"

대뜸 날아온 주먹질에 1등 아이가 울음을 터뜨렸다. 아이의 보호자인 팔다리가 달린 자동차가 나타났지만 대개 보호자들은 아이들은 싸우면서 크는 거라며 가벼운 다툼 정도는 두고 보았다. 심지어 "이겨라, 이겨라", "가만있지 마! 지지도 마!" 하며 부추기기도 했다. 본격적인 치받는 싸움에 모여드는 아이들로 더 큰 소란을 빚었다.

바로 그때, '검은요정-리버스의 저주'가 나타났다. 뒤통수가 앞에, 얼굴은 뒤에 달린 해괴한 목이 드드드득 아이들을 향해서 꺾이자, 둘은 너무 놀라서 소리를 지르고 줄달음했다. 하지만 서로의 모습은 달리는 도중에 이미 바뀌어 버렸다. 검은요정은 드드드득 목을 다시 제자리로 돌리고는 '방향이 맞나?' 하고 고개를 갸우뚱했는데, 그때도 역시 드득 하며 기괴하게 움직였다. 순간 정적이 흐르고 "진심을 담아서 사과의 말을 세 번 했을 때, 이 저주는 풀립니다"라는 말과 함께 검은요정은 사라졌다.

"어, 어, 이게 뭐야? 나잖아!"

화가 난 1등 아이가 기린말 주인의 멱살을 움켜잡고는 화가 안 풀렸는지 올라타서 주먹질했다. 코를 정통으로 맞은 기린말 주인보다도 1등 아이가 코를 잡고 '아악!' 하고 소리치더니 몸에서 떨어져 나뒹굴었다. 이 저주는 모습도 바꿔놓지만, 때리고 상처 주는 자에게 아픔이 전해졌다. 고스란히 자신이 때린 대미지를 받는 것이다. 맞은 아이는 놀라기만 했지 아무렇지 않아 보였다. 1등 아이는 거울에 비친 얼굴을 보고는 "이 길쭉한 볼품없는 코는 뭐야…" 하고는 기린말이 졌을 때보다 더 불쾌하고 실망한 표정을 했다. 뒤돌아 자신의 얼굴을 보더니 만족해하며 보란 듯이 박수를 쳤다.

"저게 코지, 저 기품 있는 높은 코 좀 봐."

"너, 내 얼굴하고 내 욕하지 마!"

"너야말로 내 잘생긴 얼굴하고 맘대로 코 파지 말란 말이야!"

기린말 주인은 바지도 내리고 험악한 얼굴로 인상을 구기고 바깥으로 뛰쳐나가며 소리쳤다.

"너, 따라오면 팬티까지 벗어버린다!"

시종일관 당당하게 1등 무리에게 대항했지만, 이제는 자신이 상대방이 된 아이는 그제야 엉엉 울며 소리쳤다.

"후앵! 내 얼굴 내놔!"

그렇게 한바탕 소동이 나서 〈홀리파크 진실 편-신의 제단과 사라진 종〉을 보던 흐름이 뚝 끊겨버린 것이었다. 이 영화책을 정신 못 차리고 엔딩까지 봤다면 시간이 어떻게 흘렀을지 모를 일이었다. 한 무리의 아이들이 한꺼번에 사라지자 기념품 가게는 고풍스럽고 평화로운 분위기로 금세 돌아왔다. 기괴했지만 좀처럼 나타나지 않는 검은요정도 볼 수 있어서 행운이라고 느끼며 책을 덮었다. 튼튼한 양장본이었지만 노트북처럼 위로 열듯이 펼치는 책이었다. 놀라운 것은 펼쳤을 때 단 1장짜리 책이었다는 점이다. 책 뒷면에는 목차가 나와 있었는데, 버튼처럼 튀어나온 목차를 손으로 꾹 누르자 장면이 영화처럼 이어졌다. 책을 살지 말지 고민하며 꼼꼼히 보다가 on/off를 누르자 금세 1,000페이지는 넘는 무거운 책으로 변했다. 조이는 깜짝 놀라며 바닥에 떨어질 뻔한 책을 황급히 잡다가 팔이 늘어날 뻔했다.

가슴 깊이 책을 끌어안아 올리자 천장 끝까지 가득 메운 신비로운 물건 중에 이 책이 가장 마음에 들어버렸다.

'이런 전설도 있었다니! 처음 보는 내용이야. 이 책만 있다면 가볍게 갖고 다니면서 영화도 보고, 책도 읽을 수 있는 거야! 이건 사야만 해! 어디에서 사면 되지?'

조이가 책장 구석을 살피며 다른 책도 보다가, 구석에 앉아 영화책을 쌓아놓고 보는 아이에게 물었다.

"안녕! 너, 그 책 살 거야? 이거 어디에서 사는지 알아?"

"어, 안녕! 그냥 나가면 돼. 저기 입구에 세워진 파란 기둥 보이지? 저기에서 자동으로 결제되나 봐. 너 손에 든 젤리 봉지도 결제된 표식이 있네. 그것도 여기서 그냥 먹으면 돼."

"뭐? 내가 이걸 결제했다고?"

아이는 일어나더니 젤리 봉지에 찍힌 문양을 보여줬다. 푸른 요정의 표식인 눈꽃지팡이에서 나온 문양이 찍혀 있었다. '이건, 처음 집었을 때는 분명히 없던 거야….'

"그냥 나갔다가 도둑이 되진 않겠지?"

"자세히는 모르지만, 나가도 돼! 결제가 안 된다면 갖고 나갈 수 없어. 보호자에게 물어봐! 나는 보호자가 말을 못 해서…."

조이의 시선은 아이의 다리로 옮겨갔지만 급하게 시선을 거두었다. 그 아이의 보호자는 오른쪽 다리를 감싸는 형태를 한 사물이었다.

'다리를 다친 걸까? 어쩌다 다리를….'

조이는 궁금했지만 엄마의 단호한 눈빛을 생각했다. 아무것도 묻지 않고 웃으며 고맙다고 말하자, 친구는 아무렇지 않게 잘 가라며 인사해 주었다.

"놀이동산까지 와서 산다는 게…. 여기가 햄스빌 도서관이냐앙?"

"도도! 어디 갔었어? 이거 이렇게 들고 나가면 되는 거 맞아?"

"알게 뭐라냐앙! 때 되면 알게 되겠지. 아빠 닮아서 성격 급하긴!"

"느긋한 우리 엄마 닮았거든! 으휴, 됐어! 저기 나티님한테 물어볼 거야."

"말다툼만 해도 검은요정이 나타난다냥!"

가슴이 철렁한 조이의 눈동자가 흔들리고 너무 놀라서 숨도 못 쉬었다.

"농담이다냥! 저 공작 깃털이나 들고 나와보라냥!"

뻔한 속셈이 보이는 아이템이지만 조이는 순순히 공작 깃털을 들고 입구를 지나 도도에게 내밀었다. 그때였다. 코르크 마개가 스스로 열렸다. 뭅뭅에게 있던 푸른 병이 조이의 목에도 걸려있었다. 찰랑이는 물방울이 빠져나와 양옆의 푸른 기둥으로 들어갔다. 무게도 색도 없는 푸른 병이 지금껏 조이의 목에 걸려있었을 줄은! 결제를 마치자 푸른 병은 서서히 사라졌다. 결제가 완료되었다는 눈꽃문양이 공작 깃털의 끝에 매달린 사용설명서에 찍혔다. 도도는 잽싸게 손으로 낚아채더니 이리저리 공작 깃털을 흔들며 놀고 있었다. 깃털은 한 개뿐이었는데도 옆으로 펼치자 부채처럼 피어났다. 바로 옆을 지나던 나티는 도도에게 주의를 주었다.

"사리사욕을 채우면 곤란해요!"

"앗! 나티님, 저 안쪽에 있는 책을 사려면 그냥 들고 나오면 되나요?"

"맞아요, 우리 친구! 기념품 가게에 있는 모든 것은 감동의 눈물로 결제할 수 있어요."

나티가 멀찍이 조이의 가슴에 손을 갖다 대자 푸른 병이 모습을 드러냈다.

"이 병을 벌써 반이나 채우셨네요! 감동의 눈물로 푸른 병을 끝까지 다 채우신다면 1시간 동안 마법의 양탄자를 대여해드린답니다! 이 넓은 홀리파크를 구석구석 날아다닐 수 있는 기똥찬 아이템이에요! 궁금한 건 무엇이든 물어봐 주세요! 마침 한가하답니다!"

"네? 양탄자 대여요? 저는 얼음과 물결의 강으로 꼭 가고 싶은데, 그럼 젤리랑 이것저것 기념품을 너무 많이 사버린 거네요. 참, 얼음과 물결의 강에 푸른요정님이 계시나요?"

나티는 큼지막한 입가에 미소를 띠고 있었지만, 순간 당황한 시선만큼은 어쩔 수가 없었나 보다. 굳은 눈에서 '어째서 그 장소가?' 하는 물음표가 느껴졌기 때문이었다.

"어, 어, 얼음과 물결의 강이 어디더라? 휴우, 땀이 나네요! 절기상 언제지? 벌써 한여름인가? 아하하, 이제 망종이구나. 그런 곳은 왜 가시죠? 재밌는 구경거리, 놀 거리가 이렇게나 많답니다! 거긴 뭐, 그냥 스케이트 좀 타는 것밖에는 없어요! 있어봤자 수수께끼를 내는 얼음고래 정도려나? 아니, 아니, 내가 무슨 말을 하는 거야."

"나티님, 제가 푸른요정님을 만날 수 있을까요?"

"그럼요! 우리 친구가 푸, 푸, 푸른요정님을 만나 소원을 빌기를 바란답니다! 하지만 지금은 무엇보다도 식사할 때군요, 하, 하, 하하…. 밥은 꼭 제때 먹어야 해요! 부모님들의 관심은 우리 친구들이 밥을 먹었는지에만 쏠려있으니까요! 눈앞에 문이 생기면 꼭 들어가도록 하세요!"

나티님은 놀란 표정을 들키지 않으려는 듯 푸른요정님은 어디에서든 아이들을 지켜보고 계신다고 말하고는 자신의 지팡이를 들더니 인사도 없이 사라지고 말았다.

'여기 있는 직원분들은, 푸른요정님을 무서워하는 것처럼 눈빛이 떨려. 선생님 앞에서 주눅 든 나처럼….'

조이는 몇 걸음을 옮기다 고개를 젓고 방금 한 말을 번복했다.

'아니, 아니지. 그것과는 달랐어. 이건 마치, 알려주면 안 되는 비밀을 내가 물어봤을 때, 엄마가 숨기려는 것처럼, 딴청을 피우는 거야!'

조이는 누덕누덕한 지도를 펼쳐 지나온 거리를 보았다. 푸른요정님을 만날 수 있는 시간은 얼마 없는데, 눈앞에서 자꾸만 재밌는 일이 벌어져 도저히 곧장 뛰어갈 수가 없었다. 어린아이에게는 너무나도 강력한 매혹적인 땅이었다. 도저히 뿌리칠 수 없는, 봐도 또 신기한 마법의 공원! 시간이 한참 지체되어 달리는 와중에도 시선을 끌어당기는 신비한 놀이기구, 전설 속 동물과 기념품 가게, 호기심을 자극하는 간판들이 자꾸 조이의 발목을 묶어버렸다.

조이는 달려가다 시계탑 앞에 멈춰 서서 지난 시간을 잠시 생각했다. 바쁘게 보낸 시간이었지만, 푸른요정을 만날 수 있다는 확신은 점점 희미해졌다. 마음껏 뛰어놀고 이야기를 나누는 친구들이 갑자기 부럽고 서러움이 밀려왔다.

'…안 올 거야. 푸른요정님은 정말 없는 걸까? 시간이 꽤 많이 지났는데 아무것도 알아낸 게 없는걸. 나는 정말 시간 낭비를 한 걸까? 섣부른 희망이었을까…?'

주요 갈림길마다 우뚝 솟아 있는 시계탑은 사계절의 정원에서는 개구리 한 마리가 튀어나오는 영상을 보여줬었다. 지금은 연둣빛 이삭이 소나기를 맞고 튼튼하게 자라나는 영상을 보여주었다. 봄은 퇴색하고 신록이 일게 되는 계절. 그것은 시간이 품어낸 흐름을 느끼게 해주었다. 시간의 주체는 누구도 아니라는 듯이 우리는 그저 계절 속에 존재하고 있음을 알려주었다. 하지만 계절과 날씨는 작은 씨앗이 새싹을 틔우는 그 순간까지도 기억하고 있다.

시계탑의 시간은 바쁘게 움직이지 않고 가만 머물러있었다. 멈춰있는 것이 아니라, 그 시간을 지나는 모든 순간을 지켜보며 기다려주고 있었다. 그 순간이 의미 있는 시간이 될 수 있도록 기다림이 필요했다. 시간이 품어낸 아름다움을 느끼게 해주려는 것처럼 시계탑은 숫자판과 시침이 알려줄 수 없는 시간의 흐름까지도 분명히 포함하고 있었다. 화살표의 뾰족한 끝으로 알려주는 시간은 과거와 미래가 연결감 없이 서로 등을 돌리고 '너는 너, 나는 나'인 것처럼 구분을 지었다.

이제 소서로 철컥하고 다음 절기로 넘어갔다. 한동안은 더위가 이어질 것만 같은 영상 속 장마와 충분한 햇살을 받아 무르익은 과일이 시간을 알릴 것이다.

조이는 시계탑 앞에 서서 몇 시 몇 분인지 조바심내며 달리고 뛰던 바로 어제를 떠올렸다. 지금은 어떤 날씨고 나뭇잎은 어떤 색인지도 모르게 지나갔던 것 같다. 바깥세상의 부지런한 시계보다 훨씬 마음에 들었다. 마음을 다잡듯이 입술을 꽉 깨물고는 눈을 감았다.

'아직 모르는 거잖아. 시간이 얼마나 지나든 나오의 느린 시계를 내가 되돌려 놓겠어!'

나티의 말처럼 점심시간이 시작되자 입장 순서에 따라 아이들의 눈앞에 전용문이 나타났다. 조이 앞에 나타난 문은 미동도 없이 가만있을 뿐이었다. 덜컥덜컥하며 문손잡이를 당겨보고 노크하듯이 두드려도 보았지만 열릴 기미가 안 보였다. 그냥 지나쳐 가려다가 배가 조금 고파진 탓에 조이는 성급하게 문손잡이를 뽑듯이 늘어져 있었다.

"우리 친구, 잠깐만 기다려주시겠어요!"

지금 한창 바쁜 시간이라 미안하다며 문은 사과도 아주 바쁘게 하고는 손수건을 찾다가 냅킨으로 땀을 닦았다. 그리고는

엄청나게 다양한 옵션을 체크해야 하는 종이 한 장을 쑥 내밀었
다. '해당하는 항목에 모두 체크하시오'라고 된 종이었다. 메뉴
판인 줄 알았던 조이는 체크사항을 유심히 보았지만 모르는 단
어를 몇 번이나 건너뛰었다. 유당불내증, 베지테리언, 갑각류
알레르기부터 조이는 알 수 없는 대략 수십 개의 옵션이 쭉 나
열되어있었다. 조이에게 종이를 내민 조그만 손은 철컥철컥하며
열리던 문손잡이였다. 꽉 쥔 주먹이 되면 손잡이가 되었다.

"문님, 모르는 말이 너무 많아요. 여기에서 이 끝까지 다 모
르는 말인걸요. 저는 아무거나 다 잘 먹어요!"

"못 먹는 음식이 있나요? 먹으면 아픈 음식은 꼭 말씀해주셔
야 해요."

"브로콜리랑 가지요! 특히 브로콜리는 입에 들어와도 못 삼
켜서 뱉어요."

문은 본인이 직접 문고리를 철커덕철커덕하며 소리를 내더
니 고개를 끄덕였다.

"아, 그건 당연하죠! 들은 얘기입니다만, 브로콜리가 몸에
좋은 이유는 몸에라도 안 좋으면 아무도 안 먹기 때문이라고 하
네요! 자, 이곳을 추천합니다. 여기는 채소를 쏙 뺀 뷔페랍니다!
배고픈 친구들이 가장 많이 모이는 곳이죠! 어때요? 맛있는 식
사시간을 보낼 것 같나요?"

조이는 주먹을 꽉 쥐고는 "예에예에예" 하고 소리쳤다.

식사 도중에 채소를 달라고 하면 쫓아내는 식당으로 예약 한 명 들어갑니다. 손님, 입장하겠습니다!

"흐흐흐흐."

"우리 입 짧은 조이가 먹을 거에 저렇게 웃는 건 처음 본다냐앙."

조이는 군침이 마구 돌았다. 그레이비 소스에 촉촉하게 구워진 커다란 닭구이를 얼굴을 파묻고는 뜯기 시작했다. 나이프와 포크를 쟁반에 한가득 담고는 직원들이 돌아다니고 있었다. 아이들도 제각각 눈에 보이는 무엇이든 먹어치우고 있었다. 초콜릿으로 된 요트를 타고 우유강을 노닐다가 요트마저 먹어버려 가라앉은 곳은 완벽한 초코우유로 변했다. 벌들은 꿀이 뚝뚝 떨어지는 찰피나무 아래에 있다가 아이들의 음료에 달콤한 꿀을 넣어주었다. 조이도 자리를 잡고 테이블에 한가득 차려놓은 갈비를 뜯다가 문득 제이가 생각나 손을 들어 직원에게 물어보았다.

"무엇을 도와드릴까요, 우리 친구?"

"친구를 찾는데요, 혹시 제이 보셨나요? 저보다 두 뼘은 더 크고요…. 우리는 영화관에 같이 갔었는데…. 음…."

조이는 고기를 우물우물 씹으며 생각하는 것을 그만두었다.

"아! 테이블 전체를 뱃속에 몽땅 쓸어 담은 제이군 말인가요? 알고 있습니다. 어째선지 시니님과 같이 와서는 돌아갈 때도 영화관으로 데려가 주셨어요. 밥 먹고 영화를 본다고 하시기에 캐러멜을 덮어 무지개색 스프링클을 뿌린 팝콘을 잔뜩 챙겨 드렸습니다. 점심시간에 딱 맞춰 오신 첫 번째 손님이라 기억합니다!" 그리고 속삭였다. "그리고 가장 많이 드셨고요."

뒤이어 온 아이가 의자를 씹고 있었다. 가죽 의자인 줄 알았던 푹신한 의자에서 쫀득한 육포 맛이 난다며 앞자리에 앉았다.

"더 필요한 건 없으신가요?"

의자를 테이블에 올려놓고 포크로 찢던 아이가 손을 번쩍 들었다.

"저요! 저는 당근 없는 카레랑 고기로 만든 파이에 고기, 고기, 고기요!"

"아! 메뉴에 있는 카레로군요, 감자조차도 없답니다! 고기로 만든 파이는 바로 올라오신 길에서 왼쪽으로 꺾으면 있습니다. 카레는 금방 가져다 드리겠습니다!"

"들었어, 도도? 메뉴에 있대. 저도 같은 메뉴로 주세요!"

고기로 꽉 채운 카레에, 갓 구워 풍미 좋은 미트파이, 짭짤한 하몽으로 만든 고기피클에 소화가 잘되는 청량한 마인주스까지 함께 나오니 테이블을 가득 채웠다.

"주문하신 당근 없는 비프카레 2인분 나왔습니다. 육수부터 최상급 소고기로만 맛을 내어 진한 고기 맛이 아주 일품이랍니다. 스테이크보다 더 많은 고기가 들어갔답니다."

"그런데 이렇게 좋은 음식을 매일매일 무료로 주시는 건가요? 저희는 돈도 내지 않았는데…. 푸른요정님은 부자인가요? 이렇게 퍼주다가 망하면 어떡해요?"

"망할 리가요! 하하하하! 쌀 한 톨을 크게 키웠을 뿐이랍니다! 바깥세상에서는 오랜 시간을 들여 유전자를 조작해야만 농작물을 크게 키운다고 들었어요! 쌀 한 톨로 이백 명은 족히 배불리 먹을 수 있으니 마음껏 드시면 됩니다! 옆방에 베지테리언 분들께는 신선한 채소를 바로바로 공급하고자, 아이들을 아주 작게 줄인답니다! 집채만 한 아보카도 위에서 미끄럼틀을 타기도 하고 코코넛으로 들어가서 배를 타고 놀 수도 있어요! 애벌레보다 빨리 샐러드 먹기에도 도전한답니다! 신선하고 거대한 브로콜리를 본 손님들이 기둥을 끌어안고 준비된 나이프로 뚝딱 썰어서 금방 통째로 먹어치우는데, 속도가 너무 빨라서 다 크기도 전에 먹히고 말아요!"

"으웨에에! 나무만 한 브로콜리. 저는 근처만 가도 배가 아플 것 같아요! 저랑 제 친구들은 모두 브로콜리를 끔찍하게 싫어하거든요. 식단표에 브로콜리무침이 있으면 그 날은 배가 아프다고 꾀병을 부렸어요! 어떻게 그럴 수가 있죠?"

"다양한 친구들이 모이는 곳에서는 존중을 배울 수가 있으니 얼마나 좋은 일인가요? 식사예절은 나라마다 다르니 어떻게 드셔도 되지만 꼭 상대방을 존중해주세요!"

*
**

"너, 너는!"

조이는 기분 좋은 포만감에 휘파람을 불며 살짝 배를 걷어봤다. 배꼽이 튀어나와 보일 정도로 빵빵했다. 소화제를 두 개나 마셨지만, 도무지 금방 꺼질 것 같지 않았다. 배를 두드리던 조이는 맞은편에서 스쳐 지나가던 익숙한 얼굴에 시선을 멈췄다.

"너 맞네, 조이! 너랑 비슷한 사람인가 했는데!"

아이들은 이 넓은 홀리파크에서 서로를 발견한 것이 너무 기쁜 나머지 펄쩍펄쩍 뛰었다. 조이는 친구의 이름이 도저히 생각나지 않아서 눈알을 왼쪽 오른쪽 굴려보았다. 친구는 모르는 눈치여서 아주 다행이었다.

"이럴 수가! 우리 같은 날 태어났나 봐! 혹시 쌍둥이 아닐까?"

"진짜 쌍둥이였으면 좋겠다! 미리 알았으면 같이 올 수도 있었을 텐데! 조이, 난 진짜 내 생일을 오늘 알았어!"

"생일을? 왜?"

"그게, 우리 엄마랑 아빠는 내가 언제 태어났는지 두 분이 기억하는 날짜가 너무 다르셨는데, 할머니한테 물어보니까 심지어 날짜가 또 달랐어! 내 생일 한 달 전부터 옥신각신하다가 결국 내기를 하셨는데, 무려 할머니가 맞았던 거야!"

"뭐? 너랑 내가 생일이 같은 거보다 엄마아빠가 모르셨다는 게 더 충격인 거 아니야?"

"할머니는 내가 태어났다는 전화를 받으시고는 달력으로 가서 표시하셨는데, 그때 해가 뉘엿뉘엿 지고 있었다는 것도 기억이 난다고 하셨어! 아빠는 입장권이 나타나니까 민망한지 머리를 막 긁적긁적하다가 입장권이랑 같이 사진을 팡! 찍어주셨어."

그 팡! 소리와 함께 조이는 무릎을 쳤다.

"아, 사진! 이제야 기억났어. 14남매의 사진관! 지오야, 미안하지만 부모님이 기억을 못 하실 만도 하다."

"맞아, 맞아! 대신 한 달 동안 내기 금액이 점점 커져서, 할머니가 목돈이 두둑하게 들어왔다고 아주 좋아하셨어. 나도 좋아!"

지오의 뒤에서 쑥 튀어나온 보호자는 바로 지오의 아버지였다. 사진관을 하시며 조명 때문에 늘 선글라스를 쓰고 계셨는데, 그 모습 그대로 나타났다.

"조이구나! 아빠 편을 다 들어주고 고맙다! 아들 녀석 생일도 기억을 못 해서 민망했는데…. 여기서 인사할 타이밍을 계속 보고 있었단다."

"안녕하세요! 제 보호자는 여기…." 조이는 더 이상 찾지 않고 고개를 절레절레 흔들며 체념했다.

"너 이제 어디로 가? 우리 같이 다니자! 여기도 더워졌어. '킹-새먼의 워터라이드'는 지금 날씨에 입장하면, 바다로 연결된대."

"바다로?"

"응! 나티님한테 물어봤어. 지금 바깥세상은 여름이잖아. 그래서 특별히 양쪽 세계가 모두 여름일 때만 바다까지 간다고 하시는 거야! '킹-새먼의 워터라이드'는 강과 바다를 모두 다니는데, 물속에 들어가면 숨도 쉴 수 있대. 물줄기를 타고 산도 오를 수 있대! 좀 허풍 같지만. 같이 가보자! 운이 좋으면 보물선, 해적선 다 볼 수 있을 거야!"

굵직한 산맥과 구릉지대로 둘러싸인 햄스빌에서 자란 조이는 아직 바다를 본 적이 없었다. 미지의 세계인 바다를 떠올리자, 파도와 고래를 보고 싶어서 온몸이 근질근질했다.

"바다는, 안 된다냥! 바, 바다는…. 우리 조이는 그럴 시간이 없다냥! 요정님을 만나서 소원을 빌어야 한다냥!"

털끝을 세우고 지오를 노려보고는 꼬리를 탁탁 치며 도도는 불만을 표시했다.

"이 삐뚤빼뚤한 방망이는 뭐지?"

도도는 자신의 꼬리는 방망이가 아니라며 아예 방향을 틀어 뒤통수만 보여줬다.

"조이, 저 고양이가 하는 말이 진짜야?"

"무슨 말? 아, 응…. 푸른요정님을 만나고 싶어."

"푸른요정님을 만난 사람은 한 명도 없어. 소원은 산타할아버지도 있잖아!"

"산타할아버지야말로 엄마아빠 아니야?"

지오의 아버지가 헛기침했다.

"오늘은 나랑 같이 다니고, 소원은 크리스마스에 빌자. 오늘은 우리 생일인데 요정님을 하염없이 기다릴 수는 없잖아!"

조이는 시계탑에서의 결심을 생각하고 흔들리지 않았다.

"아니야, 하염없이 기다리지 않아!"

"그러면?"

"자, 봐."

조이는 일 년 전부터 확신을 가지고 조금씩 수정과 보완을 반복했던 그 지도를 꺼냈다. 누군가에게 보여주는 건 처음이었다. 얼음과 물결의 강까지 가려면 아직 3분의 2나 더 가야 하는 먼 거리였다. 지도를 펴서 다시 거리를 가늠하자 걱정이 앞섰다. 그런 조이의 표정을 본 지오는 걱정스레 속삭이듯 말했다.

"여기면, 여기는 세상의 끝이라고 불리는 그 산맥에 너무 가까워. 이름이… 뷰론 산맥인가 그럴걸? 만년설로 뒤덮여있고 결계가 얽혀있어서 까딱하면 돌아올 수 없는 곳이야."

지도를 보자마자 꿰고 있는 정보력에 조이는 역시 내 친구라고 생각하며 감탄했다.

"그리고 이 얼음과 물결의 강 말인데, 요정님은 얼음 아래에 잠들어 있다는 말도 들어본 거 같아."

"그래? 난 여기에서 분명히 생긴 지 얼마 안 된 요정의 표식을 봤어. 얼음 위에 그려져 있었어!"

"푸른요정님의 표식 말이야? 은백색의 눈꽃문양?"

"맞아!"

"흠, 네 결심이 그렇다면 어쩔 수 없지만… '홀리파크-만년설과 회오리무덤'은 모두 그 만년설에서 돌아오지 못한 사람들에 대해서 경고하고 있잖아."

조이도 지오도 고개를 떨궜다.

"…그치만, 모르는 거잖아…."

"조심해, 조이. 무슨 소원인데? 돌아오지 못하면 어쩌려고 그래?"

"나는 동생이 한 명밖에 없으니까, 나오를 낫게 해달라고 빌 거야."

아저씨는 선글라스를 벗더니 울음을 꾹 참고 조이의 어깨를 토닥여주었다. 엄마 앞에서도 안 나오던 말이, 자신과 닮은 친구 앞에서는 술술 나오는 이유는 무엇일까? 지오의 대답에 그 이유가 있었다. 지오는 조이의 두 손을 꼭 잡은 채로 진지한 눈으로 1초도 망설이지 않고 "넌 할 수 있어 조이!"라고 용기를 주었다. 바로 이렇게 진심을 담은 응원을 해줄 사람인 것을 무의식중에 알고 있기 때문이다.

"그럼 내가 이걸 줄게. 큰 도움은 안 될지도 몰라. 그래도 필요할 거야."

지오가 건넨 것은 감동의 눈물이 꽉 찬 푸른 병이었다.

"이, 이건…. 받을 수 없어, 홀리파크에서 제일 귀중한 거잖아."

"아까 밥 먹자마자 낮잠시간에 '포근포근 낮잠시간-꾸벅꾸벅 꿈이불'로 갔더니 남아 있는 꿈이불이 몇 개 없는 거야. '미래에 되고 싶은 사람이 되는 꿈'이 나오는 꿈이불이 마지막으로 남아 있어서 선택했거든! K-pop 가수가 되는 꿈을 꾸고 싶었는데, 가장 존경하는 사람을 묻길래 엄마라고 했어. 옆에 아빠가 보고 있어도 엄마밖에는 안 떠오르더라고. 그래서 엄마가 되는 꿈을 꿨다….”

“설마….”

“20분 낮잠을 잤을 뿐인데, 울다가 이거 한 병을 다 채웠어. 내 눈 부은 거 보이지?”

꿈이불은 여러 기능이 있어서 둘이나 셋이 한 이불에 들어가 잠들면 정말 꿈속에서 만날 수 있었다. 좋아하는 연예인이 나오는 꿈이나 전교 1등이 되는 꿈, 돈이 아주 많은 부자가 되는 꿈은 모두 대여완료가 됐었다고 아쉬워했다.

“그럼, 내 것과 바꿔도 될까? 양탄자를 대여하면 하늘 끝까지 올라가서 여기 전체를 볼 수 있을 거야!”

“그래, 좋아!”

조이는 줄 게 없다며 주머니를 뒤집어 바닥에 꺼낼 수 있는 건 모두 꺼냈다. 지오는 바닥에 배를 깔고 눕더니 구슬도 돌려보고 젤리 봉지도 들었다가 났다. 하지만 모두 탐탁지 않은 모양이었다. 조이는 혹시나 싶어 풍풍구름에 손을 넣어보았는데 묵직한 홀리꼬치가 만져졌다. 지오는 “이 귀한걸!”이라며 홀리꼬치를 자신의 풍풍구름에 넣고는 횡재한 기분이라고 기뻐했다.

조이의 푸른 병은 이제는 지오의 목에 걸려있었다. 도도는 공작 깃털이 꽤 마음에 들었던 모양인지, 흩뜨려진 조이의 소지품 위에 발라당 누워서 공작 깃털을 툭툭 치고 있었다. 지오의 아빠는 그 깃털을 들더니 조이의 반쯤 찬 푸른 병을 열어 잉크처럼 끝을 살짝 찍었다. 그러곤 종이 위에 무언가를 그리더니 조이에게 반을 접어 건네주었다.

"아빠, 이건….."

"자, 조이에게 주는 아저씨의 선물이다."

"네? 감, 감사합니다!"

펼쳐 본 종이에는 여자아이와 남자아이 둘이 손을 잡고 있는 그림이 그려져 있었다. 각각 나오와 조이라고 적은 그림의 맨 위에는 용기카드라고 또박또박 적혀있었다.

"용기카드?"

"아빠! 이건 다섯 살 때나 쓰던 수법이잖아요. 우리는 이제 열 살이라고요. 창피해요!"

"그 카드가 있으면 어디서든 힘과 용기가 날 거야! 나오에게 꼭 전해주겠니?"

"우와…. 우리 나오한테 정말 필요한 거예요. 감사합니다!"

각자 가야 할 방향으로 뛰면서도 아저씨는 혼자인 조이가 안쓰러운지 계속 뒤돌아보았다. 주머니에 있는 용기카드는 방패가

된 것처럼 정말 힘을 주었다. 용기라는 글자에는 정말 어떤 힘이 있는 것처럼 느껴졌다.

기념품 가게로 뛰어가면서 손가락만 한 크기의 꽉 찬 푸른 병을 햇볕에 비춰보았다.

'…푸른 병에 담긴 감동의 눈물! 눈물아, 고마워!'

*
**

어디선가 부는 거센 바람은 조이와 도도를 한 번 휘감고는 제자리걸음을 하게 했다. 조이는 날아가려는 퐁퐁구름을 끌어안고서 바람이 부는 방향을 가늘게 뜬 눈으로 바라봤다. 초록의 언덕을 넘자 맞바람을 힘겹게 밀어내며 걷다가 지쳤는지, 도중에 주저앉고 마는 아이들이 보이기 시작했다. 나티는 날아간 퐁퐁구름을 구름주차장에 대리주차를 해주고 데굴데굴 구르는 아이들을 세워주기도 했다. 아침에 봤던 튜튜스커트의 아이는 울먹울먹하며 겨우 앉아만 있었는데, 웅웅거리는 바람이 유독 그 아이에게만 휘몰아쳤다. 앞으로 나아가려고 해도 풍성한 튜튜스커트가 뒤집힐 것만 같았다. 하얀 풍차 뒤로는 고요한 절벽 아래에 호수가 펼쳐져 있었다.

〈날려, 날려 트라우마! 하얀 풍차 바람개비〉

— 바람의 세기는 극복하려는 대상이 아닌, 마음에 따라 달라집니다. (예를 들어, 똑같이 거미를 무서워해도 얼마나 더 두려운지에 따라 바람의 세기는 더 세거나 약할 수 있습니다.)
— 주의, 트라우마에 대한 기억은 사라지지 않습니다.
— 하얀 풍차의 바람개비를 터치하면 트라우마를 극복할 수 있습니다.

거대한 풍차는 엄마와 캠핑을 갔을 때 산꼭대기에서 봤던 하얀 풍차와 똑같은 모습이었다. 다른 점은 조이 머리 정도의 높이에 무지개색 바람개비가 있다는 정도였다. 아이들은 풍차의 근처까지 갔다가 뒤로 밀려나거나, 바닥에 잔디를 붙잡으며 밀려나는 걸 겨우 막고 있었다. 튜튜스커트 아이의 옆을 스치듯 지나가던 한 아이는 아무렇지 않은 듯 바람개비까지 척척 걸어갔다. 하얀 풍차 앞에 당도하자 손을 뻗어 바람개비를 집었는데, 그 바람개비에서 나온 은백색의 차르르한 바람이 아이의 얼굴을 나른하게 스쳤다. 그 순간, 무언가가 아이의 머리와 가슴에서 연기처럼 솟아오르더니 사라졌다.

"우리 친구! 아주 쉽게 '터치터치 바람개비!'를 성공하셨군요! 어떤 기억을 떠올렸나요?"

그 아이는 잠시 망설이더니 천천히 돌아가다 멈춘 바람개비를 다시 원래대로 꽂아두었다.

"저는 귀신도 벌레도 안 무서워요! 그런데 높은 곳에 올라가면 무섭거든요. 1학년 때 바지에 오줌 쌌던 생각을 했어요. 소풍날에 케이블카 안에서 친구들한테 겁쟁이라고 놀림을 받았어요. 어? 이거 왜 기억나는 거예요? 창피하고 부끄러워요….."

"이런! 누구나 실수는 한답니다. 저도 실수하는 걸요! 아직도 부끄러운가요?"

"네, 그 생각을 하면…. 많이 부끄러워요."

"그럼 그 재미있는 케이블카를 다시 못 타겠군요?"

고개 숙인 아이는 웅얼거리며 '네'라는 입 모양을 내더니 생각이 바뀐 듯 고개를 저었다.

"아, 아니요. 그건… 아닌 거 같아요."

"왜죠?"

"왜, 왜냐면…. 둥실둥실 떠오른 느낌이… 재미있었어요. 나쁘지 않았어요."

"아, 잘 되었네요. 우리 친구! 트라우마에 대한 기억은 사실 사라지지 않는답니다. 그 기억 그대로 있어도 두렵지 않은 것이 정말 극복하는 것이기 때문입니다! 두려움을 극복한 멋진 어린이네요. 어때요, 이젠 친구들과 케이블카를 탈 수 있을 것 같나요?"

그 아이는 주먹을 꽉 쥐고 뭔가 생각난 듯이 말했다.

"엘리베이터 타는 것처럼, 탈 수 있을 거 같아요! 무섭기만 했는데, 친한 친구가 괜찮다고 해주던 목소리랑 웃음소리가 기억나요. 그리고 왜 그렇게 무서웠는지 모르겠어요. 제 기억을 없애지 않았다고 하셨잖아요?"

"하하하! 기억을 없애지 않았답니다! 유쾌한 기분을 먼저 생각나도록 했을 뿐입니다. 항상 좋은 생각을 먼저 하도록 하세요! 그럼 두려움이 있을 자리가 적어지니까요!"

조이는 하얀 풍차의 푯말 앞에 섰지만, 트라우마가 없어서 망설이고 있었다. 아무리 생각해 봐도 조이는 사랑하는 엄마와 가족이 있어서 행복했기 때문이었다.

"우리 친구! 어서 오세요. 저는 소소리라고 합니다! 보시다시피 회오리치는 매서운 바람이랍니다! 트라우마를 극복하고 싶어서 하얀 풍차를 찾아오신 건가요?"

조이는 목소리만 들리는 소소리님의 소개에 풍풍구름을 꼭 껴안고 주변을 두리번거렸다. 나티님이 풍풍구름을 데리고 구름 주차장으로 데려가 주었다. 아무것도 보이지 않는 허공에서 목소리가 들리는 방향으로 대답했다.

"소, 소소리님! 안녕하세요. 트라우마는 마음의 상처… 말인가요?"

"맞아요! 저 하얀 풍차 앞에 보이는 바람개비에 터치하면 우리 친구들이 무서워하고 두려워하는 트라우마를 극복할 수 있으니 도전해보시겠어요?"

"아…. 네, 저는 상처는 없지만, 해보고 싶어요!"

"그렇다면, 도전하기 전에 우리 친구와 제가 깊은 포옹을 해야 하얀 풍차의 바람을 맞을 수가 있답니다! 우리 함께 꼬옥 안아볼까요?"

조이는 눈을 껌뻑이며 허공에 손을 휘휘 저어보았다. 소소리는 만져지지도 느껴지지도 않았다. "자, 우리 친구를 꼬옥 안고 있어요. 저를 안아주시겠어요?" 하는 목소리만 들렸다. 엄마 크기의 어른을 안듯이 팔을 위로 뻗어 허공을 안았다. 조이가 살포시 안은 공간에 작은 회오리의 움직임이 느껴졌다. 그러자 이번엔 귓속에서 소소리의 목소리가 들렸다.

"우리 친구, 사랑하는 가족이 있다는 것과는 별개로 사람은 상처받을 수 있어요. 어둠을 무서워하네요? 팔을 내려서 우리 친구만 한 높이로 안아주겠어요?"

조이는 팔을 내렸다.

"조금 더, 조금 더 내려주세요. 그래야 우리 친구가 여덟 살일 때를 안아줄 수 있어요."

조이가 안고 있는 것은 형체도 없는 작은 회오리바람이었다. 하지만 조이는 마치 자신을 안고 있는 것처럼 눈을 감고 아주 조심스럽게 머리부터 쓰다듬어보았다. 깜깜한 거실, 캐리어가 없는 적막한 거실로 들어가서 엄마와 동생을 걱정하던 여덟 살 조이, 자신을 안아보았다. 어둠은 조이가 제일 싫어하는 것이었다. 아무에게도 하지 못했던 말, '어두운 집에 혼자 들어가기 싫어요.' 문 앞에서 들어갈지 말지 망설이며 현관문을 열곤 했다. 할머니가 오기 전까지 아득바득 불을 켜지 않고 거실에 웅크리고 있던 자신을 조금은 책망했다. 엄마와 할머니가 자신도 봐주기를 바라는 어린 마음이었다.

"자, 이제 앞으로 가세요. 스스로 걸어가야 합니다. 할 수 있어요. 걷는 것뿐이에요."

눈을 감고 있던 조이의 눈꺼풀 속으로 길이 나타났다. 하얀 풍차는 서서히 돌았고 예상외의 차가운 바람이 불었다. 뒤로 밀리던 조이는 당황했다.

'아, 어둠…. 이제 나는 두렵지 않아. 나는 어둠을 두려워한 게 아니라 빛을 기다렸어. 할머니가 켜주시는 빛이 좋았어.'

어두운 집으로 들어가는 건 물론 무서운 일이었다. 하지만 환한 빛, 그 빛은 언제나 조이를 지켜주었다. 엄마는 홀로 집에 있을 조이를 안쓰러워하셨고 유기견 제이크를 입양했다. 셋째 아들 제이크에게 나오와 조이를 지켜줘야 한다고 부탁했다. 제이크는 당연하다는 듯이 컹! 하고 으쓱댔다. 가족을 떠올릴 때마다 바람은 서서히 잦아들었다. 조이를 뒤로 밀던 매서운 바람은 분 듯 안 분 듯, 북서풍의 하늬바람이 잔잔하게 스쳤다. 눈을 감아야 제대로 보이는 곳, 바람은 거대한 하얀 풍차에서 나오는 것이 아닌 바람개비에서 불고 있었다. 조이의 길옆에 튜튜스커트를 겨우 잡고 있는 아이에게는 아직 모진 맞바람이 거세게 불었다. 더 이상 앞으로 나아갈 수도 없을 만큼의 바람이었다.

"왜 못 가고 앉아있어?"

그 소녀는 튜튜스커트를 꽉 잡고 앉아 고개만 올려 대답했다.

"엄, 엄마가 내가 발레를 안 하면 실망하실 거야. 처음엔 재밌었는데 난 발레가 이제는 싫어졌어. 같은 동작만 하고 혼나기만 해. 맛있는 슈크림빵도 못 먹잖아?"

"그건 나도 그래! 엄마가 등록한 학원을 억지로 다니거든."

조이는 소녀의 손을 잡고 일으켜 세웠다.

"같이 가자! 둘이 걸으면 갈 수 있을 거야."

"까악!"

바람은 여전히 거세게 들이닥쳤다. 소녀의 머리는 헝클어지고 튜튜스커트는 펄럭펄럭 소리를 내며 바람과 함께 날아갈 듯했다. 조이는 어렴풋이 알 것 같았다.

"알겠어. 이건 그냥 날려 보내려는 바람이야! 이 바람은 고민을 날아가게 해주려는 거야!"

"고민을… 날아가게 해준다고?"

"그래. 그대로 두면 날아가 버릴 거야. 그럼 좋잖아!"

꽉 잡은 손을 놓자 튜튜스커트가 시원하게 날아가고, 소녀는 후련한 웃음을 크게 지었다. 둘은 동시에 바람개비를 잡았는데 양옆으로 은백색의 바람이 불고 하얀 풍차 아래에서 동시에 눈을 떴다. 소녀는 처음 봤을 때와 똑같이 단정한 긴 머리에, 그대로 튜튜스커트를 입고 있었다. 소녀는 눈을 뜨자마자 타이즈 위의 튜튜스커트를 벗어서 내동댕이쳐버렸다. 조이가 말렸지만 씩씩거리며 발로 콱콱 밟기까지 했다. 눈앞에 풍경이 트였다. 하얀 풍차의 너머는 방금까지 휘몰아친 거센 바람을 거짓말처럼 느끼게 했다. 홀리파크 안에 있다는 7개의 호수 중에 가장 크고 평화로운 호수로 오후의 햇살을 받아 나른한 인상이었다. 갑자기 소소리의 목소리가 귓속에서 다시 한 번 들렸다.

"우리 친구! 친구를 도와주고 아주 훌륭한 일을 했어요! 자기 자신만 돕기도 쉽지 않은데 말입니다. 거센 바람을 맞으니 기분이 어떤가요?"

　상글거리는 산들바람이 조이의 얼굴을 간지럽혔다.

　"아… 고요해요. 이 호수처럼요!"

제3부

모든 것을
되돌릴 기회

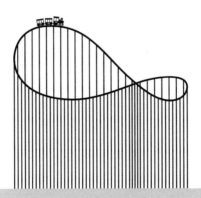

의문의 남자는 조이가 양탄자 위에서 쉬고 있을 때 갑자기 나타났다. '얼음땡 구슬시계요정'이 지금부터 30분 동안 모든 걸 멈추고 포코포코 간식을 먹으며 쉬어야 한다고 말한 뒤 사라졌다. 그러자 구슬시계와 피크닉박스가 생겨났다. 조이는 바쁘게 움직여야 했지만, 살랑거리는 수풀 사이로 들어갔다. 신발을 벗고 잔디밭에 깔린 양탄자 위에 누워서 영화책을 펼쳤다. 나뭇잎 사이로 햇살이 기분 좋게 비치며 눈이 부셨다. 포코포코까지 한 입 물자 입안에 달콤함이 감돌며 피로가 회복되는 느낌이었다. 선들선들한 건들마가 조이의 온몸을 파고들던 그때, 누군가 양탄자 옆에 벗어둔 조이의 신발을 몰래 훔치려 했다. 도도가 그 손을 냥냥펀치로 응징하자 의문의 남자가 말했다.

"앗, 미안. 들켜버렸네. 이 삐뚤빼뚤한 고양이는 갑자기 어디에서 나온 거야?"

조이는 신발을 얼른 풍풍구름에 숨기고 그 남자를 경계의 눈으로 바라봤다.

"어떻게 어른이 홀리파크에 있을 수 있죠? 직원 중에 사람은 없다고 알고 있는데…."

"직원…. 잔, 잔디를 관리하는 직원! 맞아, 내가 정원 관리사거든."

"아니에요! 홀리파크 직원은 마크가 새겨진 단체 조끼를 입고 있어요. 이렇게! 그리고 정원은 두두리님이 관리한다고요."

조이는 주머니에서 꺼낸 뭅뭅인형 조끼를 들어 보였다. 거짓말에 분노한 도도가 신발도둑의 어깨 위로 올라갔다. 도도는 청룡님과의 게임에서 안전벨트할 때처럼 길게 늘어나더니 포승줄을 엮듯이 팔과 어깨를 휘휘친친 감았다.

"미안. 아이의 신발이 필요했어. 어른 크기의 신발을 신는 아이가 잘 없거든. 그래도 이것 좀 풀고 얘기하면 안 될까?"

신발도둑이 부탁하자 도도가 소리쳤다.

"이런 도둑은 입을 털게 두면 안 돼!"

더 세게 조여 버린 모양인지 "악!" 하는 비명이 들렸다.

"거짓말하는 어른은 더 혼나야 된다냥!"

조이는 체구는 작은 편이었지만 유난히 발이 컸다. 신발가게 아저씨는 아빠만큼 키가 클 거라고 말씀해주시곤 했다.

"당장 나티님을 부르겠어요."

"안 돼! 기다려. 내 말을 들으면 당장 풀어주고 싶어질 거야. 협상하자. 협상 알지?"

"저는 아저씨한테 듣고 싶은 말이 없는데요?"

"나는 어른이 되어도 이곳에 올 수 있는 방법을 알아."

놀란 조이가 눈을 여러 번 깜빡였다. 그야 당연히 알고 싶었다. 도도는 눈이 똥그래져서 몸을 더 길게 늘이더니 신발도둑을 더 꽁꽁 묶어버렸다. 옴짝달싹 못 하게 된 신발도둑은 이게 대체 무슨 짓이냐며 풀어달라고 잔디 위를 데굴데굴 굴렀다.

"봤나, 조이? 협상은 이렇게 하는 거다냥!"

"정말이야! 그럼 내가 어떻게 여기에 왔겠어? 열 살 아이도, 생일도 아닌 내가!"

주변 상황과는 아랑곳없이, 기념품점에서 산 〈홀리파크의 진실 편—신의 제단과 사라진 종〉 영화책은 양탄자 위에서 자동재생으로 넘어갔다. 홀리파크가 세워지는 부분이 나오고 있었다. 하얀요정이 거세게 화내며 모든 것을 집어삼키려는 이 장면은 조이가 가장 좋아하는 내용 가운데 하나였다. 특히 하얀요정이 주변 사물을 놀이기구와 아름다운 분수로 바꾸는 장면을 조이는 눈도 깜빡이지 못하고 몇 번이고 반복해서 보곤 했다. 비르크님이 화내는 장면에선 무서워하면서도 끝까지 눈을 부릅뜨고 봤다. 거대 소용돌이가 집채만 한 몸집을 일으키며 마을로 향할 때는 조이뿐만 아니라 다른 아이들도 화면으로 빠져들었다. 이 장면만 나오면 학원, 놀이터 어디든 집중한 아이들은 영상에서 나오는 나는 소리 외엔 아무 소리도 듣지 못할 정도였다.

"이 동화, 너도 알고 있니?"

신발도둑은 꽁꽁 묶인 채로 잔디 위에 턱을 괴고는 물었다.

"그럼요. 인간의 욕심이 하얀요정을 화나게 해서 떠나버린 거예요. 어른들은 소원을 빌지 못하게 됐지만… 그래도 마법의 놀이동산이 생겼잖아요?"

"아니야. 사실은 그렇지 않았어. 그 동화의 마지막은 사실과 달라. 이걸 풀어주면 내가 진실을 알려줄게."

도도는 여전히 신발도둑을 믿지 못했지만, 조이의 부탁에 어쩔 수 없이 긴 꼬리로 신발도둑의 손발만 묶고는 눈을 치켜뜨고 감시했다.

"애초에 여기 홀리파크에서 푸른요정을 본 아이가 있니? 소원으로 아이들은 무슨 선물을 받았지?"

그는 미간을 찡그리고 잠시 과거를 회상하는 듯했다. 그의 두 눈 속에는 울음을 참으려는 어른의 억지로 익힌 참을성이 보였다. 그건 엄마가 고개를 재빨리 돌릴 때 나오는 눈빛이었다.

'어른들은 우리가 정말 모른다고 생각하는 걸까?'

신발도둑이 말을 이었다.

"사실 하얀요정은 화를 내지 않았어. 아주 원통한 표정으로 울고 있었어. 그래서… 내가 뛰어가서 하얀요정을 안아줬어. 너무 슬퍼 보였거든. 고작 열 살이었던 내가 울고 있는 요정에게 해줄 수 있는 건 달려가서 안아주는 것밖에 없었어."

"하, 하얀, 요정님을 안, 안아주셨다고요? 형이요?"

"그래, 맞아. 우리는 친구였거든."

조이는 새로 집은 포코포코를 먹지도 못한 채 신발도둑의 차림을 살폈다.

'이 사람이?'

"그렇게 의심하면서 보면 누구나 이상한 사람처럼 보여."

조이의 눈에 그 남자는 그저 손발이 묶인 신발도둑이었다. 아침에 엄마가 했던 말이 떠오르면서 '그럼 겉모습 대신 뭘 봐야 할까?'를 잠시 고민했다.

"나는 빌리야. 스무 살! 몇 살처럼 보여?"

신발도둑에서 한순간에 수수께끼의 남자가 된 빌리. 그는 운동을 잘해 보이지도, 똑똑해 보이지도 않은 평범한 동네 형이었다.

"그냥 삼십 살은 안 된 거 같아요. 형은 뭐 하는 사람이에요?"

"아… 그러니? 나는 여기에 뭘… 하러 왔어. 그게 뭔지는 밝힐 수 없어. 나 좀 도와줄래?"

"말장난하지 마세요! 전설에만 나오는 하얀요정님과 친구였다니. 지금 푸른요정도 만나지 못하면서…."

조이가 다부지게 말하자 도도가 아주 잘했다며 고개를 끄덕였다.

"나랑 하얀요정은 통하는 게 많았어. 부모님에게 버림받은 게 똑같았지. 그래서 쉽게 친구가 됐어. 난 양부모님 밑에서 자랐어. 친아버지는 돌아가실 때까지 술을 드셨는데 나를 자주 때리셨어. 그런 아버지를 피해 하르산 중턱에 자주 숨곤 했어. 거기서 하얀요정을 만났지. 지금은 대요정−비르크라고 불리지만 그때는 전혀 아무것도 모르는…."

"…형?"

말을 멈춘 빌리의 입가에는 순간적으로 엷은 미소가 번졌다.

"하하…. 갑자기 인간세계로 떠밀려 와서는 아는 것이 전혀 없는 요정이었어. 마법의 지팡이도 택배로 보낼 만큼 무책임한 요정의 나라에서 왔더라니까?"

"지팡이를… 택배로 받았다고요?"

"그래. 이제 이거 풀어주고 그 신발로 날 좀 도와줘. 가야 할 곳이 있거든."

도도는 빌리를 꽁꽁 묶었던 손발을 풀어주면서도 내키지 않는 모양이었다. 빌리는 빨개진 손을 매만지다가 양 손바닥을 붙이고 조이와 도도에게 연신 사과했다.

"하얀요정 전임자가 인간세상에서 마지막 날까지 놀다가 그만 인수인계할 시간을 놓쳤다는 거야. 요정나라로 돌아가는 날 급하게 택배로 지팡이를 보냈대. 언제, 어떤 일을 해야 하는지도 간략하게 휘갈기듯 써놨고 말이야. 하지 말아야 할 일에는 죽음의 표시가 열댓 개는 있어서 우리는 벌벌 떨면서 소원을 이뤘어. 그 메모는 대충 쓰여 있어서 더 미묘했어. '자신을 위한 힘을 사용하면 금세 소멸되고 만다'란 문장이 지금도 기억나. 실제로 하얀요정이 자신을 위해서 힘을 쓰면 금방이라도 탈진할 것처럼 기운이 없었어. 그래서 좋아하는 홍차와 달콤한 간식도 아이들의 곁에 파고들어서 나눠 먹었다는 걸 아니? 나중엔 제단에 간식이 바쳐졌지만. 하얀요정은 자신을 위해서는 작은 힘도 쓰지 못했어. 비르크의 종은 전임자가 만든 거야. 진품이 아니야."

"그렇지만 만년설에 묻혀있다는 비르크의 종을 찾으러 간 이야기가 있잖아요."

"그래. 책에 나오지. 요정의 종을 인간이 힘으로 깨뜨릴 수는 없어. 전임자가 진짜 종을 어디에 두고 갔는지 아무리 찾아도 없었어. 하지만 계약은 되어있어서 누군가가 종을 울릴 때는 소원을 들어줬어. 요정은 그 종과의 계약을 수정하고 싶어 했지만 결국 찾지 못했어."

"잘 모르겠어요. 혼란스러워요…."

"또 있단다. 중요한 건…."

"또요?"

조이는 침을 꿀꺽 삼켰다. 이제 빌리가 사기꾼은 아닌 것처럼 느껴졌다. 도도는 가르릉가르릉거리며 빌리의 무릎 위에 앉아있었다.

"영화책 내용처럼 종을 없애려고 다가오는 사람들이 있었어. 종은 살의를 포착했는지 균열이 생기자 회오리를 일으키고 폭주하기 시작했어. 종을 해하려는 자들을 집어삼키려는 일종의 마법이 걸려있던 거지. 하얀요정은 누명을 쓴 거야. 절대 사람들을 해치려 하지 않았어."

"수호마법, 보호의 주술 같은 거요?"

"그래. 그런 셈이지. 하얀요정은 폭주하는 종으로부터 사람들을 지키려고 했어. 힘을 막지 못한 요정은 사람들을 향해서 광선을 뿜는 지팡이의 방향을 거대한 제단으로 겨우 틀었어. 제단의 기둥 네 개가 비비 꼬아져 합해지더니 거대한 은빛 기둥의 나무가 생겨났어. 요정의 힘을 쓸 때 나오는 새하얀 눈송이들이 마치 살아있는 흰나비 같았어. 그리고는 나무에 앉기 시작했어."

"…날개의 나무군요."

조이는 엄청난 사실에 도무지 입을 다물 수가 없었다. 날개의 나무가 비르크의 종을 받치던 기둥이었다니! 도도가 옆에서 입을 닫아주지 않았더라면 한참을 그러고 있었을 것이다. 조이는 갑자기 양탄자에서 박차고 일어나 맨발로 잔디밭을 뛰더니 다시 돌아왔다. 심장박동이 점점 커지면서 머리를 울리는 것 같았다.

"헉, 헉. 왜 아무도 사실을 알려주지 않았죠? 이 책들은 다 뭐예요! 바깥세상의 소문은 다 잘못된 거네요. 요정님은 얼마나 외롭고 슬펐을까요?"

"소문이란 진실인지 거짓인지는 상관없이 들불과 같이 번질 뿐이야."

빌리는 애석한 듯 중얼거렸다.

"…들불이 번지면, 꺼야죠!"

조이는 진심을 담아 망설임 없는 눈빛으로 말했고, 도도는 고개를 끄덕였다.

**

"요정님! 그만두세요! 피하셔야 합니다!"

"빌리, 여기에서 벗어나! 사람들을 데리고 어서!

종에서 시작된 회오리바람은 거대한 소용돌이를 만들어냈다. 치직치직치직 소리를 내며 튀어나온 힘은 파직-파지직- 하는 번개와 불을 내뿜었다. 제 몸에 닿은 그 무엇이든 바꿔놓는 힘이었다. 그 힘을 막으려던 지팡이의 끝이 부풀어 오르더니 당장에라도 터질듯했다. 거대 소용돌이는 육중해진 몸집을 빙글빙글 돌리며 하얀 안개와 같은 침침함을 피워내고 그 주변에 있는 모든 것을 집어삼킬 듯이 먹성 좋은 활개를 시작했다.

"하르산 정상까지 닿는 소용돌이야. 두려워…. 이제 막을 수 없게 됐어. 이 거대한 힘을 쓰고 나면 나는 사라질 거야."

"안 돼! 도망가자, 어서! 그 지팡이를 버려!!"

"지팡이가 아까부터 내 말을 듣지 않아. 나는… 나는 실패한 요정으로 죽고 말 거야.”

"내 말 들어, 제발!"

"이 마지막 힘으로 너에게 선물을 줄게. 생일에 친구들이랑 놀이
동산에 가고 싶댔지? 너를 위한 내 마지막 선물이야. 빌리… 미안해.
나도 힘들었어. 계속 소원을 들어줘도 다음 날 또 다른 소원이 생기는
사람들을 보는 게 너무 괴로웠어…. 이제는 내가 사라진다 해도 어쩔
수 없어. 너는 꼭 행복해야 해."

구구구우르르르릉
쿠구구구구구

소용돌이는 점점 거대해졌다. 소년은 맞바람을 맞으며 요정의 작
은 등을 감싸 안았다. 요정의 주변은 어른들이 가져왔던 횃불과 도끼,
망치가 어지러이 널브러져 있었다. 울지 못하는 소년을 안쓰럽게 바
라보던 요정은 단호한 결심을 했다. 그 표정을 읽은 소년이 지팡이를
빼앗으려 하자 날개의 잎은 소년의 몸에 붙어 안전한 방향으로 날아
올랐다. 소년은 괴로워하며 하늘로 올라갔다.

"빨리 가! 시간이 없어. 내가 사라지더라도 이 거대한 힘을 쓰면
아무도 다치지 않을 거야."

***

조이는 덜덜 떨면서도 침착하게 다음 말을 기다리고 있었다.

"그리고 하얀요정은 그 거대한 소용돌이 속으로 날아올랐어."

"아무도 다치지 않는다니요, 요정님은 죽게 되는데…."

"하늘에 있던 구름도 말려들고 점점 더 거대한 모양이 되었어. 소용돌이 속에서는 번개가 쉴 새 없이 쳤어. 그건… 너무 두려웠어."

"그래도 말렸어야죠! 대체 뭐 하고 있었어요? 아무리 무서워도…."

"나… 나는 비를 맞기 시작했어. 요정이 소용돌이로 들어가자 그 비도 하얀 눈으로 바뀌더니 날개의 잎으로 계속 변했어. 구름을 삼키는 커다란 소용돌이는 점점 커졌지. 하얀 이파리가 내 시선을 막았어도 번개가 칠 때마다 번쩍하고 하얀요정의 실루엣이 보였어. 번쩍하고 번개가 치면 하얀요정이 지팡이를 높이 들고는 힘을 흡수하는 실루엣이었지. 나는 두려움도 잊고 소용돌이로 달려갔어. 요정은… 지켜야 하는 가족이었으니까."

"지켜야 하는 가족…."

조이는 부모님과 나오, 할머니와 왕할머니, 제이크와 도도까지 떠올렸다. 모두를 지키려면 얼마나 힘이 센 어른이 되어야 하는 걸까? 지켜야만 하는 가족이라는 말에 갑자기 엄마가 너무 보고 싶었다.

"그 수많은 잎은 내 팔다리에 붙어서 나를 안전한 곳으로 옮기려고 했어. 나는 울고 싶었단다. 태어나서 처음으로 울고 싶었어. 계속해서 생겨난 날개의 잎이 일부는 내게로 오고, 나머지는 날개의 나무로 가서 앉기 시작했지. 나는 눈앞을 막는 잎들을 내 몸에서 떼면서 소용돌이 방향으로 무작정 달렸어. 안간힘을 쓰고 달리다가 넘어지면서 무릎이 까져 너무 아팠지. 일어날 수 없을 정도로 아팠어. 넘어진 채로 요정이 다치지 않게 해달라고 빌었어. 내가 할 수 있는 건 고작 기도밖에는 없었으니까…."

얼음땡요정이 두고 간 구슬시계가 잘록한 허리 사이로 마지막 한 알의 구슬까지 떨어졌다. 그러자 간식박스가 닫히며 순식간에 사라졌다. 조이는 그런 것에 신경 쓸 겨를이 없었다.

"그리고 기도를 들어준 것처럼, 갑자기 종이 울리는 소리가 들렸어. 난 소리쳤지. 그건 마치 그렇게 돼야만 한다는 주문 같았어. '요정은 다치지 않을 거야! 요정은 다치지 않을 거야!' 이렇게 허공에 대고 소리치면서 스스로 안심시켰어. 그렇게라도 하지 않으면 불안해서 미칠 것 같았거든. 일어나 안갯속에서 요정을 찾아다녔어."

"비르크의 종을 울린 사람…." 조이는 중얼거렸다.

"그 소리가 비르크의 종인지는 어떻게 아신 거예요?"

"그 종은 소리가 정말 소리가 특이했거든."

"어떤 소리였는데요? 백과사전에서는 맑고 청아하다고 했어
요!"

"종소리라기보다는 심장 주변에서 두둥-두두둥 울리는 소
리로 들렸단다. 주변에서 노래를 부르고, 피아노를 치고, 큰 소
리가 난다 한들 그 두둥 소리만큼은 종을 울린 자의 심장에서
내는 듯이 아주 분명히 들려왔어. 그 소리가 너무 커서 나는…."

"심장이 내 귀 옆에 있는 줄 알았어."

"심장이 내 귀 옆에 있는 줄 알았어요!"

둘은 동시에 웃으며 이번에도 똑같이 서로의 눈을 바라보며
소리쳤다.

"너무 크게 들려서."

"너무 크게 들려서요!"

*
**

소름이 돋을 정도로 아름다운 은빛 안갯속에서 나풀대는 날개의 잎은 황홀한 빛에 싸여있었다. 하지만, 동시에 모든 것을 파괴하려는 날이 선 빛이었다. 번쩍하는 섬광이 지나간 후에도 서늘한 위압감은 주변 모든 사물을 창백하게 바꿔놓았다. 기도하던 손을 풀고 올려다본 하늘에는 도저히 어쩌지 못할 만큼의 거대한 소용돌이가 산 중턱의 안개와 구름을 끌어와 무시무시한 위압감으로 계속해서 주변을 집어삼켰다.

소년은 번개가 칠 때마다 움츠러들었지만, 소용돌이 속에서 잠깐 나타났다 사라지는 요정만을 쫓았다. 하늘에서 내리는 비도 번개도 쾅쾅 울리는 천둥에도 아랑곳하지 않고 하얀요정만을 쫓았다.

"안 돼…."

무엇이든 집어삼키려는 기세로 돌고 있는 소용돌이의 한가운데에서 하얀요정은 지팡이를 두 손으로 겨우 잡고 그 거대한 소용돌이의 몸집을 줄이고 있었다. 파바박 소리와 함께 더 이상 지팡이의 힘에 흡수되지 못하고 튕겨 나온 힘이 소용돌이 밖으로 화살처럼 튕겨 나갔다.

"이대로 두면 마을을 향할 거야!"

튕겨 나간 힘은 마을벽화에 닿더니 작은 도깨비 무리가 벽에서 우르르 쏟아졌다. 휩쓸린 잔해 가운데 대문 한 짝이 생명을 얻고는 다리와 팔이 쭈욱 생겨났다. 도깨비들이 그 문을 열더니 일제히 어디론가

가버렸다. 모든 것을 집어삼키려는 거대한 힘이 지팡이의 끝에서 모두를 지키려는 힘으로 변했다.

하얀요정은 어느덧 소용돌이의 위까지 올라가 지팡이에 힘을 계속해서 흡수하고 모으고, 또 모으고 있었다. 소년은 숨죽이고 바라보는 수밖에는 없었다. 지팡이는 들어 올리기조차 힘겨워 보였다. 활개를 치는 거대한 힘에 빨려 들어갈 듯했지만, 안간힘을 쓰고 버티고 있었다. 더 이상 지팡이가 감당하지 못할 정도로 부풀어 오른 그 힘을, 하얀요정은 자신이 아이들과 술래잡기도 하고 물장구도 치던 광장의 분수 쪽으로 보냈다. 분수대는 몸집을 키우더니 달콤한 간식을 마구 쏟아냈고 하늘에선 케이크와 쿠키, 머핀이 분수처럼 쏟아져 내렸다. 분수대를 둘러싼 흙과 나무들은 거대한 수풀을 이루듯 정글과 같이 아름답게 피어났다.

거대한 광장에 새로운 세계가 창조되었다. 예전의 모습을 알아 볼 수 없을 만큼 꽃과 초목이 생명을 얻고 진한 향을 뿜어냈다. 물기를 가득 머금은 싱그러운 풀잎들과 잔디는 신성한 기운을 자아냈다. 사라졌던 문이 나타나더니 깔깔 웃으며 스스로 문고리를 잡고 열었다. 그러자 아까 사라졌던 나티들과 다람쥐까지 우르르 나와 수풀의 이곳저곳에 숨어들었다. 나티들은 작은 나무 위에 올라가 열매도 따고 바닥에 떨어진 머핀을 주우며 구석구석을 뛰어다녔다. 땅에 떨어진 두 뼘 길이의 장난감 기차도 칙칙폭폭 소리를 내더니 레일도 없이 분수 위를 빙글빙글 돌았다. 다리가 세워지고 아래로 푸른 강물이 지나갔다. 물고기들이 수면 위에서 참방참방 뛰었다. 거대한 꿈의 놀이동산이 기초를 이루고 건물들이 우후죽순 생겨났다. 동시에 소용돌이가 가진 힘은 점차 약해졌다. 하얀요정은 두 손으로 겨우 잡고 있던 지팡이를 한 손으로 고쳐 잡았다. 반대편 손으로 남은 기력을 모두 쏟아내듯이 광장의 분수에 힘을 보냈다. 그러자 장난감 기차는 끝과 끝이 맞닿아 동그랗게 변했다. 각각 나뉜 칸이 없이 통째로 이어진 기다란 대관람차가 되어 빙글빙글 돌기 시작했다.

"이제 한계야…. 제발, 멈춰!"

힘을 잃고 작아진 소용돌이의 회오리구름 속에서 하얀요정은 정신을 잃고 나무토막처럼 돌고 있었다. 그 속에서 팔이 잠깐 보이고, 머리가 잠깐씩 보였다. 소년은 하얀요정을 향해 달렸다. 모든 소란은 잠재워졌고 소용돌이의 끄트머리마저도 점차 사라졌다. 하얀요정은 반쯤 갈라진 종 안에 덩그러니 남아 쓰러져 있었다. 꽉 쥐고 있던 지팡이도 없이, 날개도 없이. 소년은 지팡이가 날아간 곳으로 뛰고 있었다.

"떨어진다…. 떨어지고 있어! 틀림없이 이쪽이야. 가까워지고 있어."

아까부터 놓치지 않고 하얀요정만을 눈으로 좇던 소년은 방향을 잡고 뛰어갔다. 그러자 소년을 알아챈 하얀 잎들이 이번엔 놓치지 않겠다는 듯이 주변을 에워싸고, 다시 한 번 소년을 그대로 하늘로 올렸다. 정신을 잃고 쓰러진 하얀요정을 향해 발버둥 쳤지만 두 번 다시 놓치지 않겠다는 하얀 잎의 힘을 어린 소년이 당해낼 수는 없었다. 시야가 하얀 잎으로 가려지고, 마지막으로 보인 장면은, 날개를 잃은 채 쓰러진 푸른요정이었다. 그리고 소년은 정신을 잃고 말았다.

마을로 안전하게 보내진 사람들은 멀리 도망치기에 급급했다. 구급상자와 의사 선생님을 데리고 올라오는 사람들도 있었다. 그들은 마을을 지키려는 마지막 희망을 안고 산을 다시 오르고 있었다. 그 시각, 홀로 종 안에서 섬뜩한 눈을 뜬 요정은 파리한 얼굴로 깨어났다. 분노와 배신감에 찬 표정으로 종의 상태부터 확인하고는 인간을 향해 치를 떨었다. 마을 사람들이 가까이 오는 것을 보고는 땅 전체를 하늘 높이 드드드드드득 솟아 올렸다. 그리고 누구도 가까이 올 수 없도록 종을 숨기고 자신도 모습을 감췄다.

"진짜 종은 어디에 있지?" 분수를 지나가던 나티에게 요정이 물었다.

"다시 묻겠다. 진짜 종은 어디에 있고, 왜 저런 가짜 종에 수호의 마법이 작동된 거지?"

분주하게 움직이던 나티는 알아듣지 못하고 안심한 표정을 지었다.

"요정님! 무사하셔서 다행입니다. 고대하시던 거대한 정원과 놀

이동산은 저희에게 맡겨주세요. 우리 모두가 요정님의 염원을 이뤄드
릴 것입니다."

"내 염원? 그게 뭐지?" 요정은 도저히 알 수 없다는 듯 한쪽 눈을
찡그린 채 물었다.

"그건, 아이들이 아무도 다치지 않고 놀이동산에서 걱정 없이 뛰
노는 것이죠!"

깨질 듯한 두통에 휘청하는 요정을 나티가 부축하며 덧붙였다.

"일단은 쉬세요! 안정을 취하셔야 해요!"

***

"하얀요정은 화가 나지도, 사람을 해치지도 않았어요."

"사람을 해치다니! 그 철딱서니 없는 전임자가 종을 어디에
뒀는지 우린 끝까지 몰랐어. 하지만 하얀요정을 처음 만났던 날,
내 소원은 이뤄졌단다. 나도 모르게 종을 울렸거든. 지금은 후회
하는 그 소원을…."

빌리가 잠시 생각에 잠기자 조이는 기다릴 수 없었다.

"후회한다니…. 어떤 소원인데요? 빨리 말해주세요!"

"나는… 울지 않게 해달라고 빌었어. 더 이상 울기 싫었으니

까."

조이는 골똘히 생각했지만 이해할 수 없었다.

"네? 그게 왜 후회하는 소원이에요? 울면… 어른들이 싫어해요. 엄마는 당장 뚝 그치라고 해요. 그리고 저도 싫어요. 왜냐면… 숨이 차서 말이 안 나오니까요. 저는 말하고 싶은데, 눈물이 나서 말하기를 멈춘 적이 많거든요. 매일매일 소원을 들어주는 요정이 있다면 저도 형이랑 똑같은 소원을 빌 거예요."

**

여름비가 주룩주룩 내리던 오후, 검은 옷을 입은 어른들 사이로 우산도 쓰지 않고 서성이던 소년이 있었다. 소년은 아버지의 장례식장에서 가장 작은 국화 한 송이를 집었다. 그리고 뛰쳐나가 종의 제단으로 갔다. 차마 종으로는 가지 못하고 제단의 한구석에 쪼그려 앉은 소년의 시선 끝에 눈보라가 나타났다. 그건 하얀요정의 소원의 상징이었다.

"안녕? 곁에 있어 줄게."

쪼그려 앉아 무릎에 얼굴을 파묻은 소년은 하얀요정을 살짝 쳐다봤다. 다시 고개를 푹 숙인 소년은 상관없다는 듯 흐느껴 울었다. 아주 오래 그렇게 울고 싶었다.

"왜?"

"…너, 아버지가 돌아가셨으니까."

"아버지가… 돌아가셨어…."

소년은 삐뚤어진 마음으로 하얀요정을 노려보고는 힘겹게 입을 열었다.

"아버지를 다시 살려달라는 소원은 안 빌어."

"오오, 그것참 뜻밖이야. 꽤 영특한 열 살 꼬마잖아?"

머리를 쓰다듬는 하얀요정의 손길은 무척 연약하고 부드러웠다. 그 손길에 소년 자신이 거친 남자 어른으로 느껴질 정도였다.

"꺼져. 넌 내 기분을 몰라. 내가 어떻게 종을 울렸는지는 모르지만, 난 울 것 같아서 여기로 온 거야. 제단의 구석 자리는 아무도 관심 없을 테니까."

하얀요정은 "흥" 하고 콧방귀를 꼈다.

"우리 아버지는 요정의 왕이야. 나는 내가 어떻게 태어났는지도 몰라. 너, 꼬맹이! 천 명, 아니 삼천 명은 되는 형제자매들 사이에서 아버지는 내 존재도 모르는 이 기분을 알기나 해?"

"서로 모르니까 잘 됐어! 이만 꺼지면 되겠네!"

소년은 줄기차게 내리는 비를 그대로 맞으면서 여전히 무릎 사이에 얼굴을 파묻은 채로 이제 그만 사라지라고 반복해서 소리쳤다.

"종은 울려놓고? 네 소원을 안 들어줄 수는 없어. 이건 종과 나와의 계약이거든. 내가 인간계에 계속 있으려면 종을 울린 자에게 반드시 소원을 들어줘야 해. 사라져 줄 테니까 소원을 말해."

"그딴 거 없으니까 꺼져!"

으아악 하늘에 탄식을 뱉던 하얀요정이 지팡이 끝으로 소년을 가리키며 말했다.

"그렇게 꺼지는 게 소원이라면, 그대로 접수해주겠다. 혼자 잘 울고 있도록 해."

"기다려…."

"…어서 말해, 이 도도한 꼬맹아."

지팡이를 잡은 채로 팔짱을 낀 하얀요정이 재촉했지만, 시선을 내리깐 소년은 계속 아무 말이 없었다. 하얀요정은 소년의 시선이 미치는 땅바닥에 발을 탁탁탁 울리고는 재촉했다. 웅덩이에서 차박차박 빗방울이 튀면서 장마에 젖은 흙내음이 풍겼다.

"울지 않는 아이가 될 거야."

마침내 소년이 응어리진 마음을 힘겹게 밀어내듯이 말했다. 하얀요정이 소년의 말에 놀란 듯 '뭐라고?' 하고 입술을 움찔거렸으나 소년은 들리지 않는 것 같았다. 소년은 이제 하얀요정의 눈을 똑바로 마주치고 다시 한 번 "울지 않는 아이가 될 거야"라고 말했다. 곧이어 "나는 꼬맹이가 아니고 빌리야"라고 말하며 결심한 듯이 일어났다.

비를 그대로 맞으면서 하얀요정에게 걸어갔다. 엄포를 놓듯이 가까이, 가까이.

"울지 않는 아이가 되게 해줘! 그게 내 소원이야."

소년의 기다란 속눈썹에 물방울이 차올랐다. 눈물인지 빗물인지를 소매자락으로 걷어내며 하는 말이었다.

"후회할 소원을 들어줄 수는 없어."

"그게 내가 원하는 거야! 지금 당장 들어줘! 그게 내 소원이니까!"

이 말과 동시에 아름다운 눈꽃이 휘몰아치고 소년의 주변에 하얀 원기둥을 일으키며 눈보라가 피어났다. 하얀요정이라 불리게 된 이유, 소원의 증표인 새하얀 마법의 눈보라.

하얀요정은 "나중에 다시 날 찾아오지 않도록 해. 아이는 아이의 눈을 하라고. 아버지가 돌아가셨다고 한 번에 철드는 아이는 재미없는 인생을 살게 되니까"라는 말을 남겼다.

**

조이는 빌리에게 아플 때도 눈물이 나지 않는지 물었다. 고개를 끄덕이는 빌리의 눈에는 슬픈 빛이 어른거렸다. 조이는 감추지 못하고 부러운 눈을 하고야 말았는데, 빌리는 순수한 아이의 표정에 위로받은 듯이 옅은 미소를 지었다. 조이는 빌리의 심장에 손을 갖다 대며 나중에 심장 소리를 들어봐도 되는지 물었다. 심장 소리처럼 들린다는 하얀요정의 종소리를 그렇게나마 느껴보고 싶어서였다.

"그렇게 해. 그런데 그다음 일을 들으면 무서워질걸? 나는 그렇게 소리 지르고, 수백 개의 날개 잎은 나를 우리 집으로 데려다주려고 했어. 요정이 보이지 않자 나는 발버둥을 멈췄지. 처음에는 어느 방향으로 가는지조차 몰라서 혼란스러웠어. 지금도 내가 어떻게 집으로 간 건지는 기억이 없어. 점점 날개의 잎이 내 주변을 둘러싸더니 마침내 아무것도 보이지 않았어. 그 날개들은 이불처럼 덮어주기까지 했지. 그러자 화가 머리끝까지 치밀고, 하얀요정 걱정에 미칠 거 같았어. 그런데도 포근한 기분에 잠들 것 같았어. 아이들이 화나서 씩씩거리다가 곧장 잠들어버리듯이, 나도 그냥 아이였던 거야. 그런데 잠들 수 없었어. 눈물이 나지 않았어. 눈물이 흐르지 않는 걸 처음으로 이상하게 생각했어. 후회했지. 그런 소원을 빈 것을 후회하고 답답해하면서 도저히 잠들 수 없었어. 슬픔, 분노, 두려움과 같은, 그 모든 감정이 내 마음에서 뛰쳐나가고 싶어 하는데도 나가지 못해서 가슴이 답답했어. 그건 해소되지 않았던 거야. 눈물이 우리를 지켜준다는 걸 알고 있니? 감정이 눈물방울에 담겨서 밖으로 나가는 거야. 이 육체에서 나가고 싶은, 그 솟구치는 감정이 몸속에서 여기저기 부딪혀 나는 밤새 앓았어. 눈물이 없어진 내게 그 감정들은 출구를 뚫으려는 듯이 구석구석 부딪히며 파고들었지. 쿡쿡 쑤시고, 사정없이 찌르고, 심장은 조여 와서 숨도 쉴 수 없었어. 헛소리도 들리기 시작했지."

"종소린가요?"

조이는 그렁그렁한 눈물을 보이지 않으려고 고개를 숙였다. 빌리는 다정하게 그 눈물을 닦아주며 말을 이었다.

"그래. 종소리가 점점 더 크게 울렸어. 온몸은 찢길 듯이 고통스럽고 사지가 떨리는 환청이었지. 나는 심장에서 들리는 소리를 막으려고 옷을 벗고 심장을 주먹으로 쳤어. 심장박동이 너무 크게 내 몸을 울려서 마치 거대한 종이 된 나를 누군가가 치는 것처럼 고통스러웠어. '종도 이렇게 아팠을까? 괴로웠을까?' 이런 생각이 들었어. 심장을 때리는 것도 그만두고 귀를 막고 소리를 질렀어. 공기도 찢길 만한 날카로운 비명을 지르다가, 이불을 뒤집어쓰고 와들와들 떨고 있었지. 침대 위에 웅크려서 괴로워하는 나를 양어머니가 안아주셨어. '엄마 손은 약손이다, 엄마 손은 약손이다' 하시며 내 심장 부근을 토닥여주셨지. 눈을 떴을 때는 그리 오래지 않은 새벽이었어. 이불에서 나와 거실에서 작게 이야기를 나누는 양부모님 쪽으로 발소리를 내지 않고 걸었어."

촛불을 켜놓은 적막한 거실, 커튼 사이로 비추는 달빛에만 의지한 듯 촛불의 심지 끝은 금방이라도 촛농 속으로 빨려 들어가 사그라질 것만 같다. 어린 소년은 거실 소파에 앉아계신 양어머니의 일렁이는 그림자를 보자 안기고 싶어 손을 뻗다가 거뒀다. 양아버지의 뒷모습과 묵직한 저음에 조심스럽게 벽에 웅크리고 앉아서 끊어질 듯 이어지는 양부모님의 대화를 가만 듣고 있었다.

"이곳을 떠나야 하오. 강가에 사는 리우에게 연락이 왔소. 강은 이미 얼어붙어 버렸다더군. 지형지물이 바뀔 정도의 큰 변화가 이 작은 마을을 덮쳤다는군. 분노한 요정이 무슨 일을 벌일지 모르니 새벽이 밝는 대로 저 짐만 갖고 일단 떠나야겠소."

환영과 같은 장면들이 꽉 감아낸 눈꺼풀 속에 어지러이 떠오르며 쉴 새 없이 소년의 가슴을 친다. 양아버지가 단출해 보이는 짐 몇 개를 쳐다보며 묵직하게 말을 이었다.

"벌써 떠난 집도 있소. 밤길은 위험하니 좀 더 지켜봅시다."

"아이는요?" 소년은 두려움에 다시 심장을 움켜쥐었다.

"저 어린 나이에 비바람을 맞고 마음이 약해진 우리 아이, 멀리 데려가서 잘 키웁시다."

양부모님은 서로의 손을 꼭 잡으며 잠시 온기를 나눠 가졌다. 그 모습은 어린 소년을 안심하게 했다. 잠깐의 고요함 속, 곧장 엄마아빠의 품으로 뛰어가 안기고 싶었다. 이제 자신은 괜찮다고 안심시켜드리고 싶었다. 더 이상 자신 때문에 그 누구도 다치거나 걱정하는 모습을 보기 싫었다.

"여보, 빌리는…. 우리에게 우는 모습을 들키고 싶지 않나 봐요. 아까 그 비명에도 울지를 않더군요. 그래서 더 마음이 쓰여요. 아직 엄마에게 떼쓰고 울며 투정부리는 나이잖아요…."

"그렇게 될 거요. 어린 나이잖소. 기다려줍시다. 고된 하루가 될 테니 당신은 한두 시간이라도 눈 좀 붙여요."

소년은 웅크린 그대로 양 손바닥을 펼쳐 눈물이 떨어지는지 보려고 했다. 울어보려고 했지만 울지 못했다.

'울지 않으면, 좋은 게 아닌 걸까? 나는 울고 싶지 않았어. 그때도 지금도 울고 싶지 않아….'

자우룩한 안개가 침침한 새벽녘, 양어머니가 소년을 조심스럽게 흔들어 깨웠지만 잠기운에 폭 빠진 소년은 일어날 수가 없었다. 잠을 이겨내려고 억지로 눈도 떠봤지만 소용없었다. 결국 양아버지가 소년을 안아 올려 저벅저벅 걸었다. 양아버지와 심장이 맞닿은 채, 심장박동이 하나가 됨을 어슴푸레 느꼈다. 양아버지가 자주 한 모금씩 홀짝이던 작고 납작한 철제 위스키의 찰랑거림이 코트 속에서 느껴졌다. '아버지들은 눈물을 가슴에 품고 계시는 걸까? 그래서 그 독한 술을 마셔서 없애버리려는 걸 거야….' 계단을 내려갈 때의 들썩임이 어렴 풋이 느껴지더니 차 문이 열리고 곧 가죽시트 냄새가 진하게 풍겼다. 그래도 눈은 떠지지 않았다. 소년은 아예 고개를 박고 차 뒷좌석에서 잠들었다. 어찌나 깊게 잠들었었는지 빌리는 코가 뭉개진 것처럼 코를 문지르며 입가에 침도 닦으며 일어났다. 눈을 뜨자마자 보이는 창문에는 해가 들어도 잠든 소년이 쉽게 깨지 않도록 담요가 덮여져 있었다. 팔을 짚고 좀 더 고개를 들어 담요를 걷었다. "푹 잤니?" 묻는 양어머니의 다정한 말과 함께 멀어지는 하르산에 심장이 욱신거렸다. 늘 하얀요정과 올라갔던 하르산은 이미 저 멀리에 있었다. 솟아오른 땅 바깥에는 결계가 있어서 거대한 공원이 생긴 것은 볼 수 없었다. 지형이 변한 마을은 이미 낯선 얼굴을 하고선 섭섭하게도 멀어져갔다.

"아줌마! 저기는….'"

소년은 아직 양어머니를 그렇게밖에 부르지 못했다. 잠이 덜 깬 상태에서도 미안함을 느끼며 깨끗한 창문을 작은 손으로 닦았으나 작은 손자국만이 남았다. 아무 말 없이 산꼭대기의 하얀 눈을 뽀득뽀득 소리 내며 문지르다가 속상함에 무릎을 접고 고개를 집어넣었다. 울 것 같았지만 울지 못했다.

'홀리가 아직 저기에 있을 텐데…. 나만 빠져나왔어. 돕지 못했 어….'

"보이니? 마을이 변해서 속상한가 보구나. 엄마아빠도 그렇단다."

*
*

"형? 빌리 형?"

옛 기억에 빠져 잠시 미동이 없는 빌리의 어깨를 조이가 살짝 흔들었다.

"하룻밤 사이에 너무 많은 게 변했어. 그 겁 많은 하얀요정이 소용돌이 안에서 얼마나 무서웠을까? 그 날 이후로 정체를 숨기고, 이 넓은 홀리파크에 홀로 있을 하얀요정이 너무 안쓰러웠어. 그래서 난 다시 이곳을 찾아온 거야."

"숨, 숨겨요? 여기 홀리파크에요?"

"대요정이라고 부르는 하얀요정은 그날 밤 사라지지 않았어. 푸른요정은 비르크와 동일인물이야. 요정 세계에서 비르크는 남자 이름이래. 그래서 내가 홀리라는 이름을 새로 붙여줬어."

*
*

수풀이 우거진 청명한 여름날. 하르산의 중턱 비르크의 종이 있는 제단으로 가기 전에 반드시 거쳐야 하는 미리의 숲. 그 숲의 골짜기에서 북서쪽으로 300미터쯤 걷다 보면 완만한 구릉이 나온다. 거기에는 홀리와 전임요정이 사람들 모르게 머무는 집무실이 있었다.

"비르크! 어디 있어? 나야, 빌리! 나와 봐. 오늘 원장님이 주신 포코포코야…"

포코포코는 이 지역에서 유독 좋은 향을 내는 시드르 꽃으로 생산된 꿀이 원료였다. 품질 좋은 꿀과 신선한 버터를 이용해 만드는 든든한 간식. 한가득 채취한 꿀 항아리를 기다랗고 평평한 수레에 잔뜩 싣고 팔러 가는 날이면, 남은 꿀과 버터로 만드는 포코포코는 지역특산품이었다.

"내가 제일 좋아하는 포코포코!"

풀숲의 결계에서 나타난 하얀요정은 밑동만 남은 나무에 올려놓은 포코포코를 맨손으로 집어 손가락을 쪽쪽 핥으며 남김없이 접시를 비웠다.

"너는 왜 그 지팡이로 먹고 싶은 걸 안 먹어?"

"아직은 업무일지를 보고 파악하는 중이라서 그래. 지팡이의 힘을 함부로 쓸 수는 없어."

"나 같으면 그 지팡이로 내가 하고 싶은 건 다 하겠어!"

"이 힘은 애초에 나를 위한 힘이 아닌걸. 종을 울린 자가 아닌 나에게 이 힘을 써버리면 금방 소멸되나 봐."

"맞아…. 너 저번에도 갑자기 잠들어버렸으니까…"

빌리는 활짝 웃으며 홀리의 손을 꽉 잡고 고마워했다.

"참, 나 이제 울지 않아. 억울한 일이 있어도 끅─끅─ 하면서 간신히 울음을 참았는데. 이제는 말도 잘할 수 있게 됐어! 고마워⋯."

"그 종을 울리는 건 어려운 일이야. 빌리, 난⋯ 네가 걱정돼."

"아냐, 얼마나 좋은데. 포코포코를 만드는 기구를 옮기다가 발을 쿵 하고 찧었을 때도 정말 아픈데 눈물이 나지 않았어. 그러니까 선생님도 씩씩하다고 칭찬해주셨는걸!"

"그건 그렇지만⋯. 눈물은 그럴 때만 필요한 게 아니잖아?"

"난 지금이 좋아. 그리고 아빠는⋯. "

돌아가신 아빠를 떠올리자 빌리는 멈칫했지만, 곧 말을 이었다.

"돌아가신 아빠는 울지 말라고 나를 때렸어. 나도 울고 싶지 않았어. 그런데도 눈물이 났어. 아빠 아들이⋯ 울지 않는 아들이었으면 우리 가족이 행복했을까?"

"아니야, 빌리⋯. 그건 네 탓이 아니야. 눈물 탓도 아니야. 하지만 울고 싶으면 어떻게 하지? 종을 또 울릴 수 있을까? 그건⋯ 정말 어려운 일이야."

"그럴 일은 없어. 나는 이대로 울지 않는 어른이 될 거야. 난 눈물이 싫어. 제멋대로 나와서 다 망쳐놓는 눈물은 이대로 영영 없어졌으면 좋겠어."

하얀요정은 소년에게 기쁨과 환희, 감동을 담은 눈물을 본 적이 없느냐고 물었다. 1등으로 달리기를 했을 때의 벅찬 기분, 소중히 품은 달걀에서 나온 병아리의 젖은 솜털이 마침내 복슬복슬할 때의 감동, 겨울이 지나 솜털 같은 봉우리에서 꽃을 피워낼 때의 경이로움, 집을 나가 죽은 줄만 알았던 고양이가 몇 해가 지나 현관문 앞에서 기다리고 있을 때의 안도감, 구름보다 높이 오른 새벽 일출을 산에서 맞이할 때의 웅장함. 그 모든 감정에 수반되는 눈물을 이해한다면 진짜 어른이 되는 거라고 말했다. 하지만, 소년은 눈물을 그저 '울면 안 돼'라는 노래 한 소절로 이해했다.

"눈물은 슬픈 거야. 나는 기쁜 일이 있어도 환하게 웃을 거야. 웃기만 할래. 이렇게!"

빌리는 두 손으로 입을 벌리며 활짝 웃고는 하얀요정에게 장난기 가득한 얼굴을 갖다 댔다. 그 엉뚱한 표정에 둘은 배를 잡고 깔깔 웃고 말았다.

"그래. 넌 아직 그럴 나이니까. 그렇게 웃는 게 어울려."

"그럼, 나 벌써 열 살이야! 엄청나지?"

"하하하. 응, 정말 굉장하다!"

"오늘 원장선생님이 포코포코를 주신 이유가…. 나를 축하해주려고 만드신 거래."

"그래?"

하얀요정은 고개를 숙인 빌리의 얼굴에서 기쁨과 눈물을 동시에 봤지만 모른 척했다.

"응. 나 아버지가 돌아가셨잖아. 입양을 가게 됐대. 좋은 분들인데 적응이 좀 되면 여기서 조금 먼 곳으로 가야 하나 봐. 그래서 싫어. 여기 자주 올 수 없는 것도, 우리 동네에서 살 수 없는 것도. 그리고 내 성도 양아버지의 성을 따라야 한대. 모든 게 싫어. 여기에서 너랑 살고 싶어."

"양부모님이 계신 건 정말 잘된 일이야. 빌리, 나는…. 우리 처음 만났을 때 내가 말했지? 우리 아버지는 내 존재도 모르신다고 말이야. 비르크는 아주 우락부락한 남자전사의 이름이야. 심지어 위인전에서 초상화를 보면 멧돼지 같은 송곳니가 턱 아래까지 나 있어! 나는 요정 학교에서 늘 남자반으로 배정되어서 놀림을 많이 받았어."

"뭐? 크하하. 멧돼지 같은 송곳니라니! 그럼 너 내 여동생 해라. 이런 걸 의남매라고 한대. 빌리의 여동생 홀리 어때?"

"말도 안 돼! 나는 너보다 까마득하게 오래 살았어! 빌리… 오빠!"

"아, 뭐야. 그럼 내가 든든한 오빠가 되어줄게."

"고마워…."

"이사 가도 자주 보러 올게! 그 말 하려고 왔어. 원장 선생님이 피보다 진한 물도 있대. 그러면 진짜 가족이 된다고 하셨어. 우리는 가족이야. 너는 내 가족이야. 비르크… 아니, 홀리!"

때마침 서쪽으로 해가 기울어지기 시작했다. 초저녁 하늘에서도 별똥별이 떨어졌다.

"홀리, 별똥별이야! 소원을 빌어봐. 너는 소원이 없어?"

"아하하! 저 별을 보고 소원을 빌라는 거야? 나한테 하는 말이야?"

"저 별은 어디로 가는 거야?"

"으음. 엄마아빠가 계신 집으로 가는 게 아닐까?"

흘리도 빌리처럼 기도하는 자세를 해봤다. 신기하게도 두 손을 모으고 꼭 감은 눈꺼풀 속에서 이런저런 바람들이 떠올랐다.

"너는 뭘 빌었어?"

하얀요정이 눈 뜨기만을 기다리던 빌리가 재빠르게 물었다.

"나는 내가 실수해도 폭주하지 않게 해달라고 빌었어. 우리 아버지가 내가 실수한 걸 모르셨으면 좋겠어…. 내가 태어난 건 아실까?"

흘리가 주머니에서 꼬깃꼬깃한 종이를 꺼냈다. 그건 전임자가 대충 휘갈겨 쓴 메모였다. 택배로 받은 지팡이와 함께 들어있던 메모는 대부분 지워져 있었다.

주 의 사 항

종의 힘은 빛의 일족인 요정의 세계와 연결되어 있으며…
자신을 위해 힘을 사용하면 금세 소멸되고 만다.
소멸을 막기 위해서는 ……에 대한 ……과 …이 필…하다.
요정…이 충…을 위해 …도 하므로 …정은 없다.
다만, ………… 폭주를 하게 되면 되돌릴 수 없음을 주의.

– 아만 –

"잘 해내고 싶은데, 모두가 행복하길 바라는 마음은 내 욕심인 걸까? 소멸을 막는 데 필요한 건 대체 뭘까? 사무국은 아무리 연락해도 받지를 않아! 다른 건 조심한다 치고 폭주하게 되면 되돌릴 수 없다니, 이 말이 너무 겁이 나."

홀리는 풀숲에 누워 종이에 쓰인 마지막 경고 문구를 뚫어지게 바라봤다. 홀리를 따라 털썩 누워 가느스름하게 눈을 뜨고 메모를 읽다가 벌떡 일어났다. 빌리는 홀리보다 더 열을 내며 말했다.

"욕심 아니야! 할 수 있는데 왜 욕심이야? 이루지 못한 꿈을 욕심이라고 함부로 말하면 안 된댔어. 끝까지 해봐야지 아는 거랬어."

"뭐야? 누가 열 살인 너에게 그런 말을 해주셨어?"

"우리 반 선생님이! 나 시력이 안 좋은데 장래희망에 파일럿을 적었거든. 내 짝꿍이 놀렸어."

"그래서 선생님이 혼을 내주셨구나!"

"응. 파일럿이 되면, 멀리 이사 가도 네가 있는 곳까지 빨리 날아올 수 있잖아. 그래서 말인데…. 나 비행기 조종사가 될 수 있게 해줘!"

빌리는 넓은 이파리를 접어서 비행기처럼 날렸다.

"아하하. 지금 말이야? 너는 이제 10살이야, 빌리. 차근차근 준비하면 소원이 없어도 될 수 있어."

"시력도 좋아야 하고, 공부도 잘해야 하고. 그래도 할 수 있겠지?"

"그럼! 할 수 있지. 당근을 많이 먹어야겠네."

당근에서 눈살이 찌푸려진 빌리는 읍 하고 입을 막았다.

"그냥 눈이 좋아지게 해주면 안 돼? 공부는 내가 열심히 해볼게."

"아아아아아안 돼!"

"홀리, 아까 말했던⋯. 네가 걱정하는 거 말이야. 되돌릴 수 없게 되면 내가 막아줄게."

빌리는 안심하라는 듯이 홀리의 어깨에 손을 올렸다. 홀리는 종이에서 시선을 돌리고 물었다.

"어떻게?"

"내가 이 지팡이한테 소원을 빌면 되잖아! 홀리를 원래대로 되돌려주세요! 이렇게 빌면 되는 거 아니야?"

*
**

"날개도 없이 푸른 청색을 띠고는 정신을 잃고 쓰러진 그 모습을 보고 엉엉 소리를 냈어. 하지만 눈물은 나오지 않았지. 그 때가 돼서야 알았어. 눈물이 없다면 기쁨도 슬픔도 진짜가 될 수 없다는 걸 말이야."

의아해진 조이가 물었다.

"그, 그런 거라면 하얀요정님은 어째서 원래 모습을 숨기고 홀리파크에 계시는 거예요?"

"추측이지만 홀리는 아마도 기억을 모두 잃은 것 같아. 나는 그 사실을 홀리에게 알려주고 싶어. 그 거대한 소용돌이를 본 마을 사람들은 모두 죄책감을 안고 이곳을 떠났어. 나도 양부모님과 정신없이 떠났고. 겉으로는 행복한 놀이동산이지만⋯."

조이는 이곳이 겉으로만 행복한 곳이라고 믿고 싶지 않았다. 지금까지의 모든 친구와 오늘 있었던 신비한 일들은 조금의 후회도 없기 때문이었다. 마음속 밑바닥까지 파낸다 해도. 놀이동산 직원들은 모두 진심으로 아이들의 행복을 바라고 있었다.

"하지만⋯. 이곳은 여전히 행복한 곳이에요. 요정님은 잘못이 없어요. 사람들의 소원을 들어주고 싶었을 뿐이잖아요. 자신을 다치게 한 사람들조차도 다치게 하고 싶지 않았던 거예요. 그 전설은 잘못 알려져 있었어요. 기억을 잃은 요정님이 안쓰러워요⋯."

빌리는 고개를 끄덕였다.

"나는 홀리를 만나서 기억을 되돌리고 싶어. 사과도 하고 싶어. 양부모님과 멀리 고향을 떠난 후로는 억지로 잊고 지냈어. 하지만 지워지지 않았지. 그리고⋯."

빌리는 말을 아꼈다. 그 모습을 본 조이가 퐁퐁구름에서 신발을 꺼냈다.

"혼자 남겨진 요정님이 너무 안됐어요. 제가 도울 수 있는 일이면 돕겠어요!"

"고마워! 정말 고맙다. 홀리는 아직 하르산 중턱에 살고 있을 거야. 지금은 얼음과 물결의 강을 거쳐서만 갈 수 있는 곳이야."

"형도 얼음과 물결의 강을 알아요? 제가 지금 가는 곳이에요. 저랑 같이 가요! 우리는 목적도 같고 목적지도 같아요! 푸른요정…. 아니, 하얀요정님을 만나러 같이 가요."

조이는 물론이고 빌리와 도도까지 놀라움에 눈이 휘둥그레졌다.

"그래! 무사히 도착하면 내가 어른이 되어도 여기에 올 수 있는 방법을 알려줄게!"

"음…. 무사히 도착하면요?"

조이는 양탄자를 공중으로 띄워서 대관람차보다 높이, 더 높이 올랐다. 대관람차 안의 아이들이 모두 놀란 눈을 하고선 창문에 코를 박고 하늘을 올려다봤다. 도도는 긴 꼬리를 늘려서 아이들에게 하트를 만들어서 보여줬다.

"저는 최근에 생긴 요정의 눈꽃문양을 찾아냈어요. 이렇게 높이 올라왔으니 저 끝까지 보이시죠? 이렇게 넓은 홀리파크에서 저 없이, 양탄자 없이, 하루 만에 요정님을 찾을 수 있을까요?"

만년설이 뒤덮인 하르산을 그리운 듯 바라보던 빌리가 깜짝
놀라서 물었다.

"지금, 하르산보다 더 유력한 장소가 있다는 거니? 푸른요정
이 어디 있는지 알아?"

조이는 고개를 끄덕이며 자신은 협상카드가 두 개나 있다고
자신 있게 말했다. 양탄자는 고개를 추켜세우고 서서히 내려가
더니 적당한 높이에서 빌리를 툭 떨어뜨렸다. 아아악! 바닥에 툭
떨어진 빌리를 슥 한 번 쳐다본 조이의 눈빛. 빌리는 그 눈빛에
서 숨겨진 의미를 파악할 수 있었다. 그대로 조이만을 실은 양탄
자는 잔디 위를 미끄러지며 멀어져갔다.

"잠깐, 가지 마! 기다려! 말할게, 말할게! 또 올 수 있는 방법
은 나만 알고 있어! 헉,헉…."

얏호! 태어나서 처음 한 협상은 대성공이었다!

숨이 턱에 차도록 뛰어온 빌리는 양탄자 끝을 잡고는 "내가
졌어, 항복!"이라고 외쳤다.

'귀여운 꿍꿍이속으로 항복을 받아낼 줄도 알고, 조이가 맹랑
하게 잘 컸다냥.'

"자, 비법은 이거야." 그건 쭉쭉 늘릴 수 있는 길고 긴….

"…이거라고요?"

"그래. 이 잠자리채만 있으면…."

"잠깐, 잠깐, 형은…. 신발도둑이기 전에 날개의 잎 도둑이었던 거예요?"

"싹수가 노랗긴 했다냥. '신발이 필요한데 좀 빌려줄래'라고 말하면 되는걸. 거참 황당하다냥."

조이는 잠자리채를 쭉쭉 늘리면서 무용담 늘어놓듯이 말하는 빌리를 황당한 눈빛으로 쳐다봤다. 도도가 잔뜩 성을 냈다. 우리 조이가 배울까 봐 겁난다며 고개를 홱 돌렸어도 빌리는 신이 나서 잠자리채를 흔들었다.

**

"안 돼, 안 돼! 사, 사라진다!"

양탄자는 얼음과 물결의 강을 지척에 두고 '대여시간 초과, 대여시간 초과'를 반복했다. 모두를 우르르 떨어뜨리더니 눈앞에서 감쪽같이 사라졌다. 고요한 정적이 풍기는 그곳은 아이들의 함성도 시끌벅적한 축제 분위기도 없이 적막으로 뒤덮인, 인적이 드문 마을의 저수지 같았다. 하르산 아래의 부채꼴 모양의 강이었다. 조금 더 걷자 '얼음과 물결의 강' 푯말 아래에는 '빙어낚시

가능', '얼음고래를 조심하시오'라는 안내문이 있었다.

"뜨끈뜨끈한 풍풍소다 드세요! 직접 쑨 단팥에 달토끼가 만든 새알심을 넣어드려요!"

리어카를 세워놓고 단출한 노상에서 미니뭅뭅이 풍풍소다를 판매하고 있었다.

"앗, 이렇게 외진 곳에서도 장사하세요?"

"그럼요, 귀중한 손님! 이게 얼마만의 손님인가요! 우리 친구들은 어디서든 목이 마를 수 있으니까요! 대신 맛은 한 가지뿐이랍니다!"

조이는 두 번째 풍풍소다를 집어 들었다. 바위에 걸터앉아 풍풍소다를 호호 불어가며 한겨울의 정취를 감상했다. 산 너머로 아득하게 석양이 지고 겨울이 오고 있었다. 은물결 위에 옅은 달빛이 서리처럼 내려앉아 이따금 하얀 입김을 뿜어냈다. 마치 강 표면을 분필로 살살 칠한 것 같았다. 만년설을 눈앞에 둔 12절기의 시계탑에서는 입동을 알리는 첫눈이 펑펑 쏟아졌다. 풍풍구름 속에서 떠다니는 새알심은 눈싸움할 때 던지는 눈 뭉치 같았다. 언제든 구름 속에 손을 집어넣어 말랑말랑한 떡을 먹을 수 있었다!

"겨울이 왔다는 건, 홀리파크의 주인인 푸른요정을 만날 시간이 가까워졌다는 거랍니다!"

"지금, 푸른요정이라고 하셨어요?" 조이는 두 귀를 의심하며 되물었다.

"그렇습니다! 빛의 일족인 요정의 나라는 아주 환한 눈의 반사경을 갖고 있어요. 흰 눈에서 오는 순수한 빛의 힘을 그대로 받기 위해서랍니다. 요정님이 나타나기 아주 좋은 날씨예요."

조이는 미니뭅뭅의 눈빛에서 어떤 기대감 같은 것을 봤다. 지금까지의 직원들처럼 숨기려 하거나 피하는 것이 아닌, 이곳까지 온 자신에 대한 기대감 같은 것이었다.

"저는 소원을 꼭 이뤄야 해요. 그래서 이 먼 곳까지 온 거예요."

"우리 친구, 진짜 요정님을 만나면 소원을 꼭 이뤄주실 겁니다!"

미니뭅뭅은 이제 다른 손님을 찾아야 한다며 일어났다. 조이와 빌리에게 인사한 뒤, 이제 막 달이 떠오르기 시작한 오솔길 너머로 바퀴 자국을 내며 쓸쓸하게 리어카를 끌었다.

콰콰콰콰쾅

조이는 답답함을 꾹 참았고 어른처럼 혀를 찼다. 빌리가 잠시를 못 참고 얼음과 물결의 강을 몇 발자국 걸었던 것이다. 사고를 치고는 천진난만하게 웃는 표정이 열 살 아이와 다를 바 없었다.

"대체 아는 게 뭐예요? 이 얼음은 어른이 밟으면 와장창 깨져 버려요. 건너갈 생각이 있기는 해요?"

"그건 나도 알아. 어릴 때 밟아봤거든! 그래서 아이의 신발이 필요했던 거야! 날개의 잎이 너무 힘겨워서 챙겨온 신발을 한 짝씩 버리고 왔더니, 결국 훔칠 수밖에 없었어."

빌리가 밟은 얼음이 콰지직 소리를 내며 부서졌다. 이곳은 빌리가 어릴 때도 아이들만 놀 수 있도록 만들어진 곳이라고 했다. 아버지들이 빙어낚시라도 시작하면 크고 작은 낚시 구멍에 아이들의 발이 빠져 마음껏 놀 수 없을까 봐 아이들만 밟을 수 있도록 만든 것이다. 이곳을 지나야 하는 어른은 아이의 신발을 욱여 신고 뒤뚱뒤뚱 걸어야만 했다.

"미안, 조이. 네 신발을 훔치려고 해서. 마을 어른들은 이곳을 지나야 할 때 아이의 신발을 신고 걸어야만 했어. 깊숙이 같이 가보자. 어때? 그럼 요정이 소원을 들어주지 못하는 이유를 알려줄게."

'소원을 들어주지 않는 이유? 또 얼마나 허접스러운 이유를 들려주려나….'

도도와 조이는 눈을 마주쳤다. 기대도 안 한다는 서로의 눈빛을 읽고선 고개를 절레절레 흔들었다. 그래도 조이는 망설이지 않았다. 신발을 벗어주며 이 사람은 수수께끼 같은 사람이 아니라고 믿었다. 오히려 수수께끼를 풀어주는 사람이었다. 고개를 끄덕이는 찰나에 수수께끼의 빌리는 조이를 번쩍 들어 올려 휙 어깨에 올려놓았다.

"와악! 넘어질 거 같아요!!"

"키가 커진 기분이 어때?"

조이는 그림일기의 일부를 떠올렸다. 나오가 태어나기 두 달 전에 돌아가신 아버지가 나오지 않을까 생각했었다. 아버지는 해외에서 기계공학 박사수료 후 연구원으로 학술연구와 논문 때문에 밤낮없이 바빠서 볼 수 있는 날이 많지 않았다. 조이를 무척 사랑해주셨지만 특별한 추억이 있진 않았다. 아버지는 조이에게 아득한 너머에 있는 사람이었다. 할머니와 고양이가 조이의 보호자로 나온 것도 당연한 일이었다. 아버지가 계신 친구들이 부러웠던 적은 단 한 번이었다. 목마를 탄 또래 아이들이 무섭다고 하면서도 신난 표정을 봤을 때다. 애써 고개를 돌리며 안 부러운 척했지만, 어떤 기분인지 궁금했고 조금은 서러웠었다.

'역시 홀리파크는 소원을 들어주는 게 틀림없어!'

"꽉 잡아! 난 누구처럼 내팽개치지는 않을게!"

얼음과 물결의 강 위에서 빌리는 조이의 신발을 욱여 신고 달렸다. 조이는 차가운 바람을 맞으며 우와아! 함성을 내뱉었다. 얼음 위로 눈이 엷게 쌓여있어서 멈춰도 몸이 쭈욱 밀려났다. 빌리는 균형을 잘 잡고 빙판 위를 미끄러지듯 달렸다. 쭈우욱 길게 밀려난 발자국 위의 얼음은 아주 투명하고 맨들맨들해서 광이 나는 것 같았다. 갑자기 얼음 밑에서 거대한 고래 형상의 얼음괴물이 나타나 표면의 얼음을 와장창 깨버리기 전까지는. 깨진 얼음을 뚫고 모습을 드러낸 거대 얼음고래가 입을 크게 열며 위협적으로 말했다.

"갈 수 있는 곳은 여기까지다. 더 가고 싶다면 내가 낸 수수께끼를 맞혀야 한다!"

조이가 얼음고래에게 얼른 문제를 내라고 재촉했다. 빌리의 귀에 대고 '형, 답은 제가 알아요' 하고 소곤거렸다.

"뭐, 뭐? 아직 문제를 내지도 않았는데, 답을 안다고?"

"답은 무조건 비르크의 종일 거예요. 사라진 종이요!"

얼음고래는 동글동글한 이마에 얼어있는 수초를 잔뜩 매달고 있었다.

"자, 문제를 내겠다! 틀린다면 어마어마한 벌을 받게 될 텐데, 그래도 문제를 풀 것인가?"

"네! 저는 꼭 이루고 싶은 소원이 있어요…. 형도 그렇죠?"

"어마어마한 벌이 뭔가요?"

"으응? 그 벌은…. 이 물길의 끝으로 보내지는 것이다."

"여길 지나면 요정을 만날 수 있는 건가요?"

얼음고래는 푸드득 머리를 세차게 흔들며 이마에 달린 얼음 수초를 떼어냈다. 그리곤 방금 한 말은 못 들은 것처럼 질문은 한 사람한테 한 번만 받겠다고 응수했다.

나티가 조이에게 얼버무리듯 말할 때처럼 얼음고래도 무언가 숨기고 있다고 느꼈다. 조이는 '…또, 또 딴청을 피우고 있어' 하고 생각했다. '뭘 숨기려는 거지?'

"아, 분수대 옆에 있는 다리 밑으로 가는 건가요?"

"그, 그렇다! 내가 꿀꺽 삼켜서 안전하게 데려다주겠다! 아니, 아니, 콱콱 씹어 먹어서 다리 아래에서 뼈만 남은 너희를 뱉어낼 것이다. 이래도 문제를 풀겠는가?"

"무섭지만 해볼게요~."

"좋, 좋아. 후회하지 마라. 문제를 내겠다."

"네!"

"……."

"???" "???" "???"

조이와 빌리, 도도는 서로를 쳐다보며 눈만 껌뻑거렸다.

"문제를 내겠다! …정말, 문제를 풀어야 하겠는가?"

"푼다니까요?"

"정말?"

"정말이에요! 몇 번 말해요!"

조이가 생각난 듯 물었다.

"참, 문제를 맞히면요?"

"맞, 맞히면? 그럴 일은 없다! 맞힌다면 알려주지! 그럼 문제
를 내겠다! 무엇이든 이룰 수 있고 없는 것이 없는 이 홀리파크
에서 없어진 것이 단 하나 있다. 그건 무엇일까?"

"그럴 줄 알았어! 저요! 정답! 저요!!"

"녹색머리 꼬마가 말하겠는가? 말해봐라. 기회는 한 번뿐이
다."

"홀리파크에서 없어진 거, 이거 말하는 건가요?"

조이는 주머니에서 나온 하찮은 나무막대기를 보고 빌리의
주머니로 다시 쑤셔 넣었다. 빌리는 조이의 표정이 열 살 아이가
지을 수 있는 가장 험악한 표정 같아서 겁에 질릴 뻔했다. 조이
는 만류하며 거세게 나섰다.

"취소, 취소예요! 제가 대답할게요!"

조이는 무슨 짓이냐고 펄쩍 뛰며 화를 냈다. 열 번도 넘게 본
홀리파크 백과사전에서 'Tip. 수수께끼의 답은 99퍼센트의 확률
로 비르크의 종이다'라고 되어있었다는 것이다. 빌리는 이 아이
가, 아까 자신을 맹랑하게 따돌린 아이가 맞나 싶어 당황하고 말
았다. 얼음고래는 너무 놀랐는지 잠시 정신을 놓고 눈을 심하게
깜빡였다.

"어, 어…."

위협적이던 얼음고래는 말을 더듬더니 겁먹은 목소리로 집에 가스 불을 켜두고 왔다고 횡설수설하며 잠수하려고 했다.

"잠깐! 어딜 도망가려고!"

"우리 친구! 지금까지 99퍼센트의… 아니, 100퍼센트의 확률로 비르크의 종이라는 뻔한 대답을 들었답니다. 그래도 죄송하지만… 이, 이건 무효여야 해요! 10년 동안 같은 말만 했더니 정신이 하나도 없답니다! 아, 지팡이! 지팡이라고 대답을 안 했으니까 이건 무효가 맞아요! 미안합니다…. 아이고, 내가 답을 말해버렸네."

빌리는 배를 잡고 웃었다. 조이보다 도도가 놀랐는지 활짝 열린 동공으로 빌리를 멍하게 바라봤다. 신발도둑에 날개의 잎도둑이었다가 수수께끼의 남자였다가 하얀요정의 친구였던 빌리는 요정의 지팡이까지 들고 이곳에 왔다. 진실을 마주했을 때 오히려 거짓말 같다고 생각했다.

"그런 걸 갖고 있었으면 진작 말했어야죠!"

"엄청난 이 아저씨, 대체 뭐다냥?"

빌리는 나무막대를 꺼내 손에서 한 바퀴를 돌렸다. 지팡이가 돌아가는 방향대로 조이와 도도의 고개가 움직였다.

"비장의 무기는 적이 방심했을 때 꺼내는 거란다!"

"손님! 손님은 어린이도 아니잖아요? 초대받지 못한 손님이 문제를 풀어도 된다는 조건은 없었습니다. 이건 무효…. 아이고, 죄송합니다! 꼬로록."

얼음고래는 물속으로 정말 사라지고 있었다. 둥근 머리에 한 가닥 수초가 삐죽 보이더니 점점 가라앉았다.

"그렇다면 내가 이 지팡이로 이곳을 불바다로 만들겠다."

"히익! 푸른요정님이 얼마나 무서운데요! 그런 짓을 했다 간…. 요정의 세계에서 흰빛은 아주 중요해요. 순수한 빛을 자양 분 삼아 살아가는 빛의 일족이기 때문입니다. 얼음으로 된 강은 순수한 빛을 반사하는 아주 중요한 곳이에요. 내가 무슨 말을 하 는 거지…. 하여튼, 그만두세요."

"그럼 너부터 태워버리겠다."

빌리는 그럴듯하게 위협하며 지팡이를 휘둘렀다.

"으아앙! 푸른요정님!"

섬광이 눈앞을 스치더니 조이보다 살짝 큰 푸른요정이 바람 을 일으키며 나타났다. 푸른요정이 얼음 위를 딛자, 발을 디디는 곳마다 피용-피용- 소리를 내며 얼음 위에 눈꽃문양을 찍어냈 다. 조이가 일 년 전 발견한 바로 그 푸른요정만의 표식이었다. 너무 놀라서 쓰러질 뻔한 조이는 정말 뒤로 넘어가고 말았다. 도도가 미끄러지지 않도록 꼬리로 꽉 잡아주었다.

"또, 무슨 하찮은 일로 이 몸을 부른 것이냐!"

"으앙! 저들이 정답을 말했어요! 저는 똑같이 했을 뿐인데요!"

"이 감각은…!"

빌리의 방향으로 손을 뻗자 부러진 지팡이가 심장박동을 내기 시작했다. 빌리도 지팡이의 맥박이 뛰고 있는 느낌을 받았다.

"홀리! 홀리! 나야, 빌리. 10년 전… 우리 친구였잖아. 내가 누군지 알겠어?"

멈칫하던 푸른요정의 미간이 좁아졌지만 싸늘한 표정으로 답했다.

"친구? 너와 내가?"

"넌 아무 기억도 못 하는구나. 그래도… 드디어… 여기까지 왔어. 미안해, 미안해, 홀리…. 미안하다는 말을 꼭 하고 싶었어. 내가 너무 늦게 왔어. 나 이제 스무 살이야! 많이 변해서 못 알아보겠지? 이 지팡이가 집에 있는 줄도 몰랐어."

푸른요정이 빌리의 말을 흘려보낸 채 지팡이에 손을 뻗었다. 그러자 제 주인을 느낀 지팡이가 우웅우웅 박동과 함께 빌리의 손에서 빠져나가려고 파르르 떨었다. 빌리는 지팡이를 꽉 잡고 놓지 않았다.

"잠깐, 기다려! 네 이름도, 결국 이 놀이동산도 내가 지어준 거잖아. 너랑 나만 아는 이름."

빌리는 말을 이었다.

"친아버지가 쉬는 날에 놀아준다고 해서 너에게 매일 휴일이면 좋겠다고 했지. 그리고 너를 만난 다음 날은 나와 함께 놀아주셨어. 너는 나한테 휴일을 선물해준 거야. 그때는 몰랐어. 네가 나를 그렇게 생각해줬는데."

아무 감정이 담겨있지 않은 차가운 표정의 푸른요정은 지팡이에 힘을 보내 빌리와 떨어지게 만들었다. 둥실 떠오른 지팡이를 두 손으로 움켜잡자 얼음 위에서 빌리가 함께 끌려갔다.

"안 돼! 나야, 빌리! 빌리라고! 기억이 돌아와야 해! 그래야 너에게 사과할 수 있어. 제발 내 말을 들어줘! 제발!"

"아, 업무일지에서 자주 본 이름이야. 이제야 기억나는군. 네 이름 따위 기억한다고 달라질 건 아무것도 없어. 집무실에 자주 놀러 왔었지? 분명히 그날 말했을 텐데, 다시 날 찾아오지 않길 바라던 내 말을 기억하는가, 꼬맹이 빌리?"

"기억하고 있어. 우리가 그 후에도 친구였던 것도."

"그럼 다시 찾아오지 말았어야지! 친구는 뭐, 그럴 수도 있겠지."

푸른요정은 별일 아니라는 듯 입을 삐죽이며 말했다.

"열 살도 아닌 내가, 여기 온 진짜 이유가 궁금하지 않아?"

"초기엔 종종 어른이 온 적이 있지만, 대개는 쫓겨났는데. 그 지팡이 때문이겠지. 어서 내놔."

"그 전에 할 일이 있어. 네가 그런 눈을 하다니, 정말 이상해."

"으아앙! 우리 친구, 조심하세요! 요정님도요!"

얼음고래가 소리쳤다. 푸른요정을 향해 지팡이를 뻗던 빌리의 발끝에 경고의 광선이 번쩍였다. 파지직 얼음 위로 푸른요정의 문양이 생기더니 균열이 생기고 가벼운 손짓 한 번에 빌리는 물속으로 잠겨 들어갔다. 도대체 무슨 일이 벌어졌는지, 조이는 온 신경이 얼어붙는 듯했다.

"안 돼! 이게 무슨 짓이에요? 형! 제 손 잡아요!"

물속으로 서서히 빠지는 빌리의 손이 이내 튀어나왔으나 휘적대며 다시 잠기고 있었다. 조이가 서둘러 빌리를 잡으려고 하자 푸른요정은 조이의 발 한쪽을 얼려 버렸다. 빌리는 허우적대며 강 아래로 서서히 침전되듯 바닥으로, 바닥으로 내려가고 있었다. 캬오오오오! 몸집을 집채만 하게 부풀린 도도가 으르렁대며 조이의 앞을 막아섰다. 빌리를 물에 빠뜨린 광선이 다시 한 번 눈앞에 튀었다. 도도는 온몸으로 광선을 막아내고는 잠시 마비된 듯 움직이지 못했다. 곧 푸른요정이 휘두른 손짓 한 번에 모두 얼음 속으로 빠지고야 말았다. 조용하던 강기슭에 풍덩! 큰 물소리가 울렸다. 의외로 아주 깊고 물살이 거센 강물이었다. 탁류에 허우적대는 빌리의 형체는 점점 가라앉았다. 물속에서 조이는 거대한 도도를 타고 숨을 참고 참다가 물을 들이마셨는데, 차갑지도 괴롭지도 않았다.

'숨을 쉴 수 있어. 아이들을 해칠 수 없는 놀이동산에서, 요정이 우리를 죽이려고 하다니!'

빌리는 탁류에서 애처롭게 휩쓸려가고 있었다.

그 순간, 조이의 알림장이 빨갛게 변하면서 '홀리파크, 얼음과 물결의 강-호흡곤란'이 적혔다가 빠르게 원래의 모습이 되었다. 히야는 "으음? 무슨 일이지? 내가 잘못 봤나…" 하고 햇볕에 이리저리 비춰보다가 갑자기 생긴 회의에 자리를 비웠다. 사무실에 있던 뭅뭅은 테이블을 쾅! 쳤다.

"이런 적은 단 한 번도 없었어. 대체 무슨 일이지?"

벌떡 일어난 뭅뭅이 방금 사라진 마법의 흔적을 쫓는 주문을 창밖으로 날렸다. 그 쾅! 하는 충격에 모든 미니뭅뭅들은 동시에 퐁퐁소다를 와르르 쏟아버렸다.

"뭅뭅이 화가 났어! 무슨 일이지?"

"도도, 빌리 형을 구해 줘!"

강물에 휩쓸린 빌리를 향해 쏜살같이 헤엄치는 도중, 빌리가 손에 쥐었던 지팡이만이 지상으로 서서히 떠오르고 있었다. 푸른 요정이 깔깔 웃는 소리가 들리는 듯했다. 아무도 다치지 않게 하려고 자신의 소멸을 선택한 요정이 인간을 해치고 있다니. 눈앞에 벌어진 상황을 도저히 믿을 수 없었다. 도도는 지팡이에 앞발을 뻗었지만 조이가 만류했다.

"아니야, 형이 먼저야!"

도도의 거대한 꼬리가 빌리를 조심스럽게 감싸고는 물 위로 서서히 오르기 시작했다. 그때 얼음고래가 앞을 막아섰다. 으르르르릉! 도도는 맹수처럼 송곳니를 보이며 아주 사납게 경고했다. 촘촘한 털이 그대로 얼어붙어 은색 바늘 같은 털을 쭈뼛 세웠다.

"저기. 아까는 죄송했어요. 사실 저희 직원들은 모두 알고 있었어요, 푸른요정님이 가짜란 걸요. 그래서 점점 더 화려한 건물을 세우고 마법의 땅을 넓혔던 겁니다. 우리 친구들이 다칠까 봐 가까이 가지 못하도록 했던 거예요. 아까 겁을 주면서도 너무 죄송했어요! 하얀요정님이 언젠가 돌아오시면 이 홀리파크를 아주 좋아하시겠죠? 헉, 지금, 요정님이 지팡이가 가짜란 걸 알고 화가 났어요."

물 밖으로 나간 지팡이는 도도가 바꿔치기한 공작 깃털이었다.

"이쪽으로, 제 입으로 숨으세요! 앙!"

곧 얼음고래 주변을 푸른 광선이 빙 둘러 감싸더니 물 위로 텅! 하고 올라왔다. 얼음고래는 입을 열지 않으려고 머리를 이리저리 돌렸다. 하지만, 곧 고래의 입에서 모두가 우르르 쏟아졌다. 그 반동에 미끄러지면서도 도도는 꼬리에 숨겨둔 지팡이를 빌리의 손에 몰래 쥐어줬다.

"가볍게 장난 좀 친 거야. 우리는 친구였잖아. 그렇지, 빌리?"

얼굴빛이 새파래진 빌리는 기침과 함께 커허억 물을 게워내고 지팡이를 들었다.

"컥, 커헉. 넌 내가 아는 홀리가 아니야. 홀리를 되돌려 줘! 원래대로 돌아와! 지팡이야, 홀리를 돌아오게 해줘!"

지팡이는 빌리의 주문을 들어주는 존재가 아니었다. 그런데 그날의 대화가 마법이 된 것처럼 어떤 힘이 순간적으로 튕겨 나왔다. 푸른요정은 예상치 못했던 상황에 속수무책이었다. 동시에 나타난 두 갈래의 빛은 서로의 자리를 먼저 찾겠다는 듯이 빛을 발산하다 순식간에 사라졌다. 그리고는 마네킹처럼 굳은 채 눈도 깜빡이지 않았다.

푸른요정의 차디찬 위압감과 방금 홀리를 부르던 빌리의 다급한 목소리. 다른 쪽에서 또 다른 목소리가 어둠의 장막을 뚫고 또렷하게 들려왔다.

'…눈을 떠.'

'…눈을 떠.'

'너는 그 누구도 아닌, 종의 주인….'

"홀리!"

번쩍하며 귓가를 때리는 듯한 소리에 홀리는 눈을 번쩍 떴다. 의식이 맴돌다 하나로 합쳐져 겨우 정신을 차렸다. 누군가가 자신을 애타게 부르는 머릿속, 두 눈앞엔 어둠밖에 없었다. 하지만 시야는 흔들렸다. 아무것도 없는 무의 공간에서 홀리는 기척을 느꼈다.

『거기, 누가 있지?』

"내가 있지." 방해한다는 듯 위압감이 서린 말투였다.

『너는… 누구지?』

어디인지 모를 깜깜한 공간에서 그자는 순순히 대답했다.

"나는 종의 하인이며 수호자다. 인간세계에서 파괴될 뻔한 종과 그 힘을 지키려는 자로 이곳에 왔다."

『그렇다면, 역시 나는 실패한 것인가? 그래서 여기에서 눈을 뜬 것인가? 여기는 어디지?』

"아니, 넌 잠들어 있었어. 요정의 시간으로는 얼마 안 되는 시간을."

『인간의 시간으로는 얼마나 되지?』

"그래도 그렇게 오래는 아니야."

홀리는 고개를 숙이고 작게 흐느꼈다. 텅 빈 눈으로 동상처럼 가만히 있을 뿐인 육체에 빌리와 조이가 말을 거는 장면이 어둠 속을 가득 채우며 나타났다. 하지만 방금 깨어난 홀리에게는 전혀 모르는 낯선 이들이었다.

『나는 실패했어….』

"하! 나약하기가 예상대로야. 한심하고 실망스러워. 너의 전임자는 아주 똑똑했는데. 가짜 종에 수호의 마법을 걸어 이 몸이 소환될 정도로 말이야!"

홀리가 일어나 목소리가 들리는 곳으로 몇 걸음을 옮기자, 다시 반대편에서 "그 꼴이 이해가 가"라는 소리가 울렸다.

『그래서? 왜 나와 함께 있는 거고, 여긴 어디지?』

곧바로 나타난 모습. 그 모습은 어둠 속에서 일렁거릴 뿐 형체가 없었다.

"눈을 떴으면 저 인간을 똑똑히 봐. 너와 나는 지금 연결돼있다. 저 인간이 이상한 짓을 했어. 이 몸이 움직이지 않아! 육신에 갇혀버렸다고! 나는 몹시 화가 났어. 종을 보호하려는 마법이 발동되면, 너는 너를 잊어야 한다. 온전한 나, 오직 나만이 육신에 남아 종을 지키게 되어있어. 너는 자신을 잊어야 하는 존재로 우리는 현존할 수 없다!"

순간, 홀리의 눈에 섬광이 번뜩였다. 기시감뿐인 낯선 어둠 속에서 느껴지는 차가운 존재가 두렵지 않았던 것은 하나로 이어진 감각 때문이었다. 그리고 외마디 비명을 질렀다. 분노와 절망이 자신에게 들러붙은 소름 끼치는 감각. 뒤틀린 무언가를 손으로 쥐어 잡아 뜯으며 뒷걸음질 쳤으나 그것은 형체가 없었다. 또 한 명의 자신이 바라보고 있는 공간 속에서 모든 정보가 뒤엉켜 온 신경을 몰아세웠다. 뒤엉키고 요동치면서 끈적거리며 한 몸으로 섞이려다가 온몸을 뒤흔드는 충동에 황급히 떨어졌다. 이윽고 핏기가 가신 얼굴은 눈에 분노가 서렸다.

『빌리를 공격했어?』

"멍청해도 나긴 나라 이건가. 굼떠도 이해는 빠르네."

『틀려. 너는 내가 아니야. 형체도 없이 단지 종을 수호하기 위한 명령, 그 자체야! 당장 내 몸에서 나가!』

"이런, 잊었나. 넌 힘도 잃고 육신도 잃었는걸. 그동안 무슨 일이 벌어졌는지, 방금 그 연결로 이제는 알고 있겠지? 너는 나니까, 너는 이미 인간 세상에 필요 없는 존재야. 몸에서 나가야 할 건 바로 너야. 어차피 나에게 흡수되겠지만!"

그 형체는 홀리를 향해서 달려들었다. 주변을 빙글빙글 돌며 모습을 감췄다가 사라지기를 반복했다.

"어때? 그렇게 소원을 들어주고도 인간에게 배신당한 게 바보 같지? 죽임을 당할 뻔 하고서 겨우 정신 차렸는데, 육신마저 빼앗긴 기분이 어때? 이렇게 깊숙이 들어와서 네 마음 깊은 곳에도 들어가 봤지. 넌 역시 아무에게도 소원을 들어주고 싶지 않았어. 이 거대한 공원도 인간 아이의 소원을 들어주려는 것처럼 보이지만, 진심은 지금의 나처럼! 겉으로 착한 척하며 사실은 소원을 들어주지 않는 거야."

『아니야! 난 여기에서 나가겠어!』

홀리는 사정없이 벽에 부딪혔다. 마법으로 자신을 투명하게 만든 다음 육체에서 빠져나가려 안간힘을 썼다. 텅! 소리와 함께 공중의 결계에 막힌 홀리는 그대로 바닥으로 내팽개쳐졌다. 그리고는 날카로운 창을 만들어 공간을 부수고 집어삼킬 듯한 불덩이도 만들어 던졌다. 그러나 그대로였다. 문을 만들어 재빨리 나가도 같은 장소로 되돌아왔다. 그 모습을 지켜보던 검은 형체가 비웃듯이 비아냥거리며 다시 울림을 가진 소리를 퍼뜨렸다. 그 소리는 홀리의 의식을 흩뜨려놓았다. 머리가 횡횡 도는 듯한 감각에 홀리는 귀를 막았다.

"소원을 들어준다는 뭄뭄의 말은 거짓말이야. 이 홀리파크를 세우고, 어린아이들의 환심을 사고, 이상한 놀이기구들을 앞세워, 결국은 아무도 요정을 알아차리지 못하게 하려는 장치에 불과한 거야. 이 거대한 놀이동산과 신화에 나오는 동물들, 차갑지도 녹지도 않는 눈과 이 모든 것을 만든 이유는, 소원을 들어주고 싶지 않아서라고."

『아니야…. 너는 주체적으로 판단할 수 없는 그냥 명령이야. 내 생각의 일부를 전부인 것마냥 읊고 있을 뿐이지. 인간을 모르면서 함부로 말하지 마. 그들은 내게 소중했어.』

"아니, 상황판단은 이미 끝냈어. 인간은 기대 이하야. 무기력하고 남 탓만 하는 게 그들의 특기잖아?"

『난 여전히 인간을 믿어. 그들과 섞여서 살아가는 길을 택했어.』

힘의 사용법을 알기 위해 그렇게 찾아 헤매던 차원의 문은 바로 종 안에 있었다. 그 날, 겨우 멈춘 회오리의 꼬리 끝에서 쓰러진 채로 종 안에서 눈을 떴을 때, 차원의 문은 요정의 세계와 연결되어 있었다. 홀리는 그 안으로 들어가지 않았다.

'모든 것을 되돌리고 모두를 행복하게 할 방법이 분명히 있을 거야. 되돌릴 방법이….'

의식을 잃었던 그 날을 분명히 기억했다. 그토록 찾던 차원의 문을 닫으려고 애쓰다 기절하고 말았던 것도. 날카롭게 비웃는 검은 형체의 비웃음이 가슴을 파고들었다.

"말도 안 되는 소리. 넌 배신당했고 실패했어."

『넌 아무것도 몰라. 수호의 마법이 나를 집어삼킬 때의 감정만이 네가 아는 전부니까!』

"아니! 인간의 욕심은 언제나 화를 불렀어. 그래서 종의 수호자인 내가 여기 있는 것이다."

그 내면의 공간은 종을 부수고 하얀요정을 해하려던 화면을 보여줬다. 분노를 억누르지 못한 사람들이 종을 도끼로 찍고 기둥에 불을 지르는 장면이었다. 또 다른 이들은 짐을 싸서 마을을 떠나고 있었다. 다시 그 장면을 보자 마음을 도려내는 듯 욱신거렸다.

『나는 분명 억울한 일을 당했다. 하지만 네가 나타난 이유는 이해할 수 없어. 그리고 너! 너는 진짜 인간을 몰라. 나는 작기도 하고 크기도 한 기적을 여러 번 봤어. 어린아이, 노인 할 것 없이.』

"기적? 그렇게 믿었던 인간에게 당해놓고 기적이라…. 안쓰럽기까지 하네. 그 믿음의 결과가 고작…. 나 같으면 처참한 꼴을 복수하고 인간에게 앙갚음하겠어. 이따위 결과를 보고도 그런 소리가 나오다니, 한심하군."

『아직이야. 난 다시 깨어났어. 결과를 보여주지 않았어. 과정

속에 있는 것이다. 멋대로 결과라고 하지 마!』

"실패한 요정 주제에 말이 많군. 욕심도 정도껏 해. 넌 실패했고 아무것도 할 수 없어."

『실패하더라도 난 다시 시작할 거야. 이루지 못한 꿈이라고 욕심이라 부르면 안 된다고 내 친구가 그랬거든! 이뤄내면 꿈인 거야. 꿈인지 욕심인지 그건 아무도 모르는 거야.』

"능력은 부족하면서 욕심만 많은 너희들이 한심해, 역겨워!"

『아니! 욕심은 더 나은 걸 하게 해. 인간이 성장하는 걸 지켜보니 재밌었어. 우리처럼 같은 과자와 차를 수천 년 동안 먹는다면 인간은 미쳐버렸을 거야.』

"…같은 과자와 차로 미쳐버리다니? 그게 대체 무슨 말이지? 만족할 줄 모르다니. 부도덕의 소치를 드러내는 꼴이 아닌가?"

『하하! 만족에서 끝날 수가 없는 거야. 맞아! 그래, 넌 고작 하루밖에 안 되는 시간으로 인간을 판단할 수밖에 없었어. 인간을 제대로 알 수 없었겠지. 하지만 10년은 꽤 긴 시간이잖아? 그 시간을 헛되이 보내다니. 역시, 넌 나야. 한심하다는 말도 인정해야겠어. 너는 나의 일부니까!』

검은 형체는 더 이상 입을 열지 않고 다른 무언가에 집중하고 있었다. 강의 표면이 쩌저저적 갈라지고 커다란 도도가 빌리와 조이를 등에 싣고 황급히 도망가고 있었다.

『얼음이 다시 깨지고 있어. 무슨 짓이지? 빌리와 저 아이를 구하겠어. 너는 나에게 흡수돼야 해.』

"어림없는 말을 하는군. 내게 기회가 왔는데! 이곳을 없애버리고 모든 것을 되돌려 놓을 기회!"

『모든 것을 되돌려 놓을 기회, 너와는 달라. 없애버리는 것이 아닌 올바른 위치로 되돌려 놓는다는 의미다!』

"넌 할 수 없어!"

『넌 할 수 없어!』

홀리는 검은 형체를 붙잡았지만, 사악하고 불길한 웃음소리에 귀를 막고 뒷걸음질 쳤다. 그 소리는 기분 나쁜 벌레가 기어가는 것처럼 어깨를 움츠리게 했다.

"교과서에 실릴 법한 이야기는 아주 잘 들었어. 나와 대화하는 기분이 들지 않을 정도로 우리는 서로 다르군. 나는 지팡이를 찾고 있었다. 줄곧 지팡이를 찾았어. 이곳은 지팡이가 없어서 애를 먹는 곳이었지. 다른 행성과는 분명히 달랐어. 종의 기운도 아주 미약했다. 그 기운을 감지하는 게 여간 어려운 게 아니었어. 지팡이가 있다면 멍청한 너와는 달리, 나는 단번에 알았을 거야! 나 역시 10년을 버린 시간이라 생각한다. 분명, 이 홀리파크 어딘가에 숨겨져 있을 거로 생각했는데…."

검은 형체는 환희에 찬 듯 기뻐하며 말을 이었다. 화면 속의 빌리는 달리는 도도에게서 미끄러져 내려 미동도 없는 홀리를 향해서 뛰고 있었다.

"저 빌리라는 아이가 나타나서 눈앞에 지팡이를 꺼내주더군. 너를 죽일 수 있는 지팡이를 가지고 제 발로 나를 찾아온 거야! 너무 재밌지 않니? 너를 되돌리려는 마법은 할 줄 몰랐어. 그게 내가 화가 난 이유다. 너만 사라지면 저 지팡이로 모든 것을 돌려놓겠다."

『모르는군. 너는 종의 하인이자 수호자임을 인정해. 하지만 나는 종이 인정한 힘을 가진 소유자, 곧 종의 주인이다.』

"얼빠진 것! 언제까지 어림없는 소리를 하려는 거지?"

『아무리 나와 같은 모습을 한들, 너는 내가 될 수 없었다. 아이들을 조금은 귀여워했네? 얼음 위에서 눈사람을 만들고 싶어 하는 아이에게 눈도 내려주고 말이야.』

"기억을 함부로 읽지 마라. 작은 인간들은 봐줄 만했어. 고작 소원이 눈사람을 만들 수 있게 눈을 펑펑 내려달라는 거였지. 한심한 소원은 몇 번 그렇게 해줬다. 굳이 모습을 드러낼 필요도 없었어. 내리는 눈의 크기만 키우면 그만이었거든. 요정의 표식인 눈꽃문양을 내 멋대로 찍어내면서!"

『네 능력은 고작 그것밖엔 안 되는 거야.』

"네 능력은 고작 그것밖엔 안 되는 거야."

『역시 너는 가짜야. 이 홀리파크에서 그 누구의 소원도 들어줄 수 없었어. 그래놓고 내 행세를 하고 있었다니. 한심하고 어림없는 건 너야! 지팡이의 기운은 아까부터 느끼고 있었어. 네가 어디 있는지 정확하게 알려준 셈이다.』

홀리는 빌리의 주머니에 있는 지팡이에게 힘을 보냈다. 자신의 존재를 지팡이에게 알리는 정도의 힘, 지팡이는 홀리의 의식과 공명하며 점점 본연의 색을 띠기 시작했다.

"어, 비, 빌리 형! 지팡이가⋯."

지팡이는 부풀어 오르다 터져버렸던 그 날을 보여주는 것처럼 처참한 모양새였다. 군데군데가 바스러진 고동색 나뭇가지일 뿐, 그 어떤 생명의 활동이라고는 없었다. 하지만 천천히 부유하더니 홀리의 손으로 안착하려고 하자, 새하얀 눈보라가 차르륵 비단처럼 감기는 효과가 나타났다. 제 주인에게 반응하듯이, 지팡이는 최초의 아름다운 은백색으로 되돌아가고 있었다. 그 순간, 검은 형체는 녹아내릴 듯이 강렬한, 자아를 잃을 것만 같은 충동에 손을 뻗어 지팡이를 손에서 튕겨냈다. 얼음 위에 떨어진 지팡이는 다시 주변의 나뭇가지와 다를 바 없었다. 하르산의 만년설처럼 지팡이의 끝에 하얀 자국이 남아있다가 스스슥 사라졌다.

"허억, 허억⋯. 제 주인이라 이건가? 지팡이를 잡기 전에 너를 먼저 흡수시켜야겠어!"

홀리는 검은 형체와 바닥을 뒹굴었다. 숨통을 물어뜯으려는 격렬한 싸움이 이어졌다. 홀리는 압도적인 힘에 밀려 의식의 절반 이상이 떨어져 나갔다. 온몸이 찢길 듯한 고통과 함께 의식을 잃어갔다. 홀리는 흐물흐물해지더니 축축한 액체가 되어 스며들고 있음을 느꼈다. 자신의 일부가 덩어리째 떨어져 나가는 공포가 엄습했다. 쿠쿠쿠쿡 하는 웃음소리마저도 멀어져갔다. 얼마 남아있지 않은 의식마저도 뺏겨야 하는 두려움에 반격할 수도 없어 몸을 숨겼다. 그 내면의 공간은 거울이 달린 것처럼 계속 검은 형체가 나타났다 사라졌다. 일부가 검은 형체에게 뜯기듯이 또다시 흡수되었다. 한 줌의 의식만이 남아있을 뿐이었지만 홀리는 정신을 차리고 힘을 모아야만 했다. 자신이 누구인지도 명확하지 않은 채 '…지켜내야 해. 나는… 지켜내야 해'라는 메아리만이 홀리를 붙잡고 있었다. 묵살해버리려는 검은 힘은 그어떤 틈도 주지 않았다.

빌리는 홀리의 텅 빈 눈을 바라보다가 두 볼을 어루만졌다. 그 눈은 점차 검은 눈동자로 차올랐다. 빌리가 알던 다정한 눈이 아니었다.

"이대로 두면 홀리가… 돌아오지 못할지도 몰라."

빌리는 홀리의 손에 지팡이를 쥐여주었다. 다음 순간, 검은 형체는 마치 튕겨 나가듯이 홀리의 의식에서 떨어져 나갔다. 불순한 존재와의 융합을 참을 수가 없다는 듯이 흉포한 힘이었다. 이미 기절했던, 홀리의 한 줌도 안 되는 의식은 서서히 떠올랐다. 거대한 빛의 덩어리가 점점 더 커지더니 내면의 공간을 가득히 메웠다. 눈이 부시다 못해 가슴 아린 빛이었다. 그 빛은 구석구석을 남김없이 파고들었다. 검은 형체는 내면에서 발하는 상서로운 빛 속으로 파묻히듯 사라졌다.

"안 돼, 이럴 순 없어!"

몸이 굳어서 미동도 없이 허공을 바라보고 있는 요정의 손에는 새하얀 지팡이가 원래의 모습으로 들려져 있었다. 홀리의 손에서 지팡이가 떨어지지 않도록 빌리가 손을 포개어 꽉 쥐고 있었다. 겹쳐 울리는 심장 소리에서 홀연히 하나의 심장 소리만이 들리기 시작할 때, 홀리는 육신의 눈을 떴다. 계속 뜨고 있던 눈동자에서 차오르는 무언가가 있었다. 그 눈은 전과는 달리 다정한 눈으로 빌리를 바라봤다. 이제야 비로소 빌리가 아는 눈이었다.

"빌리! 어디 다친 곳은 없어?"

은은한 달빛에 비친 강기슭 주변은 은빛 갈대들이 더욱 빛을 발하고 있었다. 빌리는 깊은 잠에서 깨어난 홀리를 끌어안았다.

"쓰러진 건 넌데, 상처받은 건 너잖아. 넌 정말 바보 같아."

제4부

지금이 바로
기적을 이룰
시간

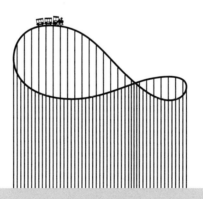

마지막 절기인 대설에 철컥하고 멈춘 12절기의 시계탑에서
는 함박눈이 날리고 있었다. 이제 모든 아이는 한곳으로 모이게
된다. 바로 사계절의 정원이었다. 마지막 절기의 정원은 사계절
이 조화롭게 어울려 있었다. 나무에는 충분히 익은 과일이 달려
있고, 가을에만 흔들리는 코스모스도 활짝 피어있었고, 소나무
에서는 아직 신록의 풋내가 풍겼다. 패랭이와 클로버가 펼쳐진
정원에서 몇몇 아이들은 작은 손으로 들꽃, 라넌큘러스, 장미
할 것 없이 꽃다발을 만들었다. 숨바꼭질하는 아이들은 개나리
나무와 동백나무의 사이를 오가며 뛰고 또 뛰었다.

광장의 거대한 분수 앞으로 보호자들은 울고 떼쓰는 아이들
을 꽁꽁 묶어서 데리고 왔다. 겨우 정원에 데려왔어도 마지막까

지 열기구에 타지 않으려고 아이들은 발버둥 치고 악을 썼다. 집으로 돌아가는 방법은 두 가지였다. 첫 번째로 열기구를 타고 집 앞까지 날아가는 방법과 두 번째로 밤에만 입장이 가능한 '별마로 천문대'에서 스스로 별똥별이 되어 집으로 돌아가는 방법이었다. 천체 투영실로 들어가서 8.3미터의 거대한 돔 스크린의 9,500개 별 가운데 자신이 되고 싶은 별을 선택하면 됐다. 별이 되어 아름다운 우주를 구경할 수 있는 천문대 입구는 아이들로 넘쳐났다. 깜깜한 우주 속의 작은 별들은 영롱한 빛을 뿜어냈다. 망원경에 눈을 대고 가장 아름다운 별을 집중해서 보면 아이 자신이 별이 되어 하늘을 떠다녔다. 그래도 집으로 가지 않겠다고 울고 떼쓰는 아이들이 훨씬 많아서 애를 써야만 했다.

"보호자의 마법은 이 마지막 순간에 제일 필요한 거 같다냥."

도도의 말대로 집으로 가지 않겠다고 자그마한 공간에 숨어드는 아이들을 억지로 귀가시키는 것이 제일 곤욕인 모양이었다. 그렇지만 홀리파크 상황실 또한 만만치 않아서 작고 커다란 선물상자를 하늘에서 뿌리고 있었다. 색색의 리본으로 포장한 선물이 하늘에서 떨어지는 순간을 참을 수 있는 아이는 없었다. 거대한 7단의 분수가 케이크로 변하고 하늘에서는 'Happy Birthday'를 초콜릿으로 그린 머핀이 쏟아졌다.

"좋아한다안한다꽃잎 할 절기다!"

전광판이 환하게 켜지며 주변을 밝혔다. 이제 마지막 열두 번째 카운트다운! 아이들은 꽃잎 한 장에 엎치락뒤치락하는 순간을 바라보며 선물을 풀고 있었다. 낮이고 밤이고 사랑을 기대하고 아파하는 순간이 생중계됐다. 여기저기서 내기요정을 불렀다. 나티는 "자, 마지막은 올인이지!"라며 모두를 놀라게 했다. 입동일 때 꽃다발을 들고 온 소년은 잔뜩 풀이 죽어있었다. 그리고 하얀 원피스의 소녀에게 무릎을 꿇고 사과하는 화면으로 넘어갔다. 잔뜩 상기된 채 화가 난 소녀는 꽃다발을 던지고는 쿵쿵 땅을 울리며 뒤돌아 가버렸다. 사랑의 순간이란 예측 할 수 없는 것!

10, 9, 8, 7….

"아니, 이럴 수가 있나요? 모두 축하해주세요! 네, 네 번째 '좋아꽃잎' 시상자가 나왔습니다. 우리 친구들! 기뻐해주세요!"

두두리가 하늘로 두 팔을 뻗자 또다시 전광판 위로 만국기가 펼쳐지고 사용된 꽃잎이 하늘에서 무수히 쏟아져 내렸다. 크리스마스 전구 같은 조명들이 차례로 켜지더니 내기요정이 단상에 아이 한 명을 데리고 왔다.

"우리 친구! 정말 축하합니다! 이 '좋아꽃잎'으로 그 누구의 마음이든 얻을 수가 있답니다!"

두두리가 내민 나무상자를 아이가 열자 평범해 보이는 열 개의 꽃잎이 달린 꽃 한 송이가 들어있었다. 시시할 정도로 평범한 꽃이었다.

"좋아꽃잎을 받기란 몹시 어려운데, 누구를 위해 쓸 건지 알려줄 수 있나요?"

"네! 열 개나 있으니까요! 저는 우리 반 남자애들 모두에게 뜯게 할래요. 우리 반 최고의 인기쟁이가 되는 게 제 꿈이에요! 한 명씩 결혼해주면 되잖아요?"

두두리님은 아이들은 모두 사랑에 욕심쟁이라고, 앞서 받은 세 명과 똑같은 말을 한다며 목젖이 보이도록 크게 웃었다.

"그럼 열 배로 사랑을 주는 아이가 되어주세요!"

사계절의 정원에 모인 모든 아이가 자신의 일처럼 "네!"하고 일제히 소리쳤다. 함성이 울려 퍼지자 꽃잎과 진눈깨비가 하늘에서 우수수 내렸고, 모두 멈춘 채 하늘을 바라보았다.

밤하늘을 밝히는 오색찬란한 폭죽이 터지며 불꽃놀이가 시작됐다. 상공에서 퍼진 폭죽은 수면 위에 파동처럼 중심부터 잇따라 포개어졌다. 전 세계의 10살 생일을 맞이한 아이를 축하하는 퍼레이드가 시작됨과 동시에, 단상에서 아이를 부르는 뭄뭄에게로 모든 시선이 쏠렸다. 좋아꽃잎 시상을 마친 전광판에서는 모든 아이의 이름이 차례차례 나오고, 그중 이름이 불린 아이는 단상으로 올라갔다.

"한국에서 온 김태이! 김태이 군 어디에 있나요?"

아이들의 시선이 한순간에 단상으로 향했다.

"우와! 무무무뭅뭅님이 오셨잖아?"

"뭅뭅이야! 저것 좀 봐! 뭅뭅이 왔어!"

무사 귀가를 위한 홀리파크 상황실의 초강수는 바로 뭅뭅이었다. 아이들은 뭅뭅이 태워주는 열기구를 아주 기꺼이 탔기 때문이었다.

"뭅뭅님, 제가 태이예요! 저는 친구랑 같이 집에 가고 싶어요! 우리는 옆집에 살거든요!"

"오, 그럼 친구의 이름을 불러보겠어요? 까꿍!"

"관우야! 이관우! 우리 같이 집에 가자!"

분수대 옆에서 손을 번쩍 든 아이가 "너 먼저 가!"라며 나왔지만, 곧바로 배시시 웃으며 열기구로 함께 들어갔다. 뭅뭅이 관우라는 아이에게 목말을 태워주고는 박수 치며 호응을 유도했기 때문이었다. 곳곳에 숨어있던 아이들이 그 모습을 보곤 너도나도 모습을 드러내며 우르르 몰려들더니 순서에 따라 질서를 지키며 단상으로 올라갔다. 케이크분수 주변을 도는 퍼레이드가 밤을 밝히고 폭죽공연은 아이들의 얼굴을 그리며 팡-팡 터졌다. 하늘에서는 함박눈이 펑-펑 날리고 있었다. 아이들의 얼굴을 연달아 그리며 포개어지는 폭죽에 아이들은 너나 할 것 없이 함성을 질렀다. 영롱한 별을 아이들의 눈동자에 부어버린 듯이 눈망울 가득히 반짝였다.

사계절의 정원에서의 이 퍼레이드를 끝으로 아이들은 광장에서 모르는 아이, 친해진 아이 할 것 없이 끌어안고 전 세계의 다양한 언어로 "생일 축하해!", "보고 싶을 거야", "사랑해" 하며 포옹했다. 그 모습에 감동한 두두리는 감동의 푸른 병을 몇십 개 꽉꽉 채우며 울고 계셨다. 아이들을 집까지 무사히 데려다주는 열기구는 하늘에서 순서를 기다렸다. 자세히 보면 폭신폭신한 구름으로 된 열기구였다. 종일 뛰놀았던 아이들은 라텍스보다 아늑한 마시멜로 의자에 앉으면 포근한 승차감에 거의 앉자마자 잠에 빠져들고 만다.

그 순간 제이의 얼굴이 폭죽이 되어 하늘을 밝혔다. 조이는 다급하게 제이를 불러봤지만 구름 열기구로 금세 들어가고 말았다. 홀리, 빌리, 조이와 도도는 펑! 퍼엉! 하고 밤하늘 위에 펼쳐지는 제이의 얼굴을 사계절의 푸른 잔디 위에서 바라봤다. 눈부시게 빛날 때마다 도도의 동공이 커졌다가 작아졌다 했다. 아이들이 떠드는 재잘거림이 하늘로 올라가 반짝이는 듯했다. 폭죽이 꺼질 때마다 짙푸른 바다 위에 은모래가 펼쳐져 있는 것처럼 무수한 별들이 깜빡이며 나타났다. 헤어질 시간이 가까워지고 쓸쓸함이 밀려왔다. 미소 짓는 두 눈에는 눈물이 어룽어룽 고였다. 하지만 모두 행복한 미소로 이 순간을 즐기고 있다.

"홀리! 너에게 줄 선물이 있어. 이야기가 긴 선물이야. 누굴 보여주는 건 처음이라서 좀 쑥스러워. 잘 봐."

빌리는 어깨에 멘 배낭에서 무언가를 펼쳤다. 크고 작은, 누렇고 새하얀 종이들도 쏟아졌다. 그 종이들은 조이의 낡은 지도와 비슷해 보였다.

"이건 홀리, 내가 마을을 떠난 직후 사진이야. 내가 파일럿이 되고 싶다고 했었지? 그래서 대회에 나가서 상을 받은 거야. 이건 초등학교 때 1등을 한 사진이고, 이건 중학교 때, 이건 고등학교 때…. 있지, 내가 많이 미웠지?"

홀리는 고개를 저으며 웅크려 앉은 빌리의 어깨를 다독였다.

"아니야, 빌리. 네가 미웠던 게 아니야…."

"나는 너를 실망시켰어. 너도 괴로웠다고 했던 말이 계속 마음에 남아있었어. 너를 이용하려고 했던 건 아니야."

홀리는 시선을 내리고 잠시 말이 없는 빌리에게 가까이 다가가며 조심스럽게 미소를 지었다. 따라 웃지 못하는 빌리를 안심시키려는 따스한 미소였다.

"너는 요정이잖아. 너에게 보여주고 싶었어. 이게 인간이고 나라는 사람이라는 거….”

함박눈과 꽃보라가 둘 사이를 날아들었다. 매화 향기가 코끝
에 닿았다. 바람이 건듯 불어 들자 온갖 초목과 꽃잎들이 내뿜
는 향기가 목 안 깊숙이 들어왔다.

“본 적도 없는 어머니가 한 번은 너무 보고 싶어서 내가 태
어난 날을 보게 해달라고 했을 때, 과거를 보여줬잖아. 그리고
그다음은 파일럿이 되고 싶어서 눈을 고쳐달라고 했고, 그다음
에는 시험을 잘 볼 수 있게 내가 아는 문제로만 나오게 해달라
고 너에게 떼를 썼지. 너도 얼마나 힘들었을까?”

“빌리, 나는….”

“인간에게 실망했을 거야. 그날, 너를 그렇게 두고 떠나버렸
잖아. 기억을 잃은 줄로만 알았어. 전혀 다른 자아가 너의 육신
을 쓰고 있는 줄은 몰랐어.”

“….”

“너에게 사과하고 싶어. 소원을 이뤄줬는데 내가 바로 다음
소원을 말했을 때, 그때 너의 표정을 기억하고 있어. 잘못된 걸
알았지만 어쩔 수 없었어. 너무 이루고 싶었거든…. 이것 봐. 내
힘으로 이렇게 이뤄냈어. 보이지? 소원을 들어줘서 정말 고마
워. 네가 눈을 고쳐주지 않았다면 난 시험조차 볼 수 없었을 거
야.”

"그건, 네가 해낸 거야."

"끊임없이, 끊임없이 계속, 계속 소원이 생겼어. 미안해."

조이는 소원이 계속 생기는 게 왜 미안한지 궁금했다. 어제까지는 꿈이 일곱 개였고, 오늘은 형처럼 비행기 조종사가 되고 싶은데…. 그럼 조이는 꿈이 여덟 개나 있는데 말이다. 꿈이 세 개인 친구보다 열 개인 친구가 멋있는 거 아닌가? 그때 깜깜한 밤하늘 위에 환하게 터진 폭죽 아래로 수많은 인파 속에서 은으로 된 투구를 쓴 티라노가 나타났다가 어둠 속으로 사라졌다. 조이는 궁금한 것도 잊어버린 채 눈으로 부랴부랴 라노를 쫓았다.

"…알고 있었어, 빌리. 그게 인간 그 자체니까. 꿈틀대는 마음을 모른 척하는 게 힘들었어. 절대 들어주기 싫어서가 아니야. 더 좋은 걸 가져야 하고 새로운 꿈을 이루고, 그게 바로 인간이란 걸 나도 알고 있었어. 내가 괴로웠던 건…. 점점 쉽게 얻으려는 마음에 실망도 했지만, 그 과정을 뺏을까 봐 그게 더 괴로웠어. 결과만을 주고 싶지 않아서 괴로웠던 거야."

빌리는 자신의 울먹이는 표정을 느끼고는 서둘러 고개를 돌렸다.

"그리고, 너의 눈물도…."

"아니야. 고마워, 홀리. 이렇게 다시 만난 것만으로 나는 특별한 선물을 받은 거야!"

"열 살이었던 너랑 이런 대화를 하다니. 잠에서 깼더니 빌리가 이렇게 어른이 되어있어서 서운하지만, 또… 정말 행복해."

별마로 천문대에서 피융—피융— 쏘아 올리는 별똥별을 보며 둘은 재미난 일이 생각난 듯 웃었다.

"나, 하늘을 날 수 있어. 홀리! 조이! 내가 하늘을 날 수 있게 해줄게. 보여줄게."

그의 배낭에 있던 온갖 설계도들이 바람에 날려 조이의 얼굴에서 펄럭거렸다. 빌리는 설계도와 똑같이 생긴 기계의 활강레버를 올렸다. 10년 전이었을 것이다. 설계도의 뒷면에는 크레파스로 그린, 네 개의 날개를 지닌 홀리가 하늘을 날아다니는, 열살 아이의 그림일기가 그려져 있었다.

"아주 소중한 설계도지만 이제는 상관없어. 너를 만났으니까!"

마치 배낭같이 생긴 본체에는 깃털도 날개도 펄럭이는 천도 없었다. 하지만, 그 물건은 곧바로 하늘로 날아올랐다. 바람이 없어도 도약이 없어도 날 수 있다니. 게다가 지팡이도 없이! 그건 정말 마법 같았다.

"홀리, 이리와. 내가 이제 너를 날게 해줄게. 이제 내가 너의 날개가 되어줄 거야."

요정이 빌리의 손을 잡자, 순간 요정은 숨이 멎을 만큼 아름다운 순백색으로 보였다. 조이는 고개를 흔들고는 눈을 비볐다. 그래도 요정님의 푸른빛은 아름다웠다.

"조이! 뭐 하고 있어? 너도 이리와!!"

자신을 부르는 소리에 깜짝 놀라 달려온 조이에게 철컥철컥하고 안전벨트가 한 개 더 채워졌다.

"2인용으로 설계된 거라 꽉 붙잡아야 해!"

그리고 아이들이 타고 있는 색색의 구름 열기구가 띄워진 하늘로 날아올랐다. 조이가 숨을 들이쉬기가 무섭게 고개가 뒤로 젖혔다. 상승기류가 불고, 빌리의 기계는 바람을 타고 빠른 속도로 활강했다. 처음에는 산들바람 정도로 머리카락이 스치며 간지러웠지만, 속도가 너무 빨라서 눈에서 눈물이 날 정도였다. 구름 열기구에서 놀란 아이들과 직원들이 급하게 방향을 틀었다.

"앗, 이게 무슨 일이죠?"

집으로 향하는 아이들은 구름 열기구 속에서 잠이 들어있기도 했고, 뒤돌아 홀리파크를 향해 손을 크게 저으며 인사를 하기도 했다. 조이도 손을 마구 흔들며 친구들을 향해 "날고 있어! 마법이 없어도 날고 있어!"라고 소리쳤다. 그때 갑자기 나타난 도도가 "냐아악!" 하며 빌리의 한쪽 팔에 붙는 바람에 순식간에 무게중심을 잃고 휘청했다. 무지개색의 구름 열기구 위로 다 함께 쓰러져서 하늘을 바라보며 웃었다. 쓰러지듯이 착지한 구름 열기구는 잠이 들어버릴 만큼 포근했다.

"맙소사! 도도! 갑자기 또, 또, 또 어디에서 나타난 거야??"

"괜찮아. 다들 꽉 잡아, 더 높은 상공으로 올라가게 될 테니까!"

빌리는 몇 번의 조작으로 모두를 구름 위로 끌어올렸다. 방금 착지했던 구름 열기구가 동전만큼 작아 보일 때까지. 요정은 빌리 옆에서 지상을 내려다보며 처음으로 감동에 젖은 눈빛을 짓고 있었다. '요정님이 환하게 웃으셨어!'

"어때? 내 선물이?"

"빌리, 내가 왜 웃는지 알아? 난 결코 네 눈을 고쳐 준 적이 없어. 나는 인간에 대한 믿음을 절대로 저버리지 않을 거야."

"말도 안 돼! 시험문제가 다 아는 문제로 나온 것도 그럼….."

홀리는 바람에 헝클어진 빌리의 머리를 쓰다듬었다.

"꼬맹이가 아주, 공부를 열심히 했네?"

도도가 기기 본체에 달린 조명에 정신이 팔려 참지 못하고 툭툭 치기 시작했다. 절그럭 소리가 들리고 무슨 버튼을 누른 건지 순식간에 중심을 잃고 머리부터 떨어졌다. 그 와중에 요정이 소리쳤다.

"걱정하지 마. 떨어지지 않게 해줄게!"

"아니! 이제 소원을 빌지 않겠어. 이미 그 소원으로 지금의 내가 된 거야."

빌리는 홀리의 지팡이를 뺏더니 하늘로 던져버렸다.

"안 돼, 빌리! 무슨 짓이야!"

"형! 미쳤어요?"

휘릭휙휙휙휙 바람 소리와 함께 지팡이가 날아갔다. 마침내 구름 속으로 사라지자 겁을 먹은 도도가 조이의 뒤통수에 달라붙었다. 그 바람에 조이는 말도 제대로 할 수 없었다.

"빌리 형, 지팡⋯. 읍읍⋯. 지팡이를!"

"자, 봐. 날아오를 수 있어, 나를 믿어줘!"

기계는 순식간에 다시 날아올랐다. 빌리는 어떤 바람을 맞아야 하늘로 오르는지 이미 알고 있다는 듯이 능숙하게 방향을 잡았다. 펼쳐진 하늘에는 아무것도 막을 것이 없었다. 기분 좋은 바람이 조이를 다시 간지럽혔다. 구름이 느긋하게 헤엄을 쳤다. 이리저리 균형을 잡으며 눈앞이 흔들렸지만, 곧 조이의 시야는 별들과 함께 떠 있다고 느낄 정도의 상공에 멈췄다.

"흑⋯ 흐윽⋯. 안 돼!"

솜을 쌓아 올린 듯한 뭉실뭉실한 구름을 조이가 손으로 저으며 걷어냈다. 요정은 고개를 떨군 채 울고 있었고 어깨에는 빌리의 배낭이 보였다. 그 짧은 순간에 빌리는 요정에게 배낭을 메어줬다. 순간적으로 조이는 자신의 팔 끝을 스쳐 떨어지는 무언가가 있다고 생각했었다. 조이가 허둥거리며 아래를 내려다보며 소리쳤다.

"빌리 형! 내려가요. 배낭아, 내려가게 해줘!"

본체를 더듬거리며 방법을 찾던 조이가 하강 레버를 누르자 서서히 아래로, 아래로 내려갔다. 한참을 내려가서야 온통 새하얀 눈 위에 떨어진 빌리가 보였다.

"아, 저기예요. 안 돼…. 저기 떨어져 있어요! 빌리 형이에요!"

"빌리!"

조이는 빌리가 떨어진 눈밭 위를 뛰었다. 여전히 눈은 차갑지도 녹지도 않고 폭신했다. 미동조차 없는 빌리의 몸이 1미터는 쌓였을 눈 위에 시체처럼 얼어붙은 듯 놓여있었다. 발이 눈속으로 파묻히자 조이는 요정과의 연결을 끊어버리고 눈을 푹푹 밟으며 뛰었다. 곧이어 요정도 빌리 옆으로 뛰어와 무릎을 꿇고 지팡이를 꺼내려고 했지만 이미 허공에 던져진 뒤였다.

"의사 선생님에게 데려가면 살 수 있을 거예요. 우리 왕할머니도 10년 전부터 아프셨는데 아직 살아계시거든요! 보세요. 피 한 방울 없이 이렇게 푹신한 눈으로 떨어졌으니까요."

요정은 빌리의 머리카락을 다정하게 쓰다듬었다.

"빌리, 우리는 가족이었어. 나도 너처럼 망설이지 않겠어."

그리고는 두 손을 모아 무언가를 빌었다.

지축이 흔들리고 저 멀리 아이들의 얼굴을 했던 불꽃놀이는 푸시식 사그라졌다. 하늘 끝까지 솟아올랐던 바이킹의 끝이 흔들리더니 점차 아래로 내려앉기 시작했다. 요정도 형체가 아른 아른 사라질 것만 같았다. 조이는 흔들리는 땅 위에서 겨우 중심을 잡으며 애원했다.

"그만두세요…. 요정님도 사라지고 있잖아요. 빌리 형은 살릴 수 있을 거예요. 제발! 제발, 그만두세요! 홀리파크를 지켜주세요!!"

"빌리를 구해야겠어. 모두의 홀리파크를 끝까지 지켜내지 못해서 미안해. 빌리를 부탁한다."

요정을 말리는 그 순간에도 조이는 자신이 더 울고 싶은 심정이었다. 사라질 것만 같은 홀리파크와 쓰러진 빌리, 요정님의 희미해지는 윤곽. 조이는 왈칵 눈물이 차올랐다. 아무것도 모르는 편이 나았을지 모른다고, 머리가 지잉- 울리고 관자놀이가 쿡쿡 쑤셨다. 그때, 갑자기 차원의 문이 열리더니 허공에서 커다란 지팡이를 든 요정의 왕이 나타났다. 별안간 눈앞에 요정의 왕이 나타나자 놀란 나머지 조이의 이마에 땀방울이 송글송글

맺혔다.

"아, 아버지세요? 저는 소멸해도 괜찮으니 여기, 여기 빌리를 살려주세요."

고개를 숙여 문을 빠져나온 그는 왕관을 고쳐 쓰며 되물었다.

"소멸이라니? 갑자기 힘을 다 쓴 것 같아서 나눠주려고 온 것이란다. 응급조치지!"

"네? 그게 무슨…. 자신을 위해서 힘을 쓰면 금세 소멸한다는 경고는 대체…."

"아, 잘은 모르겠다만…. 아주 절약해서 힘을 썼더구나? 힘을 다 쓰면 내가 요정의 힘을 충전해주러 이렇게 온단다."

"네? 뭐라고요?"

요정의 왕은 당황한 기색도 없이 태연자약했다.

"훌륭한 일을 해냈구나. 수천 년이 걸려도 못하는 일을 네가 한 거란다. 충전은 공문을 보내서 간단히 처리해도 되지만, 훌륭한 일을 치하하기 위해서 직접 온 것이다. 너는 나의 5,789번째 자식이니까, 이름이… 잠깐만…."

"제가 2,000대도 아니고 5,000대였나요?"

"이 우주는 할 일이 아주 많단다. 어디 보자…. 기억이 날 것 같은데…. 자랑스러운 나의 딸아, 이름이…."

요정의 왕은 기억하기를 그만두고 명부를 꺼내더니 침을 묻히고 뒤적이고 있었다.

"아버지, 저는, 제 이름은 홀리예요!"

"음? 아니지, 아니야. 그 이름은 아닌데. 네 이름은…. 여기 찾았다!"

홀리는 왕의 입에 손을 대고 '비'로 시작하는 그 이름을 재빨리 막았다. 그리고 아주 기분 좋은 청량감을 드러내며 싱긋 웃었다.

"저는 홀리예요. 제가 그렇게 정했어요."

굵직한 왕의 눈썹이 씰룩하며 고개 전체가 끄덕였다.

"듣고 보니 아주 좋은 이름이구나, 홀리! 자랑스러운 나의 딸, 홀리야! 인간을 위해서 자신의 목숨을 내놓는 일은 지구에서 수십억 년 동안 단 몇 번밖에는 없었던 일이다. 그동안 너를 지켜보고 있었단다. 아주 잘해냈다."

"저를요? 아버지…. 저를 지켜보고 계셨다고요? 정말이세요?"

"모든 부모는 자식을 지켜보는 법이지. 조금 바쁘긴 했지만 말이다."

"더 일찍 오셨어야 해요. 저는 아무것도 모르고 이 힘이 다하면 소멸된다고 알고 있었어요. 종을 찾지도 못했다고요! 제

종은 어디에 있나요? 아무리 찾아도 없었어요. 죄송해요, 아버지…."

"우리 홀리, 연결된 종을 보지도 못했다는 말이니?"

홀리는 끄덕이며 지금까지의 일을 설명했다. 종이 울리면 소원을 들어줬으나 정확한 종의 생김새와 힘은 알 수 없었음을. 요정의 왕은 후한 미소로 껄껄 웃었다.

"이런, 몹시 고생한 모양이구나. 어디 보자꾸나. 우리 홀리와 연결된 종을."

왕이 지팡이 끝에서 시작된 광선을 홀리에게 살짝 갖다 대자 빌리와 연결이 됐다. 그렇게 연결된 빛의 끝에서 조약돌만 한 종 모양이 생겼다. 요정의 왕이 지팡이를 살짝 흔들자 그 종은 두둥-두두둥-둥둥 소리를 냈다. 진짜 종이 울리는 소리를 듣다니! 기쁜 마음에 어떨 줄 모르던 조이는 자신의 풀떡거리는 심장에 손을 갖다 댔다.

'정말 형이 말한 그대로야!'

"일단, 종에는 아무 문제가 없구나?"

다급하게 빌리를 깨우려는 홀리가 말했다.

"아버지! 여기 빌리요, 빌리를 살리려면 어떻게 하지요?"

요정의 왕은 지팡이를 든 반대편 손을 그의 턱에 대고 눈 위에서 미동도 없는 빌리를 가만 지켜봤다. 그리고는 아무 걱정하지 않아도 된다는 눈빛으로 말했다.

"걱정하지 말거라. 저 아이의 손을 펴보렴! 아주 영특한 인간 아이로구나."

조이는 재빨리 빌리의 손을 펼쳤다. 아무것도 나오지 않았다. 곧바로 펼친 오른손에는, 날개의 잎 한 장이 파닥였다. 손바닥을 벗어나 힘겨운 날갯짓으로 날개의 나무가 있는 방향으로 균형을 잡고 날기 시작했다. 오른손에서 날개의 잎이 떠남과 동시에 빌리는 곧바로 푹신한 눈 속으로 파묻혀 머리카락 한 올 보이지 않았다.

"날개의 잎이에요! 왜 이 생각을 못 했을까요? 빌리 형은, 눈 위에 떨어진 게 아니고 그 위에 떠 있던 거예요!"

"더 힌트를 주자면 그 아이는 그냥 기절해있단다."

요정의 왕은 홀리를 눈 깜짝할 새에 특별한 공간으로 이동시켰다. 종을 찾기 위해서였다. 그곳은 마치 태양계의 끝에서 별들의 움직임을 관찰하는 천문대와 같았다. 얼음과 암석으로 된 눈사람 모양의 소행성은 '아로코스(Arrokoth)'라고 불렸다. 스스로 움직이며 무언가를 기록하는 거대한 망원경 몇 대가 시선을 사로잡았다. 가장 큰 공간을 차지하는 슈퍼컴퓨터도 각종 수치를 바쁘게 나타내고 있었다. 아주 어릴 적 와본 적이 있던 홀리는 옛 기억을 끄집어내며 사방을 둘러봤다. 견학 삼아 수백 명의 친구와 왔던 까마득한 기억 속 천문대는, 왕의 집무실로 쓰이고 있었다.

"여기는…. 아버지의 집무실이에요! 아버지는 이 수치들을 보고 늘 일을 하고 계셨군요. 저기, 빨간 불이에요! 저기도, 저기도요!"

각종 모니터와 크고 작은 수치들이 왕의 눈앞에 우르르 몰려들었다. 삐르륵 삐륵 기계음이 들리는 방향에는 요정의 이름과 종이 있는 장소가 빼곡히 입력돼있었다. 요정의 힘이 얼마 남지 않은 장소에는 자동으로 전자공문이 발송되도록 기안문이 올라와 있었는데, 왕은 모두 전결로 처리했다.

"매일매일 출근길이 전쟁이란다. 왕이라고 별수 있니? 화형 당하기 직전에 꺼낸 적이 셀 수도 없어 놀랍지도 않구나. 잠깐 다녀오마."

요정의 왕은 깜빡할 뻔했다며 차원의 문에서 손을 불쑥 내밀더니 "이걸 좀 보고 있으렴"이라고 말했다. 그렇게 거대한 화면을 가리키고는 사라졌다. 케플러-452b라고 되어있는 1,400광년 떨어진 행성이었다. 지도에는 은빛으로 반짝이는 종 모양이 브라이슨주에 있었고 종의 관리자 이름도 함께 적혀있었다. 홀리는 시스템에 햄스빌이 있는 행성, 지구를 검색했다.

"종이 없어…."

화면상의 지구를 한 바퀴 돌려봐도 밝게 빛나는 종의 형태는 보이지 않았다. 홀리는 입체로 돌아가는 화면에서 아래위를 보려고 고개를 숙이고 발꿈치를 올려가며 안간힘을 썼지만, 종은 없었다.

"어떻게 된 거지? 이 행성도, 저 행성도 모두 종이 있는데…."

"자, 이렇게 확대해서 자세히 보렴. 특이한 형태구나."

어느새 홀리의 뒤에 나타난 아버지가 화면을 확대했다. 푸른빛의 지구를 더, 더, 더 확대했다. 그 작은 빛들은 여름날 강물 위로 은물결이 반짝이는 것처럼 일렁거렸다. 확대하고 나서야 매우 작은 그 빛은 찬연한 빛을 뿜어냈다. 살아있는 듯한 작은 움직임은 꾸물대고 있었다. 날카로운 송곳으로 밤하늘을 무수히 찔렀을 때 새어 나오는 빛 같아 보이기도 했다. 다른 행성처럼 응축된 빛은 아니었지만, 사금을 뿌린 듯이 신비로운 반짝임이었다.

"지구인에게만 있는 특성이란다. 이들은 각자를 소우주라 여기는 특별한 힘을 가졌다. 인간들은 스스로 종을 울릴 수 있도록 마음속에 종을 한 개씩 갖고 산단다. 특히 타인을 위해 종을 울릴 때는 힘이 몇 배는 강력해지지. 우리 요정의 세계에도 그 큰 힘을 주게 되는데, 그걸 사랑이라고 부른단다."

"…사랑이라고요?"

"그리고 나눌 수 있는 힘이라고 되어있구나. 보통 다른 행성에서의 힘은 자신을 위해서만 한정되는데 말이지. 이 힘은 나눠도 작아지지 않아. 오히려 더 커지는 힘이다."

홀리는 이 작은 반짝임을 한데 모은다면 우주를 밝힐 것만 같다고 생각했다. 일렁이는 빛은 그 모습 그대로 아름다웠다.

"…그래서 종은 오직 자기 자신에게만 들렸던 거예요."

요정의 왕은 덧붙여진 설명을 읽어보게 해주고는 또 사라졌다. 화면에는 종의 특징과 설명이 적혀있었다. 지구 행성 설명서 밑으로 지금까지의 전임자들이 이곳에 왔다가 짧게 남겨놓은 코멘트가 달려있었다.

– 지구인이 직립보행을 시작한 지 얼마 되지 않았을 때 첫 부임을 했다. 아주 오랜 시간이 지난 후 고도화된 문명을 알려준 적이 있다. 편의를 위한 일이었으나 문명의 발달이 너무 급격하게 이뤄진 바람에 황급히 철수. 이 일로 과실, 규정 위반에 대한 시말서를 제출했으므로 확인 바람. 대략 6,000년 정도 된 일이다. 불과 2,000년 된 얼마 전의 일도 흔적을 남겨둔 것 때문에 그중 몇 개가 7대 불가사의로 불리기 시작했다. 남겨둔 흔적을 지금이라도 지워야 한다는 의견이 있었음.

― 새로 부임한 이곳은 아주 중요한 행성이다. 순수한 빛의 나라, 흰 눈의 순수한 빛을 자양분 삼는 우리 요정세계에 힘을 보태주기에 사랑의 힘을 쓰면 인간들은 따스함을 느끼게 된다. 그건 요정의 나라에서 겨울을 유지하는 데 필요한 힘을 보태주기 때문인 것을 발견했다. 인간은 마음 온도가 올라가고 우리의 겨울은 그 힘으로 더 순수한 빛을 낼 수 있다. 이것은 진정한 공생관계. 요정의 나라에 필수인 겨울의 힘을 실어가기에 인간은 따스함을 느낀다. 이것은 인간에게 아주 귀중한 감정이다. 재밌는 점은, 이 이유를 인간은 아직 모르고 있고 마음이 '훈훈해졌다/따뜻해졌다'고 표현한다.

― 지구인이 사랑을 하면 요정의 나라는 그 힘을 받게 되므로 사랑을 적극적으로 장려하도록 한다. 사랑의 힘은 나누면 나눌수록 커지는데, 그 어떤 고도화된 문명으로도 밝혀낼 수가 없는 힘이다. 나누기를 했는데 그 결과는 곱하기보다 크다!

― 현재 티가든B 행성으로 전근 왔다가 짧게 남김. 지구는 티가든 B 행성처럼 힘을 충전할 일이 많지 않다는 걸 깨달음. 지구인들은 힘을 스스로 충전하기 때문. 비교적 취미생활도 보장되는 정도의 업무량. 이곳은 한쪽은 영원한 낮, 다른 한쪽은 영원한 밤이 이어진다. 사계절이 아름다운 지구에서만 일하고 싶다.

－ 겨울에 아주 유명한 산타클로스는 지구에서 가장 유명한 요정임. 겨울에만 활동하는 이유는 이 힘을 받아 요정 나라의 실적이 아주 좋기 때문. 매년 아이들에게 선물을 나눠주는 것을 잊지 않음. 아이들은 어른보다 순수한 사랑을 크게 키우는 아름다운 존재이기 때문이라고 함. 울게 되면 감정의 소모가 크므로 울지 않게 아이들을 달래는 방법으로 순수한 빛의 세계에서 실적을 크게 올리고 있음.

　"산타클로스가 다른 행성에서 일하다가도 매년 겨울이면 찾아오는 이유가 이거였어!"

　그 순간, 홀리의 영혼은 다시 자신의 육체로 휩쓸리듯 되돌아왔다. 불과 1분도 지나지 않은 시간이었다. 요정의 왕은 홀리를 끌어안으며 공을 치하했다.

　"아주 똑똑한 아이로구나, 이제 궁금한 점은 모두 풀렸니? 다시 본론으로 돌아가면, 가장 고귀한 일을 해낸 나의 5,789번째 아이… 홀리야."

　"윽, 그냥 홀리라고 해주세요."

　"흠흠. 가장 고귀한 일을 해낸 나의 소중한 아이, 홀리야. 요정들의 아버지이자 왕으로서 너에게 앞으로도 인간들을 지켜낼 힘을 다시 한 번 내리겠다. 지구와의 공생과 번영을 위해, 또한 이 홀리파크도 후대까지 이어질 힘이다."

얼음기둥 같은 투명한 지팡이에서 섬광이 번쩍하고 빛을 발했다. 그 빛은 희고 푸른 빛의 소용돌이가 되어 홀리를 감싸 안았다. 제 주인의 주문을 들은 투명한 지팡이는 은백색으로 차올랐다. 눈보라가 한바탕 휘몰아치고 그 속에서 하얀요정의 날갯짓이 존재감을 드러냈다. 은백색의 아름다운 날개 주변으로 흩날리는 눈꽃. 그 옅은 빛의 날개는 네 개의 은빛 광채를 활짝 펼치며 날아올랐다. 조이는 그 모습을 넋을 놓고 보다가 빌리를 서둘러 깨웠다.

"빌리 형! 일어나 봐요! 푸른요정님이 대요정이 되셨다고요! 어서요!!"

빌리는 조금씩 눈을 떴고 눈앞에서 이리저리 날아다니는 홀리의 모습에 눈을 번쩍 떴다. 그리고 바로 옆에 열린 차원의 문으로 나온 요정의 왕을 보고선 벌떡 일어났다.

"홀리! 가지마!! 기다려. 제발 가지 마…."

바로 그때였다. 빌리의 눈에서 눈물이 흐른 것은.

'어, 어떻게…?'

빌리는 믿을 수 없다는 듯이 스스로 물었다. 이 느낌, 이 감촉…. 눈물이 뺨을 타고 흐를 때의 기분은 심장을 파고들었다. 가슴 속부터 뜨겁게 북받쳐 오르는 이 눈물이 없다면, 마음에서 전해지는 수많은 감정을 제대로 느낄 수 없음을 깨닫는 데는 제법 오랜 시간이 걸렸다. 기쁨과 슬픔, 감동과 환희가 섞인 눈물은 뺨을 타고 흐르고 있었다.

빌리는 전학을 간 학교에서 괴물이라고 놀림을 받았다. 친구가 아파서 병문안 갔을 때도, 만화영화를 보다가 별안간 슬펐을 때도, 체육대회에서 넘어져 무릎에서 피가 났을 때도, 배가 아플 정도로 웃겼을 때도, 열한 번째 생일에 엄마아빠가 깜짝 생일파티를 해줬을 때도, 크리스마스트리 아래에서 선물을 풀었을 때도 울지 못했던 소중한 시간들을 떠올렸다. 그러자 더더욱 눈물이 멈추지 않았다. 심장에서 차오른 눈물이 목 언저리까지 차올라 목을 꽉 막는 기분이었다.

"다시 울고 싶을 때 울 수 있어. 이제 나도 울 수 있는 사람이 됐어. 울고 싶으면… 울어도 돼."

홀리는 빌리를 어린아이 달래듯이 안아주었다.

"빌리, 돌아왔구나! 미안해. 울지 못해서 괴로웠지? 정말 미안해…. 아버지께서 만들어주신 건가요?"

"저 인간 아이가 스스로 해낸 일이다."

요정의 왕은 자상한 미소를 지으며 고개를 저었다. 가슴이 뻐근하도록 자랑스러운 아이들이었다. 빌리는 믿을 수 없다는 듯이 툭툭 떨어지는 눈물을 두 손으로 받았다. 손바닥 위의 투명한 눈물은 마치 온 세상이 담겨있는 듯했다. 눈물 속에 비친 세상을 바라보자 목울대가 떨려왔다. 이 순간을 아주 오래 그리워 해왔다. 울고 싶었을 때 울지 못했던 어린 날들과 수많은 감정이 뒤엉켜 목이 메었다. 이제라도 그 시간들을 위해 울어주고 싶었다. 아주 오래 울고 싶었다.

"그런데 아버지, 죄송하지만… 이게 끝인가요?"

자신의 몸을 이리저리 돌아보더니 의아해하던 홀리가 조심스레 입을 열었다.

"음. 뭔가 그대로인 것 같아서요."

"그대로라니! 푸른요정에서 이렇게 순수하고 아름다운 순백의 요정이 되지 않았니? 보렴, 하늘을 날 수 있는 멋진 날개도 생겼고. 날개를 펄럭일 때마다 아름다운 눈꽃이 주변을 감싸는 모습이 정말 황홀하고 아름답구나!"

"하지만…. 저는 원래 하얀요정이었는걸요? 이렇게 가만히 있어도 눈보라와 함께 눈꽃이 피어오르지는 않았지만요. 힘이 약해져서 날개도 없이 푸른색이 되었던 거예요. 다 보고 계셨다면서요?"

"흠흠. 고, 고오오오 귀한 일을 해낸 요정에게만…."

빌리가 두 눈에 눈물이 가득 고인 채로 하얀요정을 힘껏 안았다. 두 눈에 넘쳐흐르는 눈물에 하얀요정의 형체가 부옇게 일렁일렁했다.

"홀리! 예전의 네 모습으로 돌아와서 정말 기뻐. 오늘은 인생 최고로 기쁜 날이야!"

어디선가 시작된 연이 차츰차츰 고도를 높이고 있었다. 마침내 하늘에 당도한 연이 바람을 맞아 훨훨 날았다. 둘은 동시에 소리쳤다.

"네 본모습으로 돌아와서 정말 기뻐!"

"집무실로 돌아가기 전에, 저 작은 인간 아이에게도 감사의 표시를 해야겠구나!"

조이는 요정의 왕이 바라보자 잔뜩 긴장했다.

"저, 저 말인가요?"

"그렇단다. 네가 존재했기에 가능한 일이었다. 아이들은 존재만으로도 아름답다지! 이리 오렴. 세 가지 소원을 들어주마."

요정의 왕은 조이를 한 손에 안아 올려 눈높이를 맞췄다.

"세, 세 가지씩이나요? 저는 그렇게 많이는 필요 없는걸요. 제 소원은 한 개예요! 제 동생 나오는 많이 아파요. 나오의 머리에 있는 구름을 없애주세요!"

요정의 왕이 얼음기둥 지팡이를 살짝 휘두르자 빛이 조이를 감쌌다. 어느새 조이와 요정의 왕은 새근새근 잠들어있는 나오의 침대 앞이었다.

"으악! 여, 여기는 우리 집이에요!"

요정의 왕은 지팡이를 들어 나오의 이마에 조심스럽게 갖다 대었다.

"착하지. 그래그래, 아주 착한 아이로구나. 자, 이제 동생은 걱정할 게 없단다."

조이는 약간 미심쩍은 눈빛으로 요정의 왕이 들고 있는 지팡이를 슬쩍 곁눈질로 쳐다봤다.

"아, 아무것도 안 해주셨잖아요?"

"허허허허. 촉이 아주 좋은 아이로구나! 머리에 있는 구름이라니, 무슨 소린가 했다. 선한 아이야. 이 구름은 이미 천천히 사라지기 시작했구나. 이제 세 살 밖에 안됐지만 아주 강한 아이란다. 왜냐하면, 아주 강한 어머니께서 느린 시계를 빠르게 돌리고 계셨거든."

"맞아요…. 어떻게 아세요?"

새근새근 잠든 나오는 정말 아기천사 같았다. 나오의 시간은 느리게 흐를 뿐이라는 엄마의 말을 요정의 왕은 잘 알고 있는 것처럼 말했다.

"이건 더 큰 기쁨을 위해서 내가 당장 들어 줄 수 없는 소원이란다. 어머니가 쌓아 올리신 위대한 공을 내가 중간에 가로챌

수는 없지 않겠니? 동생의 시간은 이미 제 속도로 흐르기 시작했단다. 다음 달이면 알게 될 거다. 다른 소원을 들어주마."

"우와! 그게 정말이에요? 나오가 낫게 되나요? 그럼 저는 다른 소원은 없어요!"

"…어머님께서 너를 정말 훌륭하게 키우셨구나."

요정의 왕이 조이의 이마를 살짝 콩 하고 맞대자 기다란 코끝이 닿아 차가웠다. 요정의 왕은 조이에게 훌륭한 다짐을 존중하지만, 일생에 한 번뿐인 기회니 다시 생각해보라며 껄껄 웃었다.

"아, 그럼…. 왕할머니가 백 살까지 살게 해주세요!"

그러자 더 큰 웃음소리가 집안을 울렸다. 하지만 침대에서 소록소록 잠든 아기천사도, 소파에서 깜빡 잠이 든 엄마도, 엄마의 슬리퍼를 잘근잘근 씹으며 놀고 있는 제이크도 아무것도 듣지 못했다. 평화로운 오후였다.

매일 매일이 휴일이 되는 놀이동산, 가장 소중한 오늘!

어떤 기적을 이루셨나요?

이곳은 기적의 공원, 홀리파크!

아이들의 꿈만이 입장할 수 있는 곳!

언제나 휴일인 축제의 공원,

신성한 하얀요정이 소원을 들어주는

홀리♪ 홀리♪ 홀리파크!

우리 모두 모여, 한목소리로 노래하네♪

어린이들의 꿈과 소원을 이뤄주는 신비의 공원!

홀리파크로 오세요, 까꿍!

돌아갈 시간은 이미 넘어섰다. 숨어있는 아이들을 다섯 명이나 찾은 나티가 한 번에 구름 열기구에 우르르 넣어서 하늘로 올린 것이 마지막이었다. 이제 조이만이 남아있었다. 요정의 왕은 무언가 감지된다면서 날아갔던 홀리의 지팡이를 찾아주었다. 다시 차원의 문으로 들어가는 왕에게 조이는 꾸벅 인사했다.

그때, 뭅뭅이 나타나 조이에게 다친 곳은 없는지 묻고는 연신 고개 숙여 사과했다.

"얼음고래에게 다 전해 듣고 오는 길입니다! 용감한 조이 친구 덕분에 하얀요정님이 돌아오셨다고 들었어요! 정말 대단한 일을 했어요. 까꿍!"

그리고 언젠가 하얀요정이 돌아오시리라 믿고 있었다며 콧잔등이 새빨개져서는 조이를 끌어안고 펑펑 울었다. 모두가 기다려왔던 순간을 조이가 함께할 수 있다니! 조이는 자신이 자랑스러워서 눈물이 났다. 본점의 미니뭅뭅처럼 스스로 열렬한 박수를 치고 싶었다. 한 편으로는 오늘 있었던 일들이 거짓말 같은 묘한 기분에 사로잡혔다. 마치 실제로 일어나지 않은 꿈처럼 느껴졌다.

"까꿍! 우리 조이 친구 덕분에 이제 어떤 홀리파크로 변하게 될지 저도 무척 궁금하답니다! 다친 곳이 없어서 정말 다행이에요."

하얀요정 홀리가 뭄뭄과 마지막 인사를 나누는 조이에게 날아오자 눈꽃이 휘날렸다.

"오늘 이 힘을 되찾아서 무엇이든 들어줄 기운이 넘쳐! 게다가 진짜 종에 대해서도 알게 되었어. 이제야 의문이 풀렸어. 정말 고마워. 나에게 원하는 게 있니?"

"요정님! 저는 아홉 살 때부터 소원을 딱 한 개만 생각했는데, 그 소원은 이뤄진대요. 그래서…. 없어요!"

하얀요정은 날갯짓도 멈추고 조이의 두 손을 잡더니 무릎을 꿇고 말했다.

"사양하지 말고 말해. 사실 원래의 이 모습을 되찾지 못할 거로 생각했어. 정말 고마워. 보답하고 싶어."

"정말 없어요. 요정님! 아까 요정의 왕께 말한 소원, 그게 다예요. 다른 사람들 소원을 들어주세요!"

"뭐? 그게 정말이니?"

271

"정말이에요! 나머지는 저 스스로 이룰 거니까요!"

뭄뭄도 옆에서 옆구리를 찌르며 거들었지만 조이는 고개를 가로저었다.

"하얀요정님이 들어주는 소원을 마다한 첫 번째 아이가 되 겠는걸요!"

구름 열기구를 타기 전, 빌리는 자신의 배낭을 조이의 작은 어깨에 걸어줬다. 배낭에서 꺼낸 멋스러운 초록색 비행모자도 함께였다. 조이가 모자를 쓰고는 빌리를 꼭 안았다.

"생일 축하해! 조이, 도와줘서 정말 고마워. …생일에 목숨 이 위태로울 뻔했네. 너무 위험한 일이었어. 너는 큰일을 해낸 거야. 이건 내 선물이야. 받아주겠니?"

"…오싹했어요. 그렇지만 우리가 함께 하얀요정님을 도울 수 있었잖아요. …그래도 다신 만나지 말아요."

"뭐야? 장난도 칠 줄 알고!"

빌리와 조이는 마주 보고 미소 지었다. 마치 새처럼 날았던 순간을 조이는 잊지 못할 것이다. 지금이라도 활강 레버를 당겨 서 날아오르고만 싶었다.

"어디든 날아갈 수 있지만, 너무 높이 올라가지는 마!"

"이건 아주 귀중한 기계인데, 저 주시는 거예요? 정말 고맙습니다. 지금 당장 타고 싶어요! 저는 나중에 형처럼 되고 싶어요."

빌리는 주변을 살피더니 귀에 대고 '아까 잠자리채로 또 잡았어' 하며 날개의 잎 한 장을 배낭의 주머니 속에 넣었다.

'정말 못 말린다니까!'

모두의 배웅을 받으며 마지막으로 남은 구름 열기구로 걸음을 옮겼다.

"마지막 손님이시군요! 저는 우리 친구를 무사히 집으로 데려다 드리는 길잡이를 하고 있답니다. 어깨에 있는 보호자에게 작별인사할 시간을 드려야겠네요."

"빌리만큼 키가 큰 너를 못 본다는 게 아쉽다냐—앙."

어느새 머리로 올라간 도도를 힘껏 끌어안자 벌써 그리워져 목이 막혔다. 내 고양이의 부드럽고 폭신한 털에 얼굴을 파묻고 잠들고 싶었다.

"나, 멋지게 변신해서 우리를 지켜준 도도를 잊지 않을 거야. 정말 멋있었어! 또 볼 수 있겠지? 백 년만 기다려! 히잉….
헤어지기 싫어, 도도!"

"겨우 백 년? 정신차리라냥. 지금도 백세시대인데, 이백 살은 살아야 하지 않겠냐앙? 우리 고양이들은 아홉 번을 살아서

구백 년을 살 수 있다냥. 그리고 빌리처럼 아주 큰 어른이 되면 좋겠다냥. 나중에 만나면 머리 위에 올라가서 낮잠도 자고 싶다냥."

"아, 그럼 엄마 말씀도 잘 듣고 밥도 골고루 먹을게. 지켜봐 줘!"

도도는 솜방망이 같은 앞발을 내밀더니 별사탕같이 생긴 과일을 줬다.

"아까 황야기린 위에 올라갔다가 따왔다냥. 이건 내 선물이다냥."

도도는 툭툭 과일 따는 시늉을 했다.

"정말이야?! 이게 황야기린의 열매야? 나 그럼 브로콜리랑 가지도 많이 먹을게! 정말 고마워!"

"쑥쑥 크려면 나처럼 잠도 잘 자야 한다냥."

"아이들은 이제 부모님 품으로 돌아가야 할 시간이지요."

뭅뭅은 조이가 타는 구름 열기구의 문을 직접 열어주었다. 퐁퐁구름이 조이의 주변을 두 바퀴 돌고는 엄마구름 속으로 쏙 들어갔다. 모든 아이가 가족의 품으로 돌아갈 시간이었다. 퐁퐁 구름 속에 넣어뒀던 그림일기가 활짝 펼쳐지더니, 초록색 파마 머리의 할머니가 나타나 조이를 꽉 안아주었다. 발밑에 작은 고양이가 된 도도가 머리를 슥 비비며 "야옹!" 하고 울었다. 일기장의 끝이 자동으로 펼쳐지면서 할머니와 도도는 사라져 갔지만, 마지막 순간까지 밝게 웃고 있었다. 조이도 뜨거운 눈시울을 느끼며 구름 열기구와 함께 하늘로 날아올랐다. 오늘 있었던 일 중 가장 기억에 남은 한 장면이 그려진 그림일기는 조이의 가슴께로 떨어졌다. 조이가 아래를 내려다보자, 얼음고래까지 짧은 지느러미를 흔들며 모두 손을 흔들고 있었다. 깊은 밤이었다. 건물들도 파르스름한 어둠 속으로 모습을 감추고 있었다. 거대한 분수대 위로 조이의 얼굴이 폭죽으로 화드득화드득 터지면서 '고마워, 조이!'를 그려냈다.

"최고의 선물이에요. 열 살이 아니고요, 백 살까지 선물 중 최고예요."

웃고 있는 눈으로 눈물이 또르륵 흘렀다. 코르크 마개가 스스로 열리더니 길잡이님이 목에 걸고 있는 투명한 병에 담겼다.

"귀한 눈물이 담겼네요. 환희의 눈물은 도통 볼 수가 없어 매우 희귀합니다. 정말 감사드립니다. 어린아이의 눈물이 놀이동산의 연료로 쓰이지요. 이제 우리 친구가 소중히 품은 눈물을 모두 회수하겠습니다."

길잡이님의 손짓에 따라 각각의 병들은 코르크 마개가 열리고 바람결을 따라 제자리를 찾아갔다.

"감동의 눈물은 늘 푸른색을 띱니다. 기쁨의 눈물보다 훨씬 더 다양한 곳에 쓰인답니다. 홀리파크의 입장권은 감동의 눈물이 원료가 되는 잉크로만 만들 수 있지요. 홀리파크와 멀어져도 마법의 힘이 미치는, 아주 강력한 주술이 이 병에 담겨있어요, 이 푸른 병에 담기는 것은 감동의 눈물뿐입니다."

푸른 병을 자세히 들여다보자 마치 깊은 바닷속을 유영하는 별의 무리가 계속해서 이어지는 은하수와도 같았다. 은하수가 깊은 바다를 유영하는 흐름, 마치 우주를 멀리서 관찰하는 거대한 존재가 되어 아름다움을 지켜보는 듯했다.

"눈물은 우리를 지켜준다…."

조이는 오늘 빌리에게 들었던 말을 되뇌었다.

"이제 저는 눈물이 좋아졌어요! 여기 오기 전까지 저는 울고 싶지 않았거든요."

"우리 친구, 산타클로스가 선물을 안 주시겠는걸요!"

직원은 미소 지으며 산타할아버지가 울지 말라는 눈물은 아마 떼쓰는 눈물일 거라고 했다. 기쁨의 눈물, 감동의 눈물은 좋은 눈물이니 많이 울어도 된다는 거였다. 그리고 잠든 엄마구름과 아기구름을 깨우지 않으려는 듯이 아주 조심스럽게 수동조작 방향키를 틀었다.

"슬픔의 눈물도요…."

"우아, 우리 친구 오늘 많은 걸 배웠는걸요?"

"저는 울고 싶으면 울 거예요. 울고 싶을 때 언제든 우는 어른이 되겠어요. 슬픔도 있어야 그게 진짜 마음이에요. 눈물은 나쁜 게 아니에요. 이제 알 것 같아요. 눈물이 왜 필요한지를요."

*

"조이!"

조이는 왕할머니의 무릎으로 달려가 안겼다. 뒤에 계신 의사 선생님이 가볍게 눈인사를 하고는 간호사 선생님과 다시 이야기를 이어갔다.

"왕할머니!"

"우리 증손주, 어젯밤은 아주 바빴겠구나. 열 살 생일에 홀리파크에 다녀왔다지? 푸른요정에게 소원을 빌고 왔니?"

"네! 푸른요정이 아니었어요, 하얀요정이었어요. 힘을 잃어서 푸른요정이 됐던 거예요. 왕할머니가 예전에 봤던 하얀요정님이 힘을 잃고 푸른색이 되었던 거라고요! 제가 다 봤어요. 그리고 다른 사람을 위해 종을 울리면, 요정에게 힘이 되고 우리는 따뜻한 마음만 남는댔어요! 제가 다 보고 왔어요!"

"아이고, 내가 다 숨이 차는구나! 그럼 착한 일을 많이 해야 겠구나!"

"네! 그래서 왕할머니가 백 살까지 살게 해달라고 소원도 빌고 왔어요!"

"이런, 이런! 그럼 소원을 이미 들어주신 게야⋯."

"정말요? 왕할머니가 벌써 백 살이에요?"

조이는 믿을 수 없다는 듯이 입을 틀어막았지만, 소리는 새어 나왔다.

"흐읍, 우리 할머니가 정말 백 살 할머니예요? 진짜예요?"

왕진 차트를 닫고 나갈 준비를 하던 의사 선생님이 천장이 떠나가도록 웃었다. 앞서 나가던 간호사 선생님이 고개를 숙여 조이를 쓰다듬어주었다.

"의사 선생님이 88살이신 걸 아니? 할머님은 그보다 무려 스무 살이 많으시단다."

"그럼, 그럼⋯."

조이는 허공으로 눈을 굴리며 침착하게 계산했다.

"백, 백 여덟이에요!!"

"우리 조이 덕분에 백 살하고 또 백 살을 살아야 할지도 모르겠구나?"

"왕할머니는 요정보다 더 오래 사신 거예요? 누가 더 나이 많아요?"

병원 복도를 지나가던 의사 선생님이 이번에는 반대편 복도 끝까지 울릴 만큼의 쩌렁쩌렁한 웃음을 가득 채웠다.

"아이고. 그래. 조이야, 할머님은 올해 108세가 되셨어. 보렴, 얼마나 정정하시니!"

왕할머니는 얇은 니트를 내려 심장 바로 위에 있는 상처를 보여주셨다. 조이는 그 상처에 고사리 같은 작은 손을 가져다 댔다.

"아직 심장이 뛰고 있으니 감사한 일이다."

"그 옛날, 하얀요정이 종과 함께 사라졌던 날, 네 아버지 리우가 나와 함께 종을 없애는 걸 막으러 갔을 때 생긴 상처란다."

"아버지가요?"

"그래. 하르산으로 산책갔다가 우연히 들었지. 리우와 제단이 불타는 걸 막으려고 했어. 소용돌이에서 튀어나온 빛을 여기 가슴에 맞고 정신을 잃었었단다."

"맙소사. 몰랐어요. 영화책에서 본 그 사람이 아버지였다니! 요정님이 화나서 마을을 집어삼키려고 했던….'"

"그렇지 않단다. 요정은 아주 원통한 표정이었어. 울분에 가

득 찼지만, 눈빛만은 미안해서 어쩔 줄을 모르더구나. 사실은
화를 내지 않았어.”

조이는 참지 못하고 거들었다.

“맞아요. 그건 다 나쁜 사람들 때문이에요. 마을 사람들을
살려줬는데, 요정에게 상을 줘야 하는 거 아닌가요? 저 같으면
동서남북으로 요정님에게 절하겠어요!”

“선한 사람도 아주 많았단다. 원래 소문이란 나쁜 소식이 더
빨리 퍼지는 법이지. 리우가 하얀요정을 뒤에서 막아주고 있었
어. 하얀요정과 같이 바닥을 뒹굴뒹굴 굴렀는데, 그때 넌지시
어머니는 암으로는 죽지 않으신다고 했다지 뭐니!”

“그럼 제 소원까지 왕할머니는 소원을 두 개나 받은 사람이
네요!”

왕할머니는 고개를 저었다.

“실제로는 종양은 사라지지 않고 그대로 있었어.”

“네?”

“봐라, 조이야. 소원을 들어주는 것이 물론 좋지. 하지만 우
리는 소원 백 개보다 더 좋은 것을 받지 않았니? 그것은 여기 사
람의 마음속에 있는 의지다. 소원을 빌기만 하는 것보다 직접
이룰 수 있는 기적이 여기에도 있다. 아직 뛰고 있는 이 심장이,
내 의지로 만들어낸 진짜 기적이란다. 일 년밖에는 시간이 없었

던 내가 이렇게 살아서 이 두 눈으로 우리 증손자를 보고 있지 않니?"

엄마의 선물인 뭅뭅 티셔츠를 입자마자 왕할머니를 보러 가 겠다고 떼쓰던 몇 시간 전이 떠올라 웃음이 나왔다. 왕할머니가 보고 싶어서 당장 달려오고 싶었다!

"헤헤. 정말 마법 같아요. 우리 왕할머니가 최고로 멋있어 요. 그럼 나오도 달릴 수 있겠지요?"

"그렇고말고. 믿음이 있는 한 기적은 우리에게 선물을 가져 와 준단다."

믿음을 저버리지 않는 것이 기적의 시작이었다. 작은 기적이 싹을 틔울 수 있도록, 연둣빛 싹을 찾아낸 봄은 작은 새싹이 울 창한 숲을 이룰 수 있도록 그 곁에 머물 것이다.

왕할머니는 '열 손가락 열 발가락' 할 때처럼 조이의 작은 손 을 어루만져 주셨다. 조이네 가족이 돌아가면서 나오에게 해주 던 마사지는 어느덧 온 가족의 관례행사가 되었다. 다정하게 바 라보는 눈길이 따뜻했다. 문득 왕할머니가 장난스레 말씀하셨 다.

"조이, 아주 예전에 말이다. 리우가 나오만 할 때. 할머니가 리우를 키우면서 가장 기뻤던 날이 언제인지 맞춰볼래?"

아버지가 태어난 날을 자신 있게 외쳤지만, 그 날은 아니었다. 달리기 1등을 한 날도 밥을 많이 먹은 날도 아니라며 고개를 저었다. 그렇다면 다 같이 소풍을 간 날? 조이처럼 열 살 생일? 그 날도 아니었다.

"잘 모르겠어요. 제가 밥을 안 남기고 다 먹을 때 우리 엄마는 제일 기뻐하세요."

왕할머니는 푸근하게 웃으며 조이를 안아 무릎에 올리시고는 종아리를 주물러주셨다.

"모든 부모가 그렇겠지만, 바로 이 다리로 첫걸음마를 할 때가 가장 기쁘단다."

나오가 소파도 잡지 않고 비틀비틀 일어났을 때, 정말 그랬던 것 같다. 조이는 고개를 끄덕였다. 왕할머니와 할머니는 거실에서 나오를 응원하고 있었다. 힘에 부치면 할머니가 언제든 안아주겠노라고. 온 가족이 모여 동영상을 찍었고 히야는 나오에게 "여기, 여기 엄마한테 와보세요!" 하며 두 팔을 벌리고 감격한 표정을 지었다. 겨우 한 걸음을 내디디고 쿵 주저앉은 나오는 미식미식 울음을 터뜨릴 듯 말 듯 했다. 히야는 괜찮다며 톡톡 엉덩이를 털어주고는 따뜻하게 바라봤다. 한 발을 몹시 어렵게 내딛는 나오를 보며 히야는 결국 눈물을 왈칵 쏟아냈었다.

처음 그 걸음마 이후로, 나오는 한 걸음 한 걸음을 겨우 걷고는 했다. 나오는 발달이 아주 느려서 또래 아이들이 걷기 시작할 때 배밀이도 못하고 뒹굴뒹굴 구르기만을 했던 아이였기 때문이었다. 엄마는 나오에게 굴러가도 잘 가기만 하면 된다며 호방한 웃음을 지었다. 그때 히야는 나오의 재활을 위해서 왕복 4시간이 넘는 거리를 매일 운전하고 있었다.

"나오가 아슬아슬하게 걸었을 때 저도 정말 제일 기뻤어요…. 처음엔 쿵 넘어져서 너무 크게 울었잖아요. 못 할 줄 알았어요. 눈물 콧물 범벅이 돼서는 바로 일어나는 거예요! 너무 대견했어요."

"그렇지? 엉덩방아를 찧어도 다시 일어나면 된다. 두 다리로 걷는 게 뭔 대수냐고 하겠지만, 걸을 수 있으면 곧 뛰게 되고, 뛸 수 있으면 축구도 하고 발레도 하고 춤도 출 수 있다. 목도 가누지 못하던 나오가 제 발로 한 걸음을 떼는데 어찌나 눈물이 나던지. 가장 벅찬 이유는 혼자서 해낸 첫걸음이기 때문이란다."

왕할머니는 요정이 만들어주는 기적도 좋지만, 사람이 공들여 해낸 기적이 더 멋지다고 했다.

"나오에게는 비밀이지만, 사실은 우리 조이가 최고의 선물이란다."

"제가요…?"

"할 수 있는 치료는 다 받고 버티고 견뎠다. 왕할머니도 오늘은 줄 선물이 있다. 이것 보렴."

이번에도 종이가 붙은 캐러멜을 주시는 건가 했는데, 두 번 접힌 종이가 조이의 작은 손바닥 위에 올려졌다. 의사 선생님이 두고 간 종이였다. 어서 읽어보라는 눈짓에 조이는 종이를 폈다.

"귀하는… 이로써 완… 완치판정을 받았….".

엄마가 자주 말씀하시던 완치의 뜻을 조이는 이미 알고 있었다.

"왕할머니! 이제 다 나으신 거예요? 정말요?"

"그래. 오늘은 완치판정을 받았단다. 백 년에 여덟 해를 더 해 못 본 거 없이 살았다. 그래도 우리 증손자를 두 눈에 담는 것보다 더 큰 기적은 없구나. 뚝딱 이뤄준 소원이 아니고 내가 직접 이뤄낸 기적이지. 이렇게 우리 조이를 볼 수 있으니 이것 보다 더한 기적이 어디 있겠니? 요정이 원했던 건 이런 모습인 게야. 기적은 직접 이룰 때 더 아름답고 그 진가를 볼 수 있단다."

"정말 자랑스러워요. 왕할머니 말씀이 맞아요. 뚝딱 이뤄주는 소원보다 훨씬 멋져요. 제 소원은 할머니의 완치를 위해서 파티를 하는 거예요!"

"아니지. 모두를 위해서 파티를 하자!"

순간 왕할머니와 조이는 똑같이 심장에 손을 올리고 서로를 쳐다봤다. 따스함이 전해지는 온기. 둘은 동시에 서로의 눈을 쳐다보며 말했다.

"우리가 종을 울렸어!"

기적은 지금 이 순간에도 이뤄지고 있다. 울릴 준비를 모두 마치고 우리를 기다리고 있다. 기적이 이뤄지는 순간, 우리가 기적을 울렸기에 요정의 종도 함께 울린다. 그 종을 울리는 때에 타인을 위한 커다란 마음은 요정의 세계에 힘을 실어주고 우리 마음엔 따스함이 남는다. 기적이 울리는 순간은 바로 지금이다. 기적은 너와 나, 우리에게 선물을 가져와 준다.

지금이 바로 기적을 이룰 시간!
홀리파크의 요정이 당신에게 전한 따스한 감사의 인사를 느낄 시간!

에필로그

"조이! 어젯밤 그냥 잠들어버려서 옷만 겨우 갈아입고 샤워를 못 했잖니! 일어났으면 어서 씻자."

구름 열기구가 너무나 아늑했던 덕분에 조이는 마을에 다다른 것도 모르고 쭉 잠들어있었다. 엄마의 목소리는 들렸다. 하지만 눈도 뜨지 못하고 꿀 같은 잠에 빠져버리고 말았다. 다음 날 점심시간이 가까워져서야 가까스로 눈을 떴다. 언뜻언뜻 구름 열기구가 내려가면서 마을 사람들이 환호하는 소리가 들렸지만, 도저히 깰 수 없었다.

"응? 이게 뭐지?"

머리는 산발하고 눈은 한쪽만 겨우 뜬 채로 옷을 벗던 조이의 눈에 왼손바닥에 자신의 글씨체로 적은 글씨가 눈에 들어왔다.

"나…. 축구…. …다. 축, 축구선수! 엄마, 이게 뭘까요?"

엄마는 조이의 손바닥을 바라보고는 그대로 작은 손에 얼굴을 파묻고 손 키스를 퍼부었다. "열 손가락 열 발가락."

모자는 똑같이 말하며 웃었다. 행복을 부르는 주문처럼.

"으흥으흥, 그마안! 간지러워요!"

"엄마가 보기엔, 우리 조이가 축구선수가 되려나 본대? 언제 썼는지 잘 기억해 봐!"

"모르겠어요."

조이는 손을 이리저리 돌려보고 뚫어지듯 자세히 바라봤지만 별다른 소득이 없었다. 엄마는 조이보다 더 천진난만한 표정으로 "잠깐만!" 하더니 두 손에 일기장을 꼭 쥐고는 가슴에 붙인 채 종종걸음으로 걸어왔다.

'아, 잊고 있던 일기장!'

"이건!"

엄마는 잔뜩 상기된 조이를 보고 웃음 지었다.

"그렇게 얼어붙을 일이니, 조이?"

"어제 저를 지켜준 일기장이에요. 정말 소중한 선물이에요…. 마지막 장은 어떤 그림이에요? 엄마는 보셨어요?"

히야는 '함부로 다른 사람의 일기를 봐선 안 돼!' 하며 어깨를 잡으려다가 그만두었다. 생일에 홀리파크에서 잔소리한 것이 내 내 마음에 걸렸었고, 아직 어린 아들의 일기는 엄마와 선생님이 꼼꼼하게 봐주고 있었기 때문이었다.

조이는 갑자기 손톱까지 물어뜯으며 천천히 엄마에게 걸어가 서는 잡아채듯 일기장을 낚아채고는 방 안을 이리저리 뛰었다. 책상 위에 일기장을 두고 안절부절못하며 방 안을 왔다 갔다 하 다가 침대에 앉았다. 그래도 일기장을 펴보지 못하고 이불에 들 어갔다가 다시 의자에 앉았다. 조이의 상기된 얼굴에서 불안함 과 초조함, 기대감이 1초 단위로 바뀌는 것을 히야는 재미있어하 며 가만히 바라봤다.

'어떤 그림일기가 그려져 있을까?'

마지막 장, 마지막 장…. 천천히 일기장을 넘기다 결국엔 참 을 수 없다는 듯이 파박파박 마지막 장을 펼쳤지만 조이는 알 수 없는 갸우뚱한 표정을 지었다.

"왜 그러니, 조이? 어떤 그림이 그려져 있길래 우리 아드님이 실망했을까?"

그 그림은 축구장에서 골을 넣고 기뻐하는 모습이었다. 조이 와 나오는 둘 다 브로콜리 같은 초록머리라서 누가 누군지 분간 할 수가 없었다. 그 그림일기는 열 살 아이의 그림 실력으로 그 려졌기 때문이다. 나오의 가장 행복한 미래가, 그날 조이에게도 가장 기쁜 순간이었던 것이다.

"에에!? 엄마 생각에는 '나는 축구선수다'가 확실한 거 같아. 그림일기까지 딱 들어맞아! 우리 조이가 정말 축구선수가 되려나 본데?!"

엄마의 부탁으로 마지못해 어린이축구팀에 들어갔지만, 조이는 공을 차는 것에 재미를 못 느껴 팀의 골키퍼를 맡았다. 승부차기도 그냥 오른쪽만 계속 막았을 뿐인데 어쩌다 모두 막아낸 바람에 코치님의 신임을 얻어 그만둘 수도 없는 노릇이었다.

바로 옆에서 옷 정리를 하던 엄마는 조이의 주머니에서 나온 '용기카드'를 펴보고는 몰래 자신의 주머니에 넣었다. 엄마도 용기가 필요하니까!

"맘마! 빱빠!" 하며 나오가 천천히 한 걸음씩 들어왔다. 조이는 무릎 위로 올라오려고 안간힘을 쓰는 나오를 끌어올려 앉혔다. 홀리파크의 눈꽃지팡이가 삐죽 튀어나와 있는 머리띠를 하고 푸른 튜튜스커트를 입고 있었다. "이제 밥 먹을 시간이에요!" 엄마가 겨드랑이 밑으로 손을 넣어 나오를 안아 올리며 요즘 부쩍 다리 힘이 세졌다고 말했다. 어젯밤에 요정의 왕에게 들었던 이야기를 할까 했지만, 엄마의 기적으로 남겨두고 싶었다.

"엄마, 저는 꿈이 여덟 개나 있어요! 그런데 그중에 축구선수…는 없어요."

"하루 만에 또 한 개가 늘었네?"

"…네!"

나오는 엄마의 품에서 벗어나겠다는 듯이 허공에서 발길질하고 있었다.

"우리 애들이 축구선수가 되는 게 아빠의 꿈이었는데. 할 수 없지. 그럼, 나오를 시켜야겠다!"

조이는 주먹을 꽉 쥐고 아주 기뻐했다.

"조이! 뭄뭄 티셔츠를 입고 싶으면 밥 먹기 전에 빨리 씻어야겠지?"

그건 조이가 크리스마스에 받고 싶었던 선물이었다! 무언가가 쓰여 있는 손바닥을 힐끗 보고는 비눗방울이 퐁퐁 나오고 좋은 향기가 폴폴 나는 욕실로 쿵쿵 뒤꿈치를 찧으며 내달렸다.

"야호! 성공이야. 자 이제 여덟 번째 꿈을 이뤄볼까?"

작가의 말

『눈사람 모양의 소행성』『왜 우리는 나보다 타인을 위하면 마음이 따뜻해질까』에 대한 호기심에서 홀리파크 집필을 시작했습니다. 아로코스(Arrokoth)는 인디언어로 하늘이라는 의미며, 납작한 눈사람 모양을 한 실제로 존재하는 천체입니다. 특징이라면 집필 당시에는 인류가 탐사한 천체 중 태양계에서 가장 먼 소행성이었다는 것입니다. 이번 소설에서는 요정의 왕이 머무르는 집무실로 쓰였습니다. 그리고 어느 독자님이 보내주신 〈흰 눈은 모든 것을 덮는다〉에 대한 이메일에서 '이 소설을 읽고 밤새 울었다. 그리고 막혀있던 감정이 해소되었다'라고 보내주신 내용으로 원고는 서서히 채워졌습니다. 눈물의 의미와 그 눈물 속에 담긴 여러 감정에 대한 고민에 많은 밤을 보냈습니다. 감동의 푸른 병을 선사 받았음에 감사함을 전합니다. 독자님과 함께 써내려 간 것입니다.

이 눈사람 모양의 소행성은 뉴허라이즌스호 탐사결과로 처음에는 울티마툴레(Ultima Thule - 알려진 세계 너머)라는 의미로 사이언스호에 발표되었습니다. 민병일 시인님의 〈동화는 자유로운 유희 속에서 인간을 가장 순수한 곳에 이르게 하는 상상의 사유물이다〉라는 믿음을 토대로 순수하고 아름다운 동화를 꿈꿨습니다. '알려진 세계 너머' 가장 순수한 곳에 아이들의 웃음소리가 들리는 것 같았습니다.

모두를 초대하고 싶습니다.
어느 날 문득, 홀리파크의 입장권이 모두에게 날아가기를!

이한칸 올림